O projeto Lazarus

O projeto Lazarus

ALEKSANDAR HEMON

COM FOTOGRAFIAS DE VELIBOR BOŽOVIĆ
E DA CHICAGO HISTORICAL SOCIETY

Tradução de Maira Parula

Título original
THE LAZARUS PROJECT

Copyright © 2008 by Aleksandar Hemon

Todos os direitos reservados. Nenhuma parte desta obra pode ser reproduzida ou transmitida por qualquer forma ou meio eletrônico ou mecânico, inclusive fotocópia, gravação ou sistema de armazenagem e recuperação de informação, sem a permissão escrita do editor. Por favor, não participe e nem encoraje a pirataria de materiais protegidos pela lei do direito autoral.

Esta é uma obra de ficção. Nomes, personagens, locais e incidentes são produtos da imaginação do autor ou foram usados de forma fictícia, e qualquer semelhança com pessoas reais, vivas ou não, estabelecimentos comerciais, companhias, acontecimentos ou localidades é mera coincidência.

As fotografias das páginas: 2, 18, 36, 72, 106, 130, 158, 182, 210, 234, 256 e 286 são cortesia da Velibor Božović. As fotografias relacionadas a seguir foram usadas com a autorização da Chicago Historical Society: 8, DNA-0005942, *Chicago Daily News*, 1908; 32, DN-0005941, *Chicago Daily News*, 1908; 60, DN-0005898, 1908; 94, DN-0056693, *Chicago Daily News*, 1911; 122, DN-0000763, *Chicago Daily News*, 1904; 144, DN-0005931, *Chicago Daily News*, 1908; 174, DN-0068694, *Chicago Daily News*, 1917; 198, DN-0004009, *Chicago Daily News*, 1906; 224, DN-0071301, *Chicago Daily News*, 1919; 248, DN-0005897, 1998; 276, DN-0005871, *Chicago Daily News*, 1908

Direitos para a língua portuguesa reservados
com exclusividade para o Brasil à
EDITORA ROCCO LTDA.
Av. Presidente Wilson, 231 – 8º andar
20030-021 – Rio de Janeiro, RJ
Tel.: (21) 3525-2000 – Fax: (21) 3525-2001
rocco@rocco.com.br
www.rocco.com.br

Printed in Brazil / Impresso no Brasil

preparação de originais
LUCAS TRAVASSOS TELLES

CIP-Brasil. Catalogação na fonte.
Sindicato Nacional dos Editores de Livros, RJ.

H43p	Hemon, Aleksandar, 1964-
	    O projeto Lazarus: com fotografias de Velibor Božović e da Chicago Historical Society / Aleksandar Hemon; tradução de Maira Parula. Rio de Janeiro: Rocco, 2009.
	
	    Tradução de: The Lazarus project
	    ISBN 978-85-325-2455
	
	    1. Averbuch, Lazarus, d.1908 – Ficção. 2. Homicídio – Illinois (Estados Unidos) – Ficção. 3. Imigrantes – Illinois (Estados Unidos) – Ficção. 4. Ficção norte-americana. I. Parula, Maira. II. Título.

09-2334	CDD-813 CDU-821.111(73)-3

À minha irmã, Kristina

*Depois destas palavras, exclamou em alta voz:
"Lázaro, vem para fora!" E o morto saiu, tendo os pés
e as mãos amarrados com faixas, e o rosto coberto por
um sudário. Ordenou então Jesus: "Soltai-o e deixai-o ir."*

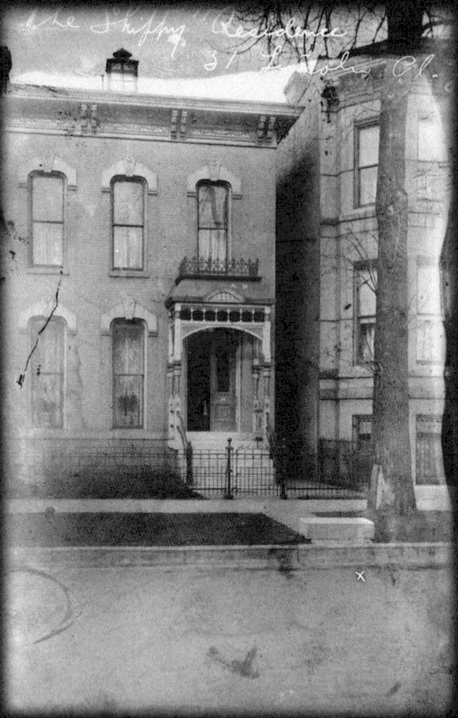
The Shippy Residence

O dia e o lugar são as únicas coisas de que tenho certeza: 2 de março de 1908, Chicago. Afora isso só restam as brumas da história e da dor, em que mergulho agora:

De manhã cedo, um rapaz magricela bate à porta da casa de número 31 em Lincoln Place, residência de George Shippy, o temido chefe de polícia de Chicago. A empregada, referida como Theresa, abre a porta (que na certa range sinistramente), esquadrinha o jovem dos sapatos sujos ao rosto moreno e sorri com ar de superioridade, sinalizando que seria melhor que ele tivesse um bom motivo para estar ali. O rapaz pede para falar com o delegado Shippy pessoalmente. Com um severo sotaque alemão, Theresa adverte que é cedo demais e que o delegado Shippy não gosta de ver ninguém antes das nove. Ele agradece, sorrindo, e promete voltar às nove. Theresa não consegue identificar o sotaque dele. Ela avisará Shippy de que o estrangeiro que apareceu para vê-lo parecia muito suspeito.

O rapaz desce as escadas, abre o portão (que também range sinistramente). Põe as mãos nos bolsos mas precisa puxar a calça para cima – ela ainda está grande demais para ele. Ele olha à direita, olha à esquerda, como se tomasse uma decisão. Lincoln Place é um outro mundo; as casas parecem castelos, as janelas são altas e largas; não há mendigos nas ruas, na verdade não há ninguém nas ruas. As árvores cobertas de neve cintilam na opacidade da manhã; um galho se quebra com o peso do gelo e cai na calçada, despedaçando com alarde suas pontas congeladas. Alguém observa por trás das cortinas de uma casa do outro lado da rua, o rosto acinzado pela escuridão do aposento. É o rosto de uma mulher jovem: ele sorri para ela e ela rapidamente fecha as cortinas. Todas as vidas que eu poderia viver, todas as pessoas que jamais conhecerei, jamais serei, elas estão em todos os lugares. É assim que o mundo é.

O final do inverno atormenta vivamente a cidade. A pesada nevasca de janeiro e o frio espartano de fevereiro já passaram, mas agora a temperatura sobe traiçoeiramente para, irascível, cair logo depois: a virulência das tempestades de gelo, os corpos exaustos ansiando desesperadamente pela primavera, as roupas fedendo a fumaça de lenha. Os pés e as mãos do rapaz estão gélidos, ele flexiona os dedos dentro dos bolsos e de vez em quando dá um ou dois passos na ponta dos pés, como se dançasse, para manter o sangue circulando. Ele está há sete meses em Chicago e na maior parte do tempo fez frio – o calor do último verão é só uma lembrança de um pesadelo diferente. Em um dia estranhamente quente de outubro, ele foi com Olga até um lago verde, hoje congelado, e os dois ficaram olhando para a calmaria ritmada das ondas que se formavam, pensando em todas as coisas boas que poderiam acontecer um dia. O rapaz segue na direção da Webster Street, desviando do galho no chão.

As árvores aqui são regadas com o nosso sangue, diria Isador, as ruas, pavimentadas com nossos ossos; eles comem nossos filhos no café da manhã, depois atiram as sobras no lixo. A Webster Street já acordou: as mulheres com seus casacos de pele entram nos automóveis na porta de casa, inclinando cuidadosamente a cabeça para protegerem seus chapéus enormes. Os homens, de galochas imaculadas, entram nos carros logo depois delas, as abotoaduras reluzindo. Isador costuma dizer que gosta de visitar estes lugares do outro mundo para desfrutar a serenidade da riqueza, o silêncio das ruas arborizadas. Mesmo assim, ele volta irritado para o gueto; lá, só se ouve barulho e algazarra, e tudo fede; lá, o leite é azedo e o mel é amargo, ele diz.

Um automóvel gigantesco, resfolegando como um touro na arena, quase atropela o rapaz. As carruagens parecem navios, os cavalos são bem alimentados, bem tratados e dóceis. As luzes da rua ainda estão acesas, refletindo nas vitrines das lojas. Em uma vitrine, um manequim sem cabeça exibe com orgulho um delicado vestido branco, as mangas frouxas penduradas. Ele para na frente da loja, o manequim imóvel como um monumento. Um homem com cara de fuinha e cabelo crespo para ao lado dele, mascando um cigarro apagado, os ombros deles quase se tocando. O homem cheira a roupa, umidade e suor. O rapaz alterna o peso do corpo nos pés para aliviar a dor das bolhas que os sapatos de Isador lhe causam. Ele lembra do tempo em que suas irmãs provavam seus vestidos novos na casa em que moravam, elas riam de felicidade. Lembra dos passeios noturnos em Kishinev, quando sentia orgulho e ciúme porque os rapazes bonitos sorriam para suas irmãs na rua. Aquilo é que era vida. Lar é o local que só descobrimos a distância.

Ele não resiste ao sedutor cheiro de pão quente e entra em uma mercearia na Clark com Webster – Ludwig's Supplies é o nome do estabelecimento. A sua barriga ronca tão alto que o sr. Ludwig no balcão ergue os olhos do jornal e franze o cenho quando ele o cumprimenta com o chapéu. O mundo é sempre maior do que os nossos desejos; muito nunca é o bastante. Desde Kishinev o rapaz não via uma loja tão farta como essa: salsichas penduradas no alto como dedos compridos e tortos; barris de batatas com um forte cheiro de terra; potes de ovos em conserva enfileirados como espécimes em um laboratório; caixas de biscoitos, a vida de famílias inteiras retratada em suas superfícies – crianças felizes, mulheres sorridentes, homens serenos; latas de sardinha, empilhadas como pastilhas; um rolo de papel parafinado, lembrando uma gorda Torá; uma pequena balança em equilíbrio preciso; uma escada encostada em uma prateleira, o alto dela dando no paraíso oculto da loja. Na loja do sr. Mandelbaum, as balas também ficavam na prateleira mais alta, para que as crianças não pudessem alcançá-las. Por que o dia judaico começa no pôr do sol?

O melancólico assovio de uma chaleira nos fundos da loja anuncia a entrada de uma mulher rechonchuda com seu cabelo armado. Ela tem nas mãos um pão trançado e o segura cuidadosamente, como se embalasse uma criança. A filha louca de Rozenberg, depois de estuprada pelos *pogromchiks*, passou a andar com um travesseiro nos braços; ficava tentando amamentá-lo e os garotos corriam atrás dela, na esperança de ver os peitos de uma judia.

– Bom-dia – disse a mulher, parando de repente e trocando um olhar com o marido. Eles precisavam ficar de olho nele, ficou subentendido. O rapaz sorri e finge procurar algo nas prateleiras.

– Posso ajudá-lo? – pergunta o sr. Ludwig. O rapaz não diz nada. Não quer que eles saibam que é um estrangeiro.

– Bom-dia, sra. Ludwig, sr. Ludwig – diz um homem ao entrar na loja. – Como estão passando? – O sininho da porta continua tocando enquanto o homem fala com uma voz rouca e cansada. Apesar de velho, ele não tem bigode. Um monóculo pende sobre sua barriga. Ele tira o chapéu para o sr. e a sra. Ludwig e ignora o rapaz quando ele retribui o cumprimento.

– Como vai, sr. Noth? Como está sua gripe? – diz o sr. Ludwig.

– A gripe vai bem, obrigado. Não posso dizer o mesmo de mim – diz o sr. Noth, segurando sua bengala curva. Sua gravata é de seda, mas está manchada. O rapaz sente o cheiro do hálito dele – algo apodrece dentro do sr. Noth. Eu nunca serei como ele, pensa o rapaz. Ele se afasta daquela conversinha íntima e vai até um quadro de avisos perto da porta de entrada. Fica ali passando os olhos nos folhetos pendurados.

– Eu gostaria de um pouco de cânfora... e de um corpo novo e jovem – diz o sr. North.

– Não temos corpos no momento – diz o sr. Ludwig. – Mas certamente temos cânfora.

– Não se preocupe – diz a sra. Ludwig, dando uma risadinha. – O seu corpo ainda lhe será útil por muito tempo.

– Ora, obrigado, sra. Ludwig – diz o sr. Noth. – De qualquer modo me avisem quando chegar um corpo novo.

Joe Santley, estrelando *Billy the Kid*, no próximo domingo no Bijou, lê o rapaz. O Congresso de Mães de Illinois oferece um simpósio sobre "A Influência Moral da Leitura". No Yale Club, o dr. Hofmannstal fará uma palestra intitulada "As Formas de Degeneração: Corpo e Moralidade".

Com um vidro de cânfora e o chapéu na mão esquerda, o sr. Noth se atrapalha para abrir a porta com a mão direita, a bengala subindo e descendo pelo braço. A sra. Ludwig corre para ajudá-lo, ainda segurando o pão, mas o rapaz alcança a porta antes dela e abre-a para o sr. Noth, o sininho tocando alegremente.

– Ah, obrigado – diz o sr. Noth, tentando tirar o chapéu para um cumprimento mas a bengala bate na virilha do rapaz. – Me desculpe – diz então o sr. Noth, saindo pela porta afora.

– Em que posso ajudá-lo? – diz o sr. Ludwig por trás do balcão, desta vez de forma mais fria, pois percebe que o rapaz está muito à vontade em sua loja. O rapaz aproxima-se do balcão e aponta para os baleiros na prateleira. – Temos de vários sabores: de morango, framboesa, menta, de mel, amêndoa. De qual gostaria? – O rapaz mostra o baleiro com pastilhas brancas do tamanho de uma moeda, as balas mais baratas, e dá uma moeda de dez centavos ao sr. Ludwig. Ele tem dinheiro para gastar com seus prazeres, e quer mostrar isso a eles. Eu sou como todo mundo, costuma dizer Isador, porque neste mundo ninguém é como eu.

O sr. Ludwig olha fixamente para ele, pois sabe muito bem que aquele estranho pode ter uma arma no bolso. No entanto, ele pesa um punhado de balas na balança, tira algumas e coloca o resto em um saco de papel.

— Cá estão. Espero que goste – ele diz. Sem perder tempo o rapaz coloca uma bala na boca, seu estômago roncando de expectativa – o sr. Ludwig ouve o ronco e olha para a sra. Ludwig. Não confie nunca em um homem faminto, seus olhos dizem a ela, especialmente um homem faminto que não tira o chapéu e compra balas. A bala é de maçã ácida e a boca do rapaz se enche de saliva. Ele sente vontade de cuspi-la, mas as balas lhe dão o direito de permanecer mais tempo na loja, então ele franze o rosto e continua chupando, dirigindo-se outra vez até o quadro de avisos. No International Theater, Richard Curle estreia o seu novo musical, *Mary's Lamb*. O dr. George Howe e Cia. garantem a cura para varizes, toxemias, bolhas e esgotamento nervoso. Quem são essas pessoas? A cara do dr. Howe aparece num folheto – um homem assustador, com um bigode preto respeitável estampado no rosto pálido. As veias de Olga incham constantemente; depois do trabalho, ela costuma se sentar em uma poltrona com as pernas para cima. Ela gosta de furar as bolhas dele. A mãe costumava mergulhar suas pernas varicosas em uma banheira de água quente, mas ela sempre se esquecia da toalha. Era ele quem levava a toalha para ela, lavava seus pés e os secava. Ela sentia cócegas e gritava como uma garotinha.

A bala agora estava quase toda derretida e ficara mais azeda. Ele dá um adeusinho ao sr. e sra. Ludwig, que não respondem, e sai da loja. Os cavalos passam, deixando no ar plumas de vapor. Ele cumprimenta três mulheres com um gesto de cabeça quando passam por ele, elas o ignoram. Elas estão de braços dados, as mãos aquecidas em regalos. Um homem de pescoço grosso e com um toco de cigarro na boca compra um jornal de um menino jornaleiro que grita: "Pistoleiro famoso baleado numa briga!" O rapaz tenta ler a manchete por cima do ombro do garoto, mas o menino – sem chapéu e com uma cicatriz no rosto – se afasta rapidamente, berrando: "Pat Garrett, o homem da lei que matou Billy the Kid, morre em tiroteio." O estômago do rapaz reclama outra vez e ele coloca outra bala na boca.

Sente-se feliz por ainda lhe restarem algumas, é bom possuir um saco de balas. Billy. Bonito nome, um bom nome para um cachorro indócil mas feliz. Pat é pesado, sério, lembra martelo enferrujado. Ele nunca conheceu alguém que se chamasse Billy ou Pat.

Pouco tempo depois, ele está de volta à porta do chefe de polícia de Chicago, outra bala se dissolvendo sob a língua, a acidez arranhando sua garganta, contraindo suas amídalas. Ele espera que a bala derreta completamente antes de tocar a campainha e então vê uma sombra se mover atrás da cortina. Ele lembra de uma noite de sua infância quando brincava de esconder com os amigos – eles se escondiam, ele procurava. De repente todos foram embora sem avisá-lo. Ele continuou procurando a noite inteira, gritando no escuro para a sombra deles, "Achei, estou vendo vocês", até Olga encontrá-lo e levá-lo para casa. Um pingente de gelo em forma de faca se desprende de um beiral alto e espatifa no chão. Ele toca a campainha, o delegado Shippy abre a porta e o rapaz entra no sombrio vestíbulo.

Às nove horas em ponto, o delegado Shippy abre a porta de casa e vê um rapaz com *feições de estrangeiro*, vestindo casaco preto, chapéu preto, *aparentando ser um operário. No breve mas aguçado olhar que deu ao rapaz à sua porta*, escreveria William P. Miller no *Tribune*, o delegado Shippy *pôde perceber uma boca cruel, de lábios grossos, e olhos cinzentos, que eram ao mesmo tempo frios e ameaçadores. Havia alguma coisa naquele rapaz magro e de pele morena – nitidamente um siciliano ou um judeu – que provocaria um calafrio de desconfiança no coração de qualquer homem honesto. Ainda assim, o delegado Shippy, que jamais se deixa abalar pelo mal, convidou o estranho a adentrar a confortável sala de estar de sua residência.*

Eles ficam de pé na porta da sala, o rapaz sem saber se deve ou não entrar. Após um longo momento de sinistra hesitação, em que o delegado Shippy contrai o maxilar, um pardal confuso gorjeia do lado de fora da janela e passos se arrastam no andar de cima, ele entrega um envelope na mão de Shippy.

"*Ele me entregou um envelope onde estavam escritos o meu nome e endereço*", o delegado Shippy diria ao sr. Miller. "*Eu não esperei para abrir o envelope, pois um pensamento me veio com a força de um raio: aquele homem não era boa coisa. Ele me parecia um anarquista. Eu agarrei os seus braços e, forçando-o a virar-se de costas, chamei a minha mulher: 'Mãe! Mãe!'*"

Mamãe Shippy vem correndo, com toda a força natural implícita de uma verdadeira *Mãe*. Forte e decidida, tem uma cabeça grande e, na pressa, quase escorrega e cai. O seu marido está imobilizando as mãos de um *siciliano ou judeu*, e, horrorizada, ela leva as mãos ao peito e sufoca um grito na garganta. "Reviste os bolsos dele", o delegado Shippy ordena. Com as mãos tremendo, a Mãe tateia os bolsos do rapaz e o cheiro azedo dele revolve seu estômago. O rapaz se agita e tenta se soltar, guinchando como um porco no abate. "Acho que ele está com um revólver", a Mãe vocifera. O delegado Shippy solta as mãos do estranho e rapidamente puxa a sua arma. A Mãe se esquiva e cambaleia na direção de uma tapeçaria que exibia – William P. Miller fez questão de registrar – *a imagem de são Jorge matando um dragão contorcido*.

Foley, o motorista do chefe de polícia, que acabou de chegar para levá-lo ao prédio da prefeitura, sobe correndo a escada da frente, alarmado com os sons de luta dentro da casa, e puxa seu revólver, enquanto Henry, o filho de Shippy (*de licença da Academia Militar de Culver*), desce correndo a escada, vindo do seu quarto e ainda de pijamas, brandindo um sabre reluzente e cego. O rapaz se livra do delegado Shippy, recua, fica parado por um longo instante – Foley está abrindo a porta com um revólver na mão, Henry vem descendo a escada aos trambolhões, a Mãe está espiando atrás do dragão – e depois parte para cima dele. Sem pensar, o delegado Shippy atira no rapaz e o sangue espirra com tanta força e intensidade que a explosão de vermelho cega Foley, que, por ser bem treinado e sabedor de que o delegado detesta correntes de ar, fecha imediatamente a porta atrás de si. Sobressaltado pela presença de Foley, o delegado Shippy atira nele também e depois, percebendo um vulto que corre na sua direção, ele gira o corpo como um atirador experiente e atira em Henry. *O desprezível estranho atirou em Foley, arrebentando seu pulso, e em seguida em Henry, que teve o pulmão perfurado por uma bala.* Consequentemente, mais balas são disparadas por Shippy e Foley, sete das quais atingem o rapaz, espalhando o seu sangue e cérebro pelas paredes e pelo chão. *Durante todo o embate*, William P. Miller escreveria, *o anarquista não pronunciou uma palavra. Ele lutou obstinadamente, seus lábios cruéis cerrados e os olhos demonstrando uma determinação terrível de ser vista. Ele morreu sem dizer uma imprecação, sem uma súplica, ou oração.*

O delegado Shippy fica paralisado, prendendo a respiração, só respirando aliviado quando o rapaz morre e a fumaça dos disparos atravessam lentamente a sala como um cardume de peixes.

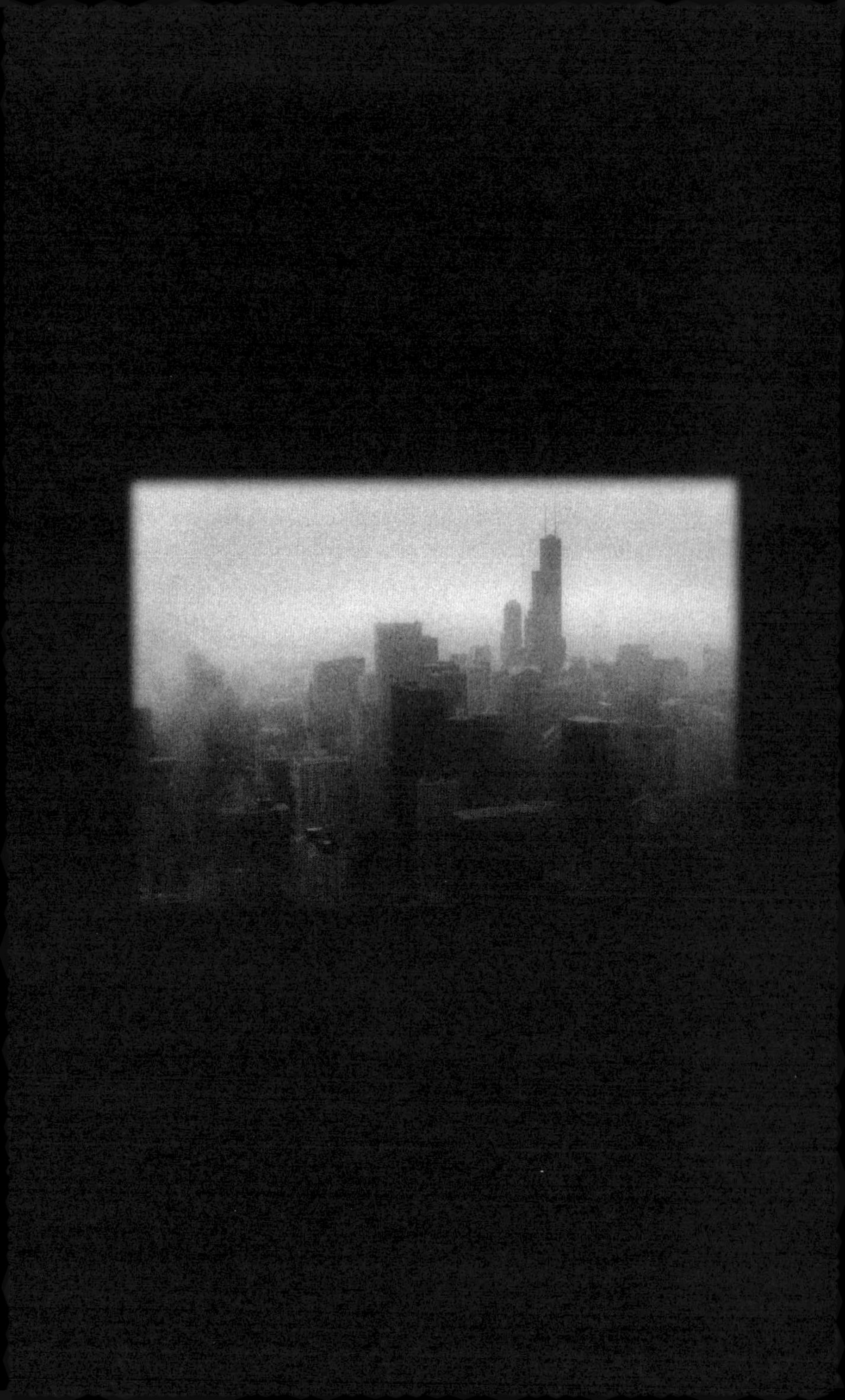

Sou um cidadão razoavelmente leal a dois países. Na América – uma terra sombria –, eu desperdiço meu voto, pago impostos de má vontade, compartilho minha vida com uma esposa americana e me esforço para não desejar uma morte bem dolorosa a um presidente idiota. Mas eu também tenho um passaporte da Bósnia que raramente uso. Vou à Bósnia para férias e funerais dolorosos e em todo 1º de março, ou perto disso, eu me reúno com outros bósnios de Chicago para comemorarmos respeitosa e orgulhosamente o nosso Dia da Independência com um jantar cerimonioso.

Para ser mais preciso, o Dia da Independência é 29 de fevereiro – uma convolução tipicamente bósnia. Mas suponho que seria estranho demais e nada soberano celebrar a data a cada quatro anos, portanto ela é celebrada anualmente e de forma caótica em um hotel qualquer do subúrbio. Os bósnios chegam cedo e em bandos; ao estacionarem seus carros, podem sair numa briga por uma vaga para deficientes: dois homens brandem suas muletas um para o outro, tentando determinar qual deles tem mais direito – o que perdeu a perna em uma explosão de mina terrestre, ou o que foi ferido na coluna em um conflito no acampamento sérvio. Enquanto esperam à toa no vestíbulo para entrar no salão de jantar de nomes despropositados (Westchester, Windsor, Lake Tahoe), meus parceiros de dupla nacionalidade fumam, embora inúmeros avisos os advirtam de que ali é expressamente proibido fumar. Assim que a porta abre, eles correm para pegar as mesas de toalha branca abarrotadas de copos e talheres, motivados por uma aflição típica de gente pobre: a sensação eterna de que o muito nunca é o bastante para todos. Eles estendem os guardanapos no colo; penduram no peito; levam um bom tempo explicando aos garçons que gostariam de comer a salada junto com o prato principal, não antes; fazem comentários depreciativos sobre a comida, que acabam levando a considerações críticas sobre a obesidade americana, e, em questão de minutos, toda a magra americanidade que acumularam em uma década evapora completamente. Todos ali – inclusive eu – são bósnios de carteirinha, todos têm uma história ilustrativa para contar sobre as diferenças culturais entre nós e eles. São sobre estas coisas que de vez em quando eu escrevo.

Os americanos, costumamos concordar nisso, saem na rua depois do banho de cabelo molhado – até no inverno! Concordamos que nenhuma mãe bósnia em sã consciência deixaria o filho sair nessas condições, pois todo mundo sabe que sair de cabelo molhado pode provocar uma inflamação fatal no cérebro. Nestas horas eu geralmente afirmo que a minha esposa americana, embora seja uma neurocirurgiã – uma médica do cérebro, vejam só – faz a mesma coisa. Todos em volta da mesa sacodem a cabeça, preocupados não só com a saúde e o bem-estar dela mas também com as perspectivas duvidosas do meu casamento intercultural. Alguém chega a mencionar a desconcertante ausência de correntes de ar nos Estados Unidos: os americanos vivem com as janelas abertas e não se importam de se expor a correntes de ar, embora todo mundo saiba que fortes correntes de ar podem causar inflamação no cérebro. No meu país, desconfiamos do ar que corre livremente.

Na hora da sobremesa, falamos inevitavelmente sobre a guerra. A princípio de batalhas ou massacres incompreensíveis para alguém que (como eu) não teve experiência desses horrores. Depois a conversa muda para formas engraçadas de não morrer. Todos riem às gargalhadas e nossos convidados que não falam bósnio jamais saberiam que as histórias engraçadas são aquelas que falam, por exemplo, dos vários pratos à base de urtiga (torta de urtiga, pudim de urtiga, filé de urtiga), ou de um tal de Salko que sobreviveu a um bando de chetniks assassinos se fingindo de morto, e hoje dança por lá – e alguém aponta para ele: o sobrevivente magricela e vigoroso, empapando a camisa com o suor da afortunada ressurreição.

No momento oficial da noite, exalta-se a diversidade cultural, a tolerância étnica e Alá. Nessa hora há sempre uma infinidade de discursos em nome do orgulho, seguidos por um show celebrando a arte e a cultura sem inflamação cerebral do povo da Bósnia-Herzegovina. Um coro de crianças de diferentes alturas e larguras (o que me lembra sempre a silhueta dos prédios de Chicago) se esgoela para cantar uma tradicional canção bósnia, seus ouvidos e pronúncia alterados para sempre pela adolescência americana. Elas dançam também, sim, sob o olhar aprovador de um professor de dança bigodudo. As meninas usam lenço de cabeça, calças-balão de seda e colete sobre os seios ainda incipientes; os garotos usam tarbuche e calças de feltro. Ninguém da plateia jamais usou uma roupa dessas na vida; os trajes típicos servem para a representação, para que todos se lembrem de um passado digno despido do mal e da pobreza. Eu participo dessa ilusão, na verdade eu até gosto de ajudar, pois pelo menos uma vez por ano eu sou um bósnio patriota. Como todos os outros, aprecio a nobreza imerecida de pertencer a um país e não a outro; gosto de decidir quem pode se juntar a nós e quem não pode, e quem será bem-vindo ao nosso convívio. O espetáculo de dança também serve para impressionar os potenciais benfeitores americanos, que se mostrarão bem mais dispostos a fazer suas doações caridosas à Associação de Bósnio-Americanos se forem convencidos de que a nossa cultura não tem nada a ver com a deles, para que assim possam demonstrar sua tolerância e ajudar os nossos costumes ininteligíveis (agora que alcançamos estas plagas e não voltamos nunca mais) a serem preservados para sempre, como uma mosca na resina.

E assim, em 3 de março de 2004 eu me encontrava sentado ao lado de Bill Schuettler, o homem que repicava a sua garrafa vazia de cerveja com uma colher de sobremesa, acompanhando o ritmo irregular e desarmônico da dança. Os patriotas da comissão organizadora queriam que eu impressionasse Bill e sua mulher com a minha fama de escritor e o meu charme pessoal, uma vez que os Schuettler faziam parte da diretoria da Glory Foundation, logo controlavam toda espécie de fundo glorioso. Bill nunca leu minhas colunas, na verdade parecia que a única coisa que leu na vida foi a Bíblia, mas ele tinha visto a minha foto no *Chicago Tribune* (duas vezes!) e estava devidamente convencido da minha importância. Ele gozava de uma confortável aposentadoria como banqueiro e usava um terno azul-marinho que lhe dava uma aura de almirante. Suas reluzentes abotoaduras combinavam com os anéis nas garras artríticas de sua mulher. Eu gostei dela – seu nome era Susie. Quando Bill deixou a mesa para dirigir-se ao banheiro, Susie me confidenciou que havia lido vários artigos meus e adorou – é incrível, ela disse, como as coisas que a gente conhece bem são diferentes aos olhos de um estrangeiro. Era por isso que ela gostava de ler, gostava de aprender coisas novas e já tinha lido muitos livros. Na verdade, ela gostava mais de ler do que de sexo, ela disse, dando uma piscadinha para pedir minha cumplicidade. Quando Bill retornou e se sentou rígido e ereto no meio de nós dois, eu continuei falando com ela, como se pela divisória de um confessionário.

Ambos estavam na casa dos setenta anos, mas Bill parecia totalmente apto para a morte, com suas próteses de quadril, as indeléveis manchas de senilidade no rosto e uma ânsia por adquirir um lugar confortável no condomínio da eternidade gastando seu dinheiro de maneira caridosa. Susie não estava preparada para a infinidade da Flórida; ela ainda tinha a curiosidade voraz de uma caloura de universidade. Ela me cobriu (e ao meu ego) de perguntas, sem perder o pique.

Sim, eu escrevo minhas colunas em inglês.

Sim, eu penso em inglês, mas também penso em bósnio; na maior parte do tempo não penso em nada. (Ela riu, jogando a cabeça para trás.)

Não, minha mulher não é bósnia, ela é americana e se chama Mary.

Sim, eu já falava inglês quando vim para cá. Sou formado em língua e literatura inglesa pela Universidade de Sarajevo. Mas continuo aprendendo.

Eu lecionava inglês como língua estrangeira e a *Reader* pediu à minha chefe que recomendasse alguém que pudesse falar da experiência de imigrantes recém-chegados. Ela me indicou e desde então venho escrevendo minha coluna.

Não, não se chama "Na Terra de Bravos", o título é "Na Terra da Liberdade".

Não, não ensino mais inglês para estrangeiros, só escrevo minha coluna na *Reader*. Não paga muito, mas muita gente lê.

Estou planejando escrever sobre um imigrante judeu morto pela polícia de Chicago cem anos atrás. Topei com esta história quando pesquisava para a minha coluna.

Estou batalhando uma bolsa para poder escrever o livro.

Não, eu não sou judeu. Nem Mary.

Não sou muçulmano, nem sérvio, nem croata.

Sou mais complicado.

Mary é neurocirurgiã do Northwestern Hospital. Está de plantão esta noite.

Gostaria de dançar, sra. Schuettler?

Obrigado.

Bósnio não é uma etnia, é cidadania.

É uma longa história. Meus bisavós foram para Bósnia depois que ela foi engolida pelo Império Austro-Húngaro.

Há uns cem anos mais ou menos. O império acabou há muito tempo.

Sim, esta história é difícil de entender. É por isso que eu gostaria de trabalhar nesse livro.

Não, eu não sabia que a Glory Foundation oferece bolsas individuais. Eu gostaria muito de me candidatar.

E eu ficaria contente de chamá-la de Susie.

Quer dançar, Susie?

E então entramos animadamente naquela dança um tanto estúpida mas simples em que as pessoas se dão as mãos no alto, formando um círculo, e viram para os lados, dois passos para a direita, um passo para a esquerda. Ela pegou o jeito rápido, enquanto eu, distraído pela súbita possibilidade de conseguir uma bolsa, me confundi, dando um passo para a direita, dois passos para a esquerda e pisando nos pés dela algumas vezes. Minha idosa parceira suportou meus ataques disrítmicos estoicamente, até eu quase quebrar o seu pé. Ela abandonou o círculo e saiu mancando, com o pé fora do sapato e uma careta de dor. Sua meia estava toda embolada no dedão, o seu calcanhar era delicado e o tornozelo estava inchado. Eu não consegui pegar suas mãos que se agitavam freneticamente e então fiquei de joelhos para dar a devida atenção ao seu pé machucado, que ela continuava girando sem parar. Para quem nos visse, parecia que estávamos entregues a uma dança sem freios – ela, uma dança do ventre capenga, eu, exaltando os seus passos – enquanto os bósnios batiam palmas, gritavam de júbilo e um flash espocou.

Quando olhei para cima, um outro flash me cegou e não pude ver o fotógrafo. Os dançarinos fizeram um círculo à nossa volta e o chão da pista estava escorregadio de suor. Susie e eu éramos a atração da festa e um rapaz, com a camisa solenemente aberta, caiu de joelhos e, jogando o corpo para trás, balançou o peito cabeludo para Susie. Ela rapidamente parece ter passado da dor ao prazer, livrando-se do outro pé de sapato para sucumbir descalça ao orgiástico balanço dos peitos. Eu saí do círculo engatinhando, oprimido por uma sensação de idiotia galopante e pegajosa.

Mais tarde, os bósnios da comissão organizadora, muito satisfeitos, me elogiaram por proporcionar os bons e velhos tempos a Susie, pois, agora que ela e Bill foram apresentados aos prazeres extáticos da cultura bósnia, um polpudo cheque estará sem dúvida por vir. Eu esqueci de mencionar a eles a perspectiva de concessão da bolsa, um fato que batia no meu peito feito um coração novinho em folha, uma vez que eu, vejam só, era sustentado pela minha mulher. No meu país, o dinheiro tem cara de homem, mas Mary era a principal provedora da família e todo mundo sabe que os neurocirurgiões ganham muito dinheiro. Eu contribuía para o fundo Field-Brik de orçamento familiar apenas simbolicamente: com o irrisório salário de professor de inglês, até ser despedido, mais a pouca quantia recebida por coluna. Essa beleza de bolsa já tomava forma em minha mente, uma gloriosa bolsa que me permitiria poupar o nosso casamento das despesas e energias gastas com minhas pesquisas e escrevinhações. Enquanto a multidão se desmanchava em outra dança, comecei a maquinar um almoço tranquilo com Susie – Bill estaria ocupado na igreja ou desperdiçando o seu tempo de sobrevida em outra coisa qualquer. Eu desfilaria o meu charme, contaria histórias engraçadas, exporia a ela o meu projeto, as minhas ideias, o meu coração de escritor. Ela me ouviria com atenção e complacência. No momento certo eu poderia talvez descrever a nossa evolução na pista de dança como um ritual de ligação. Ela daria uma gargalhada, jogando a cabeça para trás, e eu riria com ela, talvez até tocasse em sua mão por entre as taças de vinho. Ela se sentiria jovem outra vez e, consequentemente, garantiria que a minha bolsa fosse aprovada. Assim, eu poderia provar a Mary que eu não sou um preguiçoso inútil do Leste Europeu, mas um homem de talento e com muito potencial.

Para ser franco, eu não sou um sujeito com muita força de vontade, nem um cara que sabe tomar decisões rápidas – Mary é testemunha disso. Mas no Dia da Independência Bósnia, eu não hesitei em botar o meu plano para funcionar. Primeiro, eu precisava conseguir a foto que tiraram de mim e Susie, e com uma determinação não muito contida, comecei a procurar pelo fotógrafo no meio da multidão. Entre tarbuches vermelhos e peitos balançando, entre gravatas e mentes frouxas, entre crianças hiperativas e pedaços amassados de bolos do colesterol-feliz, eu procurava pela luz. Eu me enfiei por aquele mundo de gente, acotovelando idosas e adolescentes, e por fim achei o fotográfo diante de uma família sorridente, cada sorriso paralisado de expectativa. Logo depois do flash, o quadro de sorrisos desmontou e eu dei de cara com Rora.

Rora. Caralho, meu Deus. O Rora.

Isso sempre acontecia comigo: esbarrar em pessoas que havia conhecido quando vivia em Sarajevo. Nós gritávamos de surpresa, nos beijávamos ou nos abraçávamos, trocávamos informações básicas e falávamos da vida de nossos amigos em comum, prometíamos nos encontrar mais vezes e ficar em contato. Depois uma avassaladora onda de tristeza tomava conta de mim por reconhecer que o que nos ligava no passado estava agora quase totalmente perdido. Nós só estávamos encenando o gestual, desempenhando o ritual de reconhecimento, e fingindo que o nosso afastamento se dera única e exclusivamente por motivo de negligência. O velho filme do passado em comum se desintegra quando exposto à luz de uma vida nova. São sobre estas coisas que eu escrevo também.

Bom, quando eu vi que o fotógrafo era o Rora, gritei de surpresa e aproximei-me dele para beijar o seu rosto ou dar-lhe um tapinha nas costas. Mas ele desviou de mim e ignorou os meus avanços resmungando simplesmente um *Sta ima?*, como se tivéssemos passado um pelo outro na rua. Devo confessar que fiquei perplexo com essa reação, então eu me apresentei. Sou o Brik, eu disse. Nós estudamos no mesmo colégio. Ele assentiu, obviamente me achando um idiota por pensar que ele não lembraria de mim. Ainda assim, ele não demonstrou nenhuma intenção de abraçar o passado e esfregá-lo nas minhas costas. Ficou segurando a sua Canon com o flash virado para baixo, como um revólver inerte. Não era uma câmera digital, a situação embaraçosa me fez perceber.

Não é uma câmera digital, eu disse.

Você sabe das coisas, ele disse. Não é uma câmera digital mesmo.

A música parou e quem dançava voltou para as mesas. Eu estava preso àquele intercâmbio inútil; não poderia simplesmente ir embora, dar as costas a toda aquela conversa de independência e cultura bósnias, ao passado na pele de estranhos, ao presente na pele de estrangeiros, à tagarelice de Susie Schuettler, às danças e genuflexões, ao plano de fuga. É engraçado, quando a gente começa a interpretar um papel, não consegue mais parar.

Vejo que você nunca desistiu da fotografia, eu disse.

Voltei a fotografar durante a guerra, ele disse.

Eu sabia por experiência própria que se eu – que fui embora logo antes de tudo começar e perdi toda essa porcaria – perguntasse a um bósnio sobre a guerra, minha pergunta levaria fatalmente a um monólogo interminável sobre os horrores da guerra e a minha incapacidade de entender o que foi aquilo. Eu era escolado em evitar esse tipo de situação, mas dessa vez perguntei:

Você ficou em Sarajevo durante todo o cerco?

Não, ele disse. Só na melhor parte.

Eu vim para cá na primavera de 1992, eu disse, sem ele perguntar.

Você deu sorte, ele disse, e eu já ia contra-argumentar quando uma família inteira aproximou-se dele, pedindo uma foto: o pai robusto e de óculos, a mãe robusta e tacanha, duas filhas robustas de cabelos brilhantes e penteados – todos em fila, numa pose dura, exibindo os dentes robustos para a memória eterna.

Rora.

Todas as pessoas de Sarajevo entraram na nossa vida décadas atrás; todas eram passíveis de entrar novamente com uma mala pesada de recordações triviais. Eu o conhecia muito bem do colégio. Durante o recreio, costumávamos fumar no banheiro do terceiro andar e jogávamos as guimbas dentro do duto de aquecimento, apostando em quem erraria ou quem acertaria. Rora em geral fumava Marlboro de filtro vermelho, um cigarro bem superior à merda que nós fumávamos, que eram uns cigarros que por algum motivo sempre tinham o nome de algum rio da Iugoslávia propenso a transbordar na primavera. Enquanto os nossos cigarros – pelo que todos acreditavam – eram feitos das migalhas varridas do chão da fábrica no final do expediente, os Marlboros precisavam vir do exterior. Eles tinham gosto de fartura, das colheitas na terra do leite e do mel. Rora sempre nos oferecia dos seus cigarros, não por generosidade, mas porque dessa forma ele poderia nos contar de suas últimas viagens ao exterior e nos mostrar fotos de países que não conhecíamos. A maioria de nós ainda passava férias com a família em alguma cidade modorrenta da costa, não ousávamos nem faltar às aulas, quanto mais viajar para o exterior sozinhos. Rora era quase sempre irreal: ele desaparecia, sem um pingo de constrangimento por faltar às aulas, e inexplicavelmente nunca era repreendido ou punido por isso. O que se dizia era que seus pais haviam morrido em um acidente de carro e ele morava com a irmã, que não era muito mais velha. Mas havia também todo tipo de rumores mais ou menos plausíveis: que seu pai tinha sido espião da Inteligência Militar e agora eram os velhos amigos do pai que o criavam; que ele era filho bastardo de um membro do Comitê Central; que ele próprio era um espião. Era difícil levar a sério essas histórias, se bem que, no caso de Rora, podia até ser. Ele invariavelmente acertava as guimbas na mosca.

Ele nos contou da vez em que viajou para Londres na cabine do piloto do avião: quando sobrevoaram os Alpes, o piloto deixou que ele segurasse o manche por um tempo. Na Suécia, ele teve uma vaga garantida na cama de uma coroa que o cobria de presentes – ele então puxava a camiseta de lado e oferecia à nossa inspeção um colar de ouro da espessura de um polegar. Ela deixava que ele dirigisse o seu Porsche e teria lhe dado o carro se ele quisesse; ele nos mostrou a foto do Porsche. Em Milão, ele ganhou tanto dinheiro no jogo de cartas que teve que gastar tudo logo em seguida para não ser morto pelos caras que havia depenado. Então ele levou todos ao restaurante mais caro do mundo, onde comeram olhos fritos de macaco, kebab de cobra peçonhenta e, de sobremesa, lamberam mel nos peitos das garçonetes mais gostosas. Para provar, ele nos mostrou uma foto da Catedral de Milão. Nós acreditávamos nele, mesmo quando zombávamos de suas histórias, porque ele parecia não estar nem aí se acreditávamos ou não.

A única coisa que eu lembrava e tinha saudade naquele tempo da Sarajevo pré-guerra era de uma espécie de crença muda de que todo mundo podia ser o que dizia ser – a vida de cada um, apesar de imaginária, podia ser validada internamente por seu proprietário legítimo e soberano. Se alguém lhe dissesse que viajou na cabine do piloto, foi gigolô adolescente na Suécia ou comeu kebab de cobra, era fácil decidir acreditar nele; você resolvia confiar nas histórias dele porque elas eram boas. Mesmo que Rora mentisse, mesmo que eu nem sempre acreditasse que aquilo tudo que ele nos contava de fato acontecera, ele era a única pessoa indicada para viver o personagem dessas histórias – só ele podia ser o gigolô da cabine fissurado em kebabs de cobra. Como todos nós, eu tinha as minhas próprias histórias implausíveis que retratavam pessoas que eu gostaria de ser, muitas dessas histórias variações em torno do lamentável tema do escritor maldito e cínico. Além disso, as histórias de Rora caíam como verdade em nossos delírios adolescentes – eu costumava elaborar fantasias sexuais que invariavelmente contavam com a participação da dama sueca. Ele dava vida aos nossos sonhos; todos nós queríamos ser Rora porque ninguém que conhecíamos era como ele.

Depois dos tempos de colégio eu não o veria muito, pois ele estava sempre viajando e eu me tornara um aplicado estudante de língua e literatura inglesa. Encontrava com ele na rua, apertávamos as mãos, nos informávamos de que as coisas não haviam mudado muito em nossas vidas e depois ele me descrevia a última viagem que fizera. Eu acompanhava suas perambulações por toda a Europa no mapa incompleto e impreciso que eu tinha na cabeça, fincando bandeirinhas da juventude de Sarajevo nas capitais europeias em que Rora faturou uma grana em partidas de xadrez-relâmpago para depois torrar tudo em uma banda cigana que ganhava a vida tocando dias e noites; nas cidades ricas em que colocou um ocidental esnobe no seu devido lugar dormindo com sua esposa ociosa e a filha mimada na mesma noite; nos hotéis do litoral onde ele distraía os turistas tirando fotos enquanto seu parceiro lhes batia a carteira. Quando ele me contou essas aventuras inacreditáveis, foi como se eu sentisse na minha pele a vibração de mostrar ao mundo a nossa língua atrevida de Sarajevo saindo de nossa insolente boca bósnia. Além do mais, ali estava o retrato dos ciganos; ali você podia ver mãe e filha; ali estava o meu camaradinha Maron, o maior punguista da Europa central.

A última vez em que vi Rora foi em março de 1992. Ele acabara de voltar de Berlim, eu estava prestes a partir para a América, tudo estava ruindo e havia uma nevasca bizarra caindo no começo da primavera. Nós nos encontramos por acaso na rua fustigada pela neve e falamos mal do vento que uivava à nossa volta, como num poema épico. Ele usava um sobretudo elegante de pelo de camelo, o pescoço protegido por um cachecol de mohair, os cabelos encaracolados molhados de neve. Ele tirou as luvas de pele de ovelha para apertar minha mão gelada. Nós dois estávamos bem, apesar das circunstâncias; tudo à nossa volta piorava a cada dia; o clima estava horrível, o futuro, incerto, a guerra certa; tirando isso, tudo estava como sempre. Ficamos parados na rua, em frente do prédio da Energoinvest

Company, o frio me roendo os dedos dos pés, enquanto eu o ouvia me contar, a propósito de nada, que em Berlim ele costumava vender pedaços do Muro a turistas americanos em busca de vestígios da experiência real. Ele pichava um bloco de concreto e o quebrava em pedaços – os pedaços maiores eram os mais caros e com estes ele oferecia um certificado de autenticidade assinado por ele mesmo. Ele quase se encrencou quando os tiras o flagraram na rua atrás de uma pilha de pedaços do Muro, com a carteira recheada de dólares e marcos, negociando com um casal de Indiana que levara mochilas vazias para enchê-las de história concreta. Ele livrou a cara dizendo aos policiais que vendia réplicas, o que, pelo visto, não incomodou os policiais nem os americanos. As últimas palavras que me disse foram um conselho sobre os Estados Unidos da América. Lá nada é verdade, ele disse e foi embora, entrando pela tempestade de neve – ou pelo menos é essa a imagem que gosto de fazer. A realidade, no entanto, é que ele caminhou comigo até um cruzamento de Pofalići, onde acenou para um táxi e eu fiquei esperando o bonde. Nas duas versões, ele deixou cair uma luva e não percebeu. Eu a peguei e levei para casa, onde acabou desaparecendo na guerra.

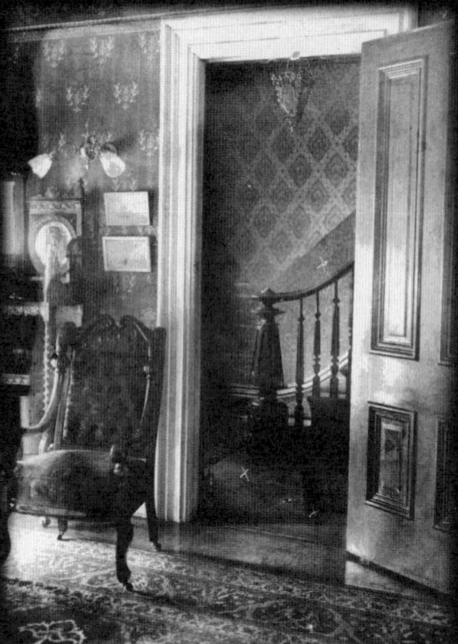

O subdelegado Schuettler encarregou-se imediatamente da investigação. Mandou que seus homens procurassem por pistas e testemunhas, enquanto ele se dirigia para a residência do delegado Shippy. O corredor da casa de Shippy ainda cheira a água-de-colônia, pólvora e sangue; o tapete da escada arrasta-se até a escuridão do andar de cima. William P. Miller, o principal redator do *Tribune*, já estava na sala, fumando um charuto e mais bem-vestido do que nunca. Schuettler assente para ele e troca algumas palavras com o delegado Shippy, que faz uma careta de dor enquanto Foley enfaixa o seu braço. Ele passa cuidadosamente por cima da poça vermelha de sangue que mais parece um oceano escuro no piso claro de bordo e aterrissa no tapete onde jaz o corpo inerte do rapaz. Ele pega do chão o envelope que o rapaz entregara ao delegado Shippy, abre, lê o bilhete e o coloca no bolso. Miller percebe, mas não pergunta nada. O lustre vibra quando alguém pisa duro no andar de cima. O teto é azul-claro, como o céu de verão. "A Mãe está muito angustiada", diz o delegado Shippy.

No bolso do casaco do rapaz, o subdelegado descobre uma passagem de bonde emitida na 12th Street, *sinal de que o assassino morava no gueto judeu da zona sul da cidade*, e outra emitida na Halsted, datada de 1º de março – ele aparentemente fora à zona norte em uma missão de reconhecimento. Há também uma folha rasgada de um calendário (data: 29 de fevereiro) com os seguintes números: 21-21-21-63; o número 63 foi circulado parcialmente e rabiscado com um X. A princípio o subdelegado Schuettler suspeita que o assassino tirou esses números de algum tipo de loteria dos anarquistas, que decidiria qual deles cometeria o crime. Sua suspeita é confirmada ao encontrar um saco com pastilhas brancas muito semelhantes a pílulas de veneno – o jovem certamente desejava morrer por uma causa equivocada. O subdelegado também encontra, dobrado por dentro da fita do chapéu do anarquista, um pedaço de papel barato com as seguintes frases escritas:

1. *My shoes are big.*
2. *My room is small.*
3. *My book is thick.*
4. *My soup is warm.*
5. *My body is very strong.*

Obviamente as frases são um código cifrado descrevendo os passos do plano assassino. O subdelegado também acha significativo o fato de o anarquista estar meticulosamente barbeado, o que deve ter feito naquela mesma manhã, e com o cabelo cuidadosamente aparado. Suas roupas são velhas e rotas, mas o seu corpo não cheira mal; sem dúvida o homem tomara banho há pouco tempo. *Não é comum que estrangeiros dessa laia se preocupem com a higiene pessoal*, comenta o subdelegado com William P. Miller. *Parece que ele não esperava voltar vivo.* "Eu acho que ele é judeu", diz o delegado Shippy, enquanto Foley rasga com os dentes a faixa da atadura para amarrá-la. O subdelegado abre a calça do homem, puxa-a para baixo e faz o mesmo com a cueca. Ao tirar a cueca, ele escorrega no sangue e nos miolos perto do corpo, mas rapidamente recupera o equilíbrio.

– Ele é judeu mesmo – ele anuncia, inclinado sobre os genitais do jovem. – Não passa de um judeu.

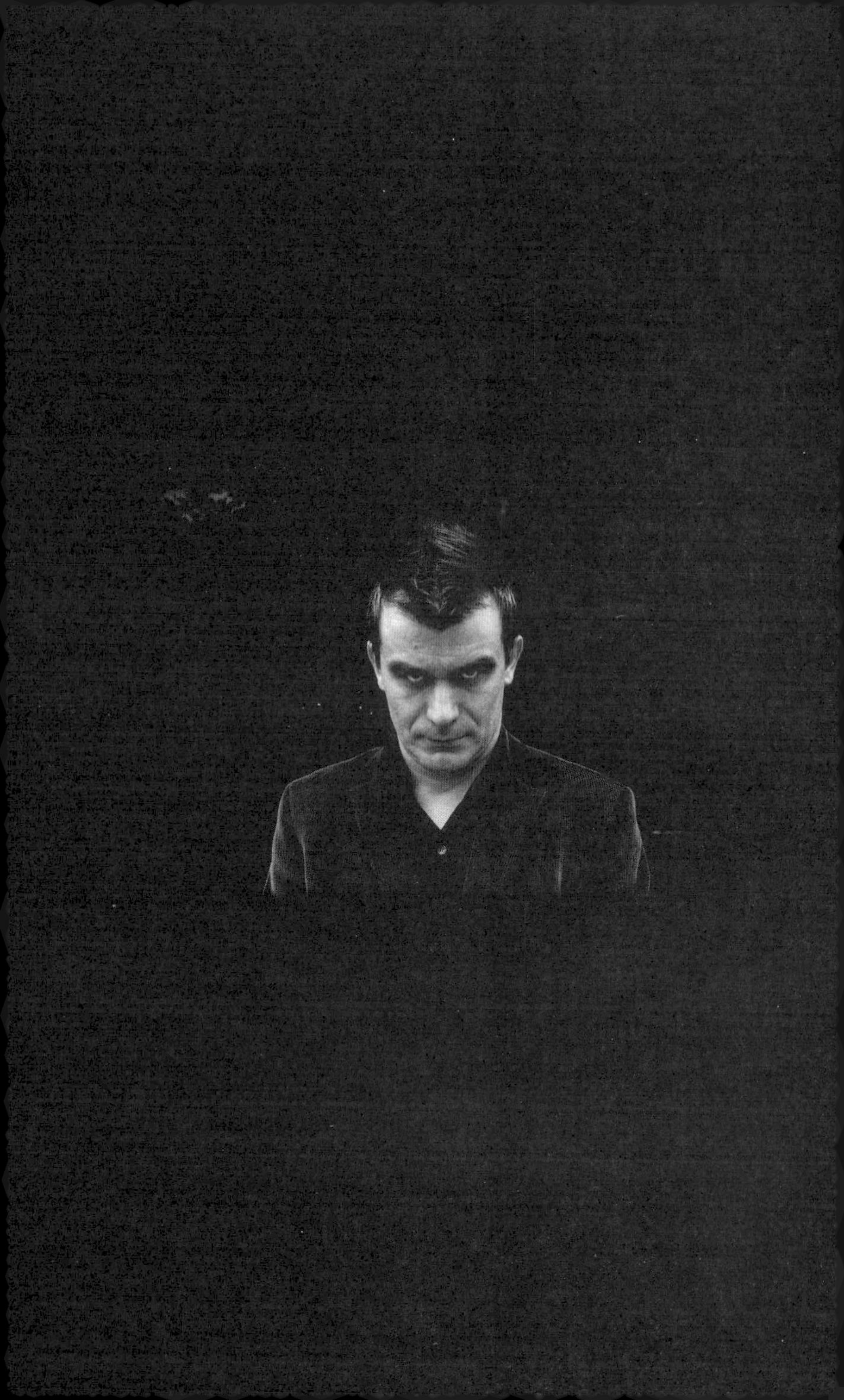

Como eu era um curioso nostálgico, não tinha muita vontade de ver Rora fora dos limites da celebração de nossas raízes, independência e desterro, no entanto, o que eu queria dele mesmo era aquele retrato meu com a Susie, porque, na minha mente febril, conseguir a bolsa de Susie dependia dessa foto. De volta ao evento, Rora disse que seria um prazer arrumá-la para mim. Com uma expressão séria e teatral no rosto, eu me ofereci para comprá-la, esperando que ele não aceitasse minha oferta e me prometesse dá-la de graça. Ele calculou o valor da foto em colossais cem dólares, mas eu estava disposto a pagar o preço. Ele disse que me telefonaria quando a foto estivesse pronta. Talvez ele precisasse de dinheiro; talvez não pudesse deixar de cobrar por questão de princípios. Talvez porque quisesse me colocar como mais um personagem na galeria de otários de suas futuras histórias, mais um americano para quem vendeu uma porcaria sem valor.

Seja como for, algumas semanas depois – era quase maio, o que eu sabia porque apresentara minha candidatura à bolsa em 1º de abril e estava me preparando para convidar Susie para um almoço – eu me vi no Fitzgerald's, um pub irlandês em Andersonville, com a carteira recheada de notas de vinte, e aquela gostosa sensação de formigamento que a quase ilegalidade proporciona, olhando para as fotos na parede de vários policiais e bombeiros segurando estereotipicamente suas canecas de cerveja. O café da manhã no Fitzgerald's foi sugestão minha, devido ao fato de ser o pub preferido de Mary, o lugar onde podíamos voltar às raízes irlandesas de minha mulher, irrigando-as com baldes de cerveja. Rora estava atrasado e, como costuma acontecer comigo, fiquei preocupado de ele não aparecer. Quando eu era pequeno e brincava de esconde-esconde com outras crianças, por mais de uma vez eu me peguei procurando por meus colegas de brincadeira até à noite, tentando encontrá-los atrás de moitas e de carros, nos porões, perseguindo sombras enquanto eles tomavam banho assistidos por suas carinhosas mães depois de largarem a brincadeira sem nem me avisar. Por isso, toda vez que esperava por alguém eu passava um bom tempo pensando na possibilidade de a pessoa não aparecer nunca. Às vezes imaginava que Mary não voltaria para casa depois do hospital; imaginava que ela ficaria tão cheia de minha ambição de escritor e concomitante subemprego que um dia decidiria não voltar para casa depois do trabalho, me deixando lá sozinho até eu reconhecer que ela não suportaria mais a minha existência parasitária. Desta vez eu estava sentado perto da janela do Fitzgerald's de frente para o vazio do outro lado da mesa, esperando por Rora para me levantar, prevendo a humilhação habitual. A garçonete aparecia de vez em quando para conferir se eu ainda esperava por companhia no café da manhã. Eu nunca devia ter dito a ela que esperava uma pessoa.

Mas então eu o vi descendo a rua, alto e magro, os cabelos escuros impecavelmente encaracolados, com um casaco de couro novo e brilhante, e óculos de sol espelhados e modernos. Ele se destacava em meio à multidão matutina de Andersonville que embarcava em mais um dia de trabalho no seu ofício de atingir a perfeição. Foi quando eu o reconheci, quer dizer, eu finalmente compreendi o que sempre soube mas nunca fui capaz de formular: ele sempre foi um sujeito completo. Ele conseguira ser uma obra acabada de si mesmo antes que qualquer um de nós pudesse nem imaginar que tal feito fosse possível. Nem preciso dizer que eu o invejava.

Ele flertou com a garçonete, falando primeiro em francês e depois em alemão, mas ela era de Palos Heights, logo indiferente; ele pediu um cheeseburguer bem passado sem dizer por favor ou obrigado. Eu queria um waffle, mas não tinha waffles, então pedi um cheeseburger ao ponto. Daí começamos a jogar conversa fora em bósnio: ele havia morado muitos anos em Edgewater; meu habitat era o Uptown desde que Mary e eu nos casamos. Eu disse que era um milagre a gente não ter se esbarrado antes e ele perguntou se eu sabia que os frutos do mar mais frescos eram vendidos em uma loja de ferragens perto da Miracle Video. Rora conhecia um peixeiro bósnio que fornecia criaturas do mar aos melhores restaurantes de Chicago; os bósnios que quisessem um polvo recém-pescado na Flórida só tinham de ligar para ele fazendo o pedido, que ele entregava na loja de ferragens, cujo dono era um tal de Muhamed. Havia baldes cheios de peixes espadanando nos fundos da loja, bem embaixo das motosserras – o lugar cheirava a mar e aguarrás.

E lá estava aquela familiar sensação do banheiro do colégio: por um momento parecia que este mundo insípido, disciplinado e perverso poderia acomodar maravilhosas aberrações como kebabs de cobra peçonhenta ou uma loja de ferragens que oferece baldes de polvos. Com base em minha recém-adquirida racionalidade americana, eu o desafiei ao sugerir que ele pudesse estar enfeitando a história, mas ele calmamente me propôs que eu fosse lá agora mesmo para ver com meus próprios olhos. Eu declinei, óbvio, e preferi acreditar. Não havia também necessidade de uma foto para provar, pois eu podia ver a loja de ferragens pela janela.

Os cheeseburgers chegaram com todo o seu esplendor gordurento. Eu acabei logo com o meu e ficamos tomando litros de café até o meu rabo ficar danado de inquietação. Contei a ele a minha história: eu cheguei aqui quando a guerra começou; fiz alguns bicos até finalmente começar a lecionar inglês para estrangeiros. Depois consegui o trampo das colunas; eu escrevia sobre as experiências dos meus alunos, não muito diferentes das minhas: procurar emprego, conseguir o seguro social, encontrar um apartamento, conseguir a cidadania, conhecer americanos, lidar com a nostalgia, essas coisas. Escrever minha coluna era bem legal, embora pagasse muito pouco. Os leitores gostavam porque eu era franco e muito pessoal, eles achavam encantadora a linguagem peculiar do imigrante. Três anos atrás eu casei com uma americana, ela era fantástica.

Esse era o meu discurso pronto sempre que alguém rompia um silêncio constrangedor em jantares festivos para fazer perguntas escorregadias. Como eu sempre achei que as pessoas não gostariam de saber das particularidades, nunca contei a elas que Mary e eu nos conhecemos em uma noite de solteiros no Art Institute, onde a solidão, transnacional como é, nos aproximou. Completamente bêbados, Mary e eu nos sentamos na escadaria de mármore e ficamos tartamudeando sobre a vida, a arte e a poesia. Eu a impressionei ao assassinar uns versos de Larkin ("Dorme em cada um o sentido do amor em harmonia com a vida..."), depois quase estraguei tudo ao tentar acariciá-la cedo demais. Ela estava bêbada demais para ser complacente; cambaleamos até o lago enfeitado de marolas, nos sentamos na areia da praia de Oak Street até os guardas nos dizerem que era hora de irmos para casa; fomos para a casa dela. Um ano depois eu a pedi em casamento diante das comoventes ninfeias de Monet. Ela era linda; eu fiquei sem fôlego; ainda estávamos sozinhos; ela disse sim. O nome do nosso primeiro filho seria Claude ou Claudette, ou, brincamos, Cloud e Cloudette. Ao preparar seus guisados irlandeses, ela usava um avental estampado de ninfeias. Às vezes eu acho que inventei isso tudo.

Os inquisidores de festas em geral se emocionavam com a delicadeza da minha história de imigrante; muitos lembrariam de um ancestral que veio para a América e teve a mesma trajetória narrativa: deslocamento, mourejo sem trégua, redenção, sucesso. Eu não tinha coragem de dizer-lhes que havia perdido meu emprego de professor e era sustentado por Mary. Ela também gostava da trajetória narrativa, pois o seu povo tinha a mesma história de deslocamento e reassentamento, embora eu tivesse certeza de que ela estava decepcionada com o fato de a minha fase de sucesso parecer ter sido suspensa. Ainda assim, ela enviava recortes de minhas colunas aos seus pais em Pittsburgh, que, obedientemente, os penduravam na porta da geladeira; ela garantia que eu era muito talentoso e que um dia escreveria um grande livro. Os meus sogros não viam a hora de esse dia chegar. Acho que eles pensavam que eu não queria ter filhos antes de escrever um livro, e eles estavam ansiosos por netos. De qualquer forma, ela era maravilhosa, muito companheira. Eu era um homem feliz, garanti a Rora, porque ela era uma mulher e tanto, isso Mary Field era. Ela era uma cirurgiã que nunca chorou por conta de pacientes que morreram. E a sua família era ótima também. Eram irlandeses-americanos.

Rora me contou de um irlandês que conheceu na guerra. Chamava-se Cormac e Rora o conheceu dentro do Túnel, onde ficaram parados porque um engradado de garrafas de vinho caiu e quebrou em algum ponto da escuridão à frente. Enquanto os contrabandistas salvavam o vinho que venderiam no mercado negro, Rora e Cormac esperaram e conversaram. Era a primeira vez que Cormac vinha a Sarajevo. O seu plano era organizar a visita do papa à cidade sitiada. Eles sentaram no chão frio de terra, naquela escuridão sepulcral, sentindo o cheiro da bebida derramada, e Cormac contou a ele que já havia conversado com o papa por telefone e Sua Santidade concordara em vir, com uma única condição. Eu tirei uma foto ótima de Cormac, disse Rora, quando saímos de lá: a cara dele suja de lama, rindo como um lunático, feliz por ter saído literalmente do submundo.

Eu não consegui perceber qual a ligação entre o que eu estava falando(o que era mesmo?) e a história do papa, mas obviamente estava louco para saber qual foi a condição imposta por Sua Santidade. A garçonete trouxe a conta e, antes de passá-la para mim, Rora disse a ela: "Ah, tá muito caro. Podemos negociar?" A garçonete parecia cansada e emaciada, um par de grampos escorregava por seus cabelos alourados, mas mesmo assim ela sorriu. Rora tinha muita lábia, isso ele tinha. No meu país, pessoas com boa lábia eram tão endêmicas quanto as minas terrestres de hoje.

Qual era a condição?, eu perguntei.

Que condição?

A condição do papa?

Ah, que eles acabassem com a guerra, disse Rora. Cormac viera a Sarajevo para dizer ao povo que se eles parassem de se matar, o papa viria para uma visita de dois dias.

Como ele conseguiu o telefone do papa?

Ele conseguiu o número com aquele cantor, o Bono. Ele é assim com o papa.

Após o café da manhã, Rora ainda queria mais café. Fomos até o Kopi Café, um ponto de encontro que fedia a patchuli e chá velho. Eu já estava quase cego de tanta cafeína, mas não podia dizer não, pois ainda não conseguira a foto. Um garçom inábil, de bracinhos curtos devastados por uma psoríase barroca, anotou nossos pedidos. Muito arrogante, Rora pediu um expresso duplo para nós dois, dando instruções precisas de como prepará-los. O garçom não acreditava que estivesse ouvindo aquilo, ficou batendo com a caneta no bloquinho até Rora dizer com autoridade: "Anote aí." Um homem de roupa morrinhenta tremia num canto; um yuppie de terno completo pedia um *caffè latte* grande; a máquina de expresso chiava feito um gêiser. Em uma estante na parede havia guias de viagem para terras distantes: Espanha, Noruega, Suazilândia, China, Nova Zelândia, Irlanda.

O que eu podia fazer? Bebi o meu expresso duplo aguado (o garçom obviamente ignorara as instruções) e, com as mãos tremendo, eu por fim perguntei a Rora sobre a foto. Eu não mencionei o que pretendia com ela. Era preto e branca e estampava todo o meu embaraço em seu momento mais glorioso e surreal:

eu, ajoelhado na frente de uma idosa feito um cavaleiro pateta, tocando seu joelho enrugado com a minha mão esquerda. No entanto, devo admitir que meu rosto saiu ótimo. Uma expressão nobre, ouso dizer. Havia uma certa inocência sincera por trás do verniz de pânico – já imagino Susie gostando da foto. E o fato de ser em branco e preto fazia com que tudo parecesse antigo e inteligente, como parte de um mundo diferente, desaparecido e, portanto, melhor. Eu gostei muito da foto – aquele era eu, como eu via a mim mesmo. Pedi o negativo.

Você não me pagou, ele disse.

Você não me deu o negativo, eu disse.

Ele me entregou o negativo e eu paguei. Ele se inclinou para a frente e olhou para o meu rosto, como se avaliasse como eu ficaria em um retrato.

Eu gostaria de fotografá-lo, Brik. Você sairia bem, ele disse.

Por quê?

E por que não? Todo rosto é uma paisagem. Além do mais, eles podem querer colocar uma foto sua próxima à sua coluna. Ou você poderá precisar quando publicar seu livro.

ALÉM DE CRIAR coragem para telefonar para Susie Schuettler, eu não tinha nada melhor para fazer. Na semana seguinte, posei para Rora, como um turista inocente, na frente dos inúmeros marcos de Chicago: o Picasso, o Art Institute, o edifício John Hancock, a Magnificent Mile. Também fizemos algumas em becos escuros e estreitos, parques animados, e depois fomos até a praia de Oak Street. O dia estava frio e o lago tinha a cor de líquen típica dos dias em que sopra o vento noroeste. Confesso que eu buscava a nobreza visível na foto de joelhos quando fazia pose de pensativo, mal-humorado ou indiferente. Eu contemplava o horizonte das águas; com um perfil sério eu ponderava na vasta eternidade que a visão do lago sugeria. Sentava na calçada concentrado em meus músculos faciais, no ângulo do meu queixo, nos meus lábios entreabertos só o suficiente para sugerir uma aguda manifestação de mortalidade. Poderia ter sido uma tortura com toda aquela gente correndo e caminhando que de repente parava para meter o bedelho e fazer perguntas, principalmente porque eu já me perguntava o que é que eu estava fazendo ali afinal. Teria sido um sofrimento, não fosse por Rora e sua farta distribuição de histórias com intratável desinteresse, como se ele quisesse de alguma forma me retribuir o favor ao me ilustrar e entreter. Nem uma vez sequer ele perguntou da minha vida, dos meus planos ou experiências, mas me lembrei de que este era o jeito bósnio de ser: ninguém perguntava nada a você, você é que tinha de se fazer ouvir. Rora falava resmungando, engolindo as vogais e mastigando as consoantes, daquele jeito peculiar de Sarajevo. Eu adorava esse som; ele sempre me lembrava do leve arrastar do primeiro bonde em um dia de primavera, quando o ar estava úmido o bastante para abafar os sons da cidade.

Ele era um garoto do Baš Čaršija, cresceu na parte velha cidade. Sua família era de antigos comerciantes muçulmanos que sempre moraram e tiveram comércio em Sarajevo. Eles nunca se casaram com ninguém de fora da cidade, por isso não tinham primos no campo. Eu não suporto a natureza, Rora me disse enquanto eu fazia uma pose para a câmera encostado em uma árvore frondosa. Eu não saberia dizer qual a diferença entre uma vaca e um carneiro, ele disse. Para mim os dois são animais selvagens. Ele tinha dez anos quando os pais morreram; uma tia cuidou dele e da irmã. Azra, sua irmã, era uma menina boa e obediente, ia à escola, estudava, ajudava a tia nas tarefas domésticas, enquanto ele só ficava na casa dela para comer e dormir, ele disse. Foi criado por Čaršija. Ele começou a fumar com onze anos e aos doze já ganhava dinheiro com as cartas. Às vezes ensinava travessuras à irmã. Um dia eles encheram de água os sapatos que ficavam do lado de fora da mesquita e depois ficaram vendo os homens chapinhar e escorregar no pátio.

Quando era adolescente, ele conduzia os turistas até uma entrada lateral da mesquita de Gazihusrevbegova, orientando-os para que deixassem seus sapatos, casacos e câmeras fotográficas do lado de fora se não quisessem insultar o Islã. Ele prometia tomar conta dos pertences, mas assim que os turistas entravam na mesquita, ele desaparecia com o butim, deixando que as vítimas do assalto andassem descalças pelas ruas de pedra. Ele vendia o produto do roubo a Rambo, um marginal de Čaršija veterano aos vinte e poucos anos, cujo pai era o melhor amigo do pai de Rora. No começo da guerra, Rora se juntaria ao exército de Rambo, pois era uma das poucas unidades bósnias que contava com armas. Antes da guerra, Rora estendera os seus serviços a muitos estrangeiros que desejavam uma foto tirada no ilustre centro histórico de Sarajevo. Ele os guiava até lá e os fotografava diante de sinagogas do século XIV, igrejas do século XV e mesquitas da Idade Média que na verdade foram construídas há cem anos; ele lhes contava histórias de batalhas sangrentas que nunca aconteceram; ele os fazia chorar com histórias que, segundo ele, toda a cidade conhecia: dois jovens amantes se jogaram do alto daquele minarete; naquela loja, diz a lenda, tapetes mágicos eram tecidos pelas abençoadas mãos de um rapaz chamado Ahmed, até o dia em que ele fabricou um para si mesmo e saiu voando para uma terra distante sem jamais ser visto novamente. Os turistas adoravam fantasmas; as histórias os inspiravam a puxar a carteira de suas bolsas de viagem e oferecer-lhe uma gorjeta bem gorda.

A experiência de guia e fotógrafo ajudou Rora quando ele fugiu do cerco de 1994 através do Túnel. Ele pegou uma carona até Medjugorje com um repórter do *Washington Post* que queria fazer uma matéria sobre as dezenas de milhares de peregrinos que visitavam o local onde supostamente a Virgem aparecera para meninas pastoras imaculadas – concentradas na busca da salvação eterna, as boas almas cristãs deixavam de perceber o massacre de muçulmanos a poucos quilômetros de distância. Assim, Rora acabou dando em Medjugorje disfarçado de católico croata e com o nome de Mario. Ele sabia falar alguns idiomas, nunca se separava de sua máquina fotográfica e com isso arrumou emprego de guia de fiéis que queriam conhecer o local onde as pastoras viram a Mãe de Deus; ele fotografava seus rostos radiantes de enlevo espiritual. Bem, Rora já ouvira falar de Jesus – *Isus Krist* – pois ele era famoso, como a Madonna ou o Mel Gibson, mas ele nunca havia entrado em uma igreja, sabia muito pouco ou quase nada de teologia cristã e se interessava muito menos. Mas como os rituais bobos e aquela maluquice de expiação da alma sempre foram fáceis de aprender, em um dia e meio ele aprendeu a apertar os botões da exaltação. Os turistas se derramavam em lágrimas diante da cruz quando Rora recitava um texto, que pegara em um folheto, acrescido de alguns floreios. Eles adoravam, toda aquela boa gente das Filipinas, da Irlanda e do México; tocados pelo espírito, eles o recompensavam generosamente.

Um dia ele conduziu um pelotão de peregrinos idosos americanos, recém-chegados de Indianápolis. Com sua experiência de gigolô e o inglês carregado do sotaque de Čaršija, a sua lábia quase arrancou as imaculadas calças dos peregrinos, deixando seus traseiros católicos de fora. Ao chegarem no local sagrado da aparição e depois do convencional vale de lágrimas, eles imploraram a Rora que fizesse uma oração em sua própria língua, um pedido que significava um gorjeta do tamanho de Indiana. Rora já ouvira algumas orações antes, ele sabia muito bem que *Isus Krist* era sempre o personagem principal, ele conhecia o som, mas não sabia nenhuma de cor. Mesmo assim, ele caiu de joelhos, uniu as mãos em prece, abaixou a cabeça – a piedade em pessoa – e rezou:

Pliva patka preko Save
Isus Krist
Nosi pismo navrh glave

*Isus Krist
U tom pismu piše
Ne volim te više*

Quando eu era garoto, havia uma divisão de tarefas entre meus pais: o meu pai contava umas histórias de sua infância de conto de fadas, povoadas de animais domésticos inteligentes; minha mãe recitava versos ou cantava canções de ninar. Uma destas canções de ninar falava de um pato que atravessava o rio Sava a nado levando na cabeça uma carta na qual se lia: Eu não te amo mais – *Ne volim te više*. Esta carta sempre me causou perplexidade e eu passava noites sem dormir querendo interpretar: por que o pato carregava a carta na cabeça? Qual o significado do rio? Quem seria o destinatário? Quem não era mais amado? A oração de Rora era esta canção, com o incongruente acréscimo de *Isus Krist*, e enquanto ele me contava essa história eu percebi toda a crueldade intrínseca à canção, o que na minha cabeça eu associava com a crueldade intrínseca do culto ao Sr. Jesus.

Isto porque eu me lembrava de que meus avós me forçavam a frequentar a igreja. Eles viviam sua tradicional vidinha ucraniana no interior da Bósnia e meus pais me mandavam para lá direto de Sarajevo para passar o verão com eles. Tudo que eu queria era ficar lendo, mas quase sempre tinha de ajudar nas tarefas da fazenda, dar água às vacas, ou trazer meu avô de volta do campo, pois ele não conseguia achar sozinho o caminho de casa. Nas manhãs de domingo, eu tinha de me levantar com o romper do sol, colocar minhas calças compridas, camisa branca e gravata para subirmos a pé até a igreja, que ficava a quatro montanhas de distância. Na igreja, só os mais velhos tinham assento, enquanto eu ficava de pé, cheio de sede, cansado e entediado, os pés doendo e a cueca suada grudando no traseiro. O pior de tudo era a atmosfera funérea, de solenidade doentia: o coro entoando canções de sofrimento, crucifixos por toda parte, velas ardendo diante de imagens, sua fumaça cobrindo de fuligem as paredes, as mãos trêmulas dos velhos apoiadas no cabo das bengalas, os mais jovens se ajoelhando e gemendo de dor nas articulações. Tudo na igreja anunciava a morte, a ofegante, austera, cega, surda e decrépita morte. Mais de uma vez eu mijei nas calças. (Por que não há banheiros nas igrejas? Cristo não tinha bexiga?) Eu desmaiei no mínimo uma vez. Havia vômitos e sangramento nasal também, mas nunca havia misericórdia – todo sofrimento era insignificante comparado ao do ginasta crucificado, e ninguém se importava comigo. Eu passava uma semana tendo pesadelos e, pelo telefone, implorava aos meus pais comunistas agnósticos que me protegessem do zelo espiritual dos meus avós, mas eles não me atendiam, pois os perigos de ficar sozinho na casa dos meus avós enquanto eles estavam na igreja, com todas aquelas facas, fósforos e ferramentas de jardinagem dando sopa, os preocupavam muito mais do que o meu martírio – eles se importavam mais com a preservação do meu corpo, do que da minha alma. Minha salvação foi quando descobri que eu podia infiltrar meus livros na igreja: atrás de todo mundo, num canto escuro, eu lia, por exemplo, *No deserto e nas selvas*, e me imaginava vagando pelos vastos e luminosos espaços da liberdade, enquanto todos os outros na igreja confessavam seus pecados e meditavam na fragilidade de suas existências terrenas. O livro não só acabava com o meu desconforto físico, como eu sentia um intenso prazer no fato de estar desfrutando dele sem que os fiéis ajoelhados tomassem conhecimento. No entanto, eu me deleitava imensamente – na verdade orgasmicamente – com a imagem de ingênuos peregrinos americanos ajoelhados se esforçando para imitar o êxtase de Rora, o patinho indiferente que deslizava tranquilamente pelo rio.

NA HORA em que ele me contou a história da oração do patinho, nós estávamos tirando fotos no Uptown, com suas lojas de bebidas baratas, o enferrujado elevado da Lawrence, suas gangues de vagabundos com as calças na metade da bunda dura, o Uptown Theater cercado de tapumes, os velhos hotéis decrépitos funcionando como centros de reabilitação e instituições psiquiátricas, os bandos de malucos vagando pelas ruas, atordoados e babando. Após o 11 de setembro, esses malucos ficaram tão patrióticos quanto qualquer um, eu disse. Eles espetavam bandeirinhas americanas no meio do cabelo sujo e maçarocado; um sujeito descalço pôs na testa um adesivo escrito UNIDOS VENCEREMOS – suas múltiplas personalidades unidas na guerra contra o terrorismo. A fé e o delírio são irmãos incestuosos.

Tinha um maluco em Sarajevo, Rora disse, que corria por toda a cidade durante o cerco sempre que o tiroteio acalmava. De camiseta e short vermelho, ele corria sem parar e as pessoas ficavam tentando pegá-lo para salvá-lo, porque os chetniks, na verdade, não paravam de atirar nunca, mas ninguém conseguia alcançá-lo, ele corria rápido demais. Ele enfiava um limão de plástico na boca e, quando não tinha um limão, berrava como o *Sheitan*. Quando alguém perguntava, ele dizia que estava treinando para a Olimpíada. Então, um dia, Rora disse, ele correu com um bando de gente para atravessar a pista de decolagem do aeroporto enquanto as forças da ONU e os chetniks atiravam neles. Mas os caras atiraram no bando, e ele estava muito mais à frente, com o limão de plástico na boca, e conseguiu atravessar. Ele continuou correndo até chegar em Kiseljak. Hoje ele está em Saint Louis, Rora disse.

Enquanto seguíamos pela Lawrence, um ônibus descarregou uma manada de crianças de escola bem na nossa frente. Eu não conseguia entender o que elas gritavam – as únicas palavras discerníveis eram "Eu era, tipo...". Elas seguiram na direção da entrada da estação. Dois garotos, um deles com uma camisa de um time de futebol mexicano, pularam a roleta sem passar o bilhete e subiram correndo. As outras crianças gritaram de excitação, e os gritos ficaram ainda mais altos quando ouviram o trem chegando acima delas para parar na estação.

Fique bem aqui, Rora disse, me posicionando de frente para a fila de crianças que esperavam para comprar seus bilhetes na máquina. Agora olhe para a câmera. Um pouco mais para o lado. Não olhe para elas, olhe para a câmera. Isso.

Eu queria que o meu futuro livro fosse sobre o imigrante que foge do pogrom de Kishinev, vai para Chicago e acaba sendo morto pelo chefe de polícia da cidade. Eu queria mergulhar no mundo como ele era em 1908, imaginar como os imigrantes viviam naquela época. Eu adorava pesquisar, examinar jornais, fotos e livros antigos, citar fatos curiosos que me dessem na veneta. Devo admitir que me identificava facilmente com a vida dura deles: empregos ruins, moradias ruins, o aprendizado da língua, a logística da sobrevivência, o enobrecimento da autoestilização. Parecia-me que eu sabia do que aquele mundo se constituía, do que importava nele. Mas quando eu escrevia sobre isso, tudo que conseguia produzir era um desfile de recortes de época em ações de alto valor simbólico: rasgar-se diante da vista da Estátua da Liberdade, atirar as roupas da terra natal infestadas de piolhos na pira sacrificial de uma nova identidade, tossir grandes coágulos de sangue tuberculoso. Eu guardei estas páginas, mas tremia só de pensar em lê-las.

Naturalmente eu contei tudo sobre o livro a Mary antes mesmo de escrever uma linha para lhe mostrar. Na minha terra dá azar contar nossos sonhos às esposas, mas, como sempre, eu queria impressioná-la. Ela sempre apoiou minhas ambições literárias, mas por ser uma mulher prática e racional não pôde evitar de achar furos no retrato do Lázaro que eu pintei para ela. Ela achou meio pretensiosa a minha ideia de um Lázaro empenhado em ressuscitar na América, principalmente, ela disse, porque eu não tinha do que me queixar na minha própria vida americana. Eu tinha de aprender muito de história para escrever sobre isso. E como eu podia escrever sobre judeus, se eu mesmo não era judeu? Para mim foi fácil demais imaginar meu livro caindo num retumbante fracasso e Mary me abandonando por um anestesiologista bem-sucedido cujas sobrancelhas ela já admirava há tempos por trás da mesa de cirurgia. Na maior parte do tempo eu evitava pensar no meu projeto Lazarus, como se o meu casamento dependesse disso. Claro que, quanto mais eu tentava evitar, mais pensava nele, mais precisava fazê-lo. E agora a bolsa de Susie pairava no horizonte de gloriosas possibilidades.

Por esse motivo eu precisava desesperadamente discutir o assunto com alguém. Depois de passar a manhã inteira posando e ouvindo Rora, eu não conseguia mais manter a minha boca fechada. Estávamos tomando um café numa recém-inaugurada Starbucks que cheirava a tinta fresca tóxica e a um extraordinário *merdafresccino*. Dopado de cafeína outra vez, contei a ele sobre Lazarus Averbuch, sua vida breve e a morte longa. Depois que Shippy o matou, Chicago ficou histérica, pois as pessoas ainda lembravam do Massacre de Haymarket, do julgamento e execução dos supostos anarquistas supostamente responsáveis pelo banho de sangue. E também houve o assassinato do presidente McKinley por um húngaro que alegava ser anarquista. A América estava obcecada com o anarquismo. Os políticos vociferavam contra Emma Goldman, a líder anarquista, chamavam-na de a Rainha Vermelha, a mulher mais perigosa da América, culpavam-na pelo assassinato de reis europeus. Sacerdotes patrióticos deblateravam contra os perigos imorais da imigração desenfreada, contra os ataques à liberdade e à cristandade americanas. Os editoriais lamentavam a fragilidade das leis que permitiam que a pestilência do anarquismo exótico grassasse como um parasita no corpo político da América. A guerra ao anarquismo assemelhava-se muito à atual guerra ao terrorismo – curioso como os velhos hábitos não morrem nunca. As leis de imigração foram modificadas; os suspeitos de serem anarquistas eram perseguidos e deportados; pipocavam estudos científicos sobre a degeneração e criminalidade de certos grupos raciais. Eu vi em um editorial uma caricatura da Estátua da Liberdade enfurecida chutando uma gaiola cheia de anarquistas degenerados e de pele escura brandindo facas e bombas com expressão sanguinária.

Eu não sabia ao certo se Rora estava acompanhando o meu monólogo, pois ele não dizia nada, não fazia uma pergunta. Mesmo assim, eu lhe contei a história de Wawaka, uma cidade em Indiana que recebeu uma carta com ameaças de destruição total se os bons wawaquenses não pagassem 750 dólares. A carta havia sido postada no Brooklyn e continha a assinatura "Anarquistas", então a cidadezinha se levantou em armas para caçar estrangeiros e livrar-se deles. Mas como não encontraram nenhum em Wawaka, começaram a parar os trens que cruzavam a cidade, que certamente não parariam lá, e um dia lincharam alegremente um infeliz casal de camponeses mexicanos.

Enfim Rora abriu a boca para me contar de um bósnio morto recentemente pela polícia de San Francisco. O bósnio estava fumando na varanda de uma Starbucks onde era proibido fumar e se recusou a sair antes de acabar o cigarro. Quando os policiais chegaram com o aparato completo, sirene ligada, coletes à prova de bala e modernos óculos escuros, ele disse a eles, em bósnio educado e comedido, que teria o maior prazer de ir embora, mas só depois de acabar de fumar o seu cigarro. Os policiais não entenderam o que ele disse e não iriam esperar que alguém traduzisse. Cheios de pressa para garantir a lei e a ordem – uma vez que a lei e a ordem não têm tempo a perder –, eles o estrangularam até a morte diante de um coro indiferente de saudáveis beberrões de *caffè latte* grande. Ele se chamava Ismet e estivera em um acampamento sérvio que foi destruído depois da guerra. Rora conhecia a irmã dele.

Lazarus veio para Chicago como um refugiado, um sobrevivente do pogrom. Ele deve ter testemunhado muitos horrores, sofrido muitos horrores. Será que estava com raiva quando foi até a casa de Shippy? Estaria querendo contar alguma coisa a ele? Ele tinha 14 anos em 1903, época do pogrom. Será que se lembrava dele em Chicago? Seria ele um sobrevivente que ressuscitou na América? Teria pesadelos com o pogrom? Teria lido livros que prometiam um mundo novo e melhor? Eu especulava e divagava. Rora bebericava seu quinto expresso. Num rompante sugeri que fôssemos de carro até a Maxwell Street para ver os lugares onde Lazarus havia morado, talvez Rora quisesse tirar algumas fotos. Por que não?, ele disse. Rora decidia rápido, sem hesitação.

No caminho para a Maxwell Street passamos por pontes erguidas, sinais de trânsito arbitrários, armazéns assustadores que seriam convertidos em lofts assustadores, e seguimos um caminhão da Peoples Energy para dar no novo bairro onde ficava antigamente o gueto. Não restava nada dos tempos de Lazarus. Entre prédios envidraçados e pináculos de igrejas interditadas havia esqueletos de guindastes descomunais. Castelos de dinheiro foram erguidos no espaço onde costumava ficar o Maxwell Street Market, onde na época de Lazarus mascates mascateavam e a podridão líquida coagulava nas sarjetas, onde as ruas costumavam transbordar de gente e os mexericos se espalhavam como gripe. Ali cresciam as crianças; ali viviam as famílias em diferentes andares de uma única casa de cômodos, agrupadas por geração, ainda assim morrendo fora de ordem – as crianças primeiro, os avós por último. Ali a língua inglesa, ensinada por senhoras americanas carolas e caridosas, foi transformada por seus alunos em uma sonora mixórdia de inflexões do Velho Mundo. Ali os loucos, juntamente com os socialistas e anarquistas, ficavam nas esquinas à espera dos vários messias, todos arengando sobre um futuro melhor cada vez mais próximo. Ali agora era o futuro, ele já chegara; ali era o vácuo do progresso rentável, isso era. Seguimos pela Roosevelt, a antiga 12th Street. Ali Lazarus costumava alojar-se em uma casa de cômodos apertada junto com sua irmã, Olga. Agora só se viam estacionamentos vazios cheios de lixo, porta-cocôs portáteis e mato sem vida. Depois da Ashland, um pouco antes da colossal Penitenciária do Condado de Cook, havia um aglomerado de casas condenadas com cercas inúteis; na frente das duas únicas casas não condenadas, dois carros completamente enferrujados estavam estacionados. No horizonte leste, assomava o sombrio farol do Sears Tower. Nós nem paramos o carro, seguimos pelos escombros do presente sem nem mesmo tocá-lo, nenhuma foto foi tirada, nenhum filme exposto à luz.

Você conhece aquela piada bósnia, Rora disse, em que Mujo vai para a América, se estabelece lá e depois fica convidando Suljo para ir também? Mas Suljo está relutante. Ele não quer deixar sua *kafana*, seus amigos, sua rotina diária. Mujo insiste, escreve para ele o tempo todo. Venha, ele diz, aqui é a terra do leite e do mel. Suljo responde, Tudo muito bom, tudo muito bem, mas eu gosto da minha vida na Bósnia. Não preciso trabalhar muito e tenho tempo de sobra para beber café, ler os jornais, passear, fazer o que eu quiser na hora em que quiser. Na América, eu teria que trabalhar feito escravo o tempo todo. Eu estou bem aqui, Suljo disse. Você não precisa trabalhar muito aqui, Mujo escreve. Aqui o dinheiro dá em pencas nas árvores da rua, é só colher. Se é assim, está bem, Suljo diz, eu vou. Então ele vai para a América, Mujo mostra a ele sua casa, eles comem, bebem café, falam dos velhos tempos, e Suljo diz, Eu vou sair para dar uma volta e conhecer um pouquinho dessa sua América. Ele sai para passear e depois volta. Mujo então pergunta a ele, Que tal? O que achou? Suljo responde, Bem, você disse a verdade. Eu estava indo pela rua e vi um saco cheio de dinheiro. Parecia ter ali no mínimo um milhão de dólares. Um milhão de dólares?, Mujo ficou pasmo. E você pegou?

Claro que não, Suljo disse. Você não espera que eu vá trabalhar logo no meu primeiro dia aqui.

NÓS ENTÃO SEGUIMOS NA DIREÇÃO NORTE, para o Lincoln Park, até o antigo bairro onde morava o delegado Shippy. Os ricos ainda moravam ali, mas o endereço da casa de Shippy não existia mais. A loja dos Ludwig também já havia acabado há muito tempo, assim como o bonde da Halsted Street que levava Lazarus ao Lincoln Park. As ruas agora tinham nomes de poetas alemães que os moradores do bairro não liam. Idosas com seus poucos fios de cabelo escovados passeavam com seus cãezinhos de estimação enquanto louras magras andavam a passos céleres em busca da felicidade fisiológica. Não havia uma partícula da história de Lazarus para ser fotografada, nada, e Rora não fotografou. Tantas coisas haviam desaparecido que era impossível saber o que estava faltando. Garotas com blusas azul-celestes e amarelo-claras jogavam futebol no campo da Parker High School. Estacionamos o carro e ficamos olhando para elas.

Você devia voltar para onde ele veio, Rora disse. Há sempre um antes e um depois.

A garota mais alta do time azul pulou e fez um gol de cabeça. Suas companheiras de equipe a abraçaram por um momento e depois voltaram a suas posições originais no campo. Por muito tempo ela se lembraria do gol que marcou neste dia frio, eu imaginei. Ela seria capaz de se lembrar dos saltitantes nomes de todas as garotas que a abraçaram: Jennifer e Jan e Gloria e Zoe. Mas haveria sempre uma de cujo nome ela não se lembraria e que, vinte anos depois, ela perguntaria a Jennifer e Jan e Gloria e Zoe qual era mesmo o nome daquela garota boazinha e magrela, de joelhos ossudos e um aparelho horrível nos dentes, que jogava na zaga. Ninguém se lembraria: Jan talvez achasse que o nome dela era Candy, o que seria confirmado por Zoe, mas Jennifer e Gloria discordariam com firmeza. De vez em quando, ela veria na rua alguém que lembrava a hipotética Candy. Ela jamais abordaria a mulher magrela, jamais a veria de novo, jamais se lembraria do seu verdadeiro nome, mas jamais se esqueceria de Candy.

Rora tinha razão: eu precisava seguir os rastros de Lazarus até o pogrom de Kishinev, antes de ele vir para a América. Precisava reimaginar o que não pudesse reconstruir, precisava ver o que não pudesse imaginar. Precisava deixar de lado minha vida em Chicago e passar um tempo mergulhado no território estranho de um outro lugar. Mas este método de escrever um livro fugia totalmente das expectativas de Mary ou do que eu planejara fazer, com ou sem a bolsa de Susie. Mary não gostaria nada de me ver longe, até porque havia comentado que seria bom para nós – principalmente para ela – sairmos de férias. Possíveis datas flutuaram pela superfície de nossas conversas ao jantar e depois afundaram no torpor da digestão. E eu, logicamente, não queria pedir dinheiro a ela, não outra vez, e ter de passar por todo aquele processo degradante de provar que meus planos, esperanças e sonhos não eram tão indulgentes assim. Eu percebi que havia fantasiado ao me ver já de posse da bolsa de Susie. Tudo dependia disso, embora não houvesse nenhuma razão para crer que daria certo, mesmo que eu passasse noites sem dormir reescrevendo tudo à vaga perfeição. Eu havia ligado várias vezes para o escritório da Glory Foundation – em vez de ligar para Susie, como planejara a princípio – para perguntar quando sairia a decisão, e a cada vez que ligava ia ficando mais claro que minhas chances seriam mínimas.

No entanto, tudo que admiti a Rora foi que não era o momento certo para eu ir. Seria caro demais, eu queria que Mary fosse comigo e ela agora não poderia tirar férias. Acho que não devo ir, eu disse. Ainda tenho muita pesquisa para fazer nas bibliotecas, muitos livros para ler sobre Lazarus, os anarquistas e a suntuosa paleta de paranoias americanas. Talvez daqui a dois ou três anos, não há pressa, ninguém aguardava ansiosamente pelo meu livro. O mundo permaneceria o mesmo com ou sem o meu livro. Rora não discutiu; eu o levei para casa. Os arranha-céus da orla do lago Michigan lançavam sombras sentimentais nas ondas que iam e vinham; ele não disse nada.

Ele fazia uma espécie de silêncio muito particular: não era pesado, nem acusador ou exigente. Eu imaginava que era o mesmo tipo de silêncio que fazia enquanto esperava uma imagem surgir no papel fotográfico mergulhado em emulsão. Eu estava descobrindo que gostava deste silêncio, como gostava dos sons que fazia e de suas histórias. E deste silêncio emergiu uma recordação improvável: ele e eu no jardim de infância cavalgando nossos travesseiros encantados, nossos mustangues musculosos; éramos índios, perseguidos por caubóis, rumo ao Velho Oeste. Todos os outros garotos dormiam, enroscados em posições cansativas e com a boca angelicamente entreaberta. Nós esporeávamos nossos cavalos macios na direção do pôr do sol pintado na porta do dormitório, enquanto do outro lado da porta nossos negligentes cuidadores fumavam, bebericavam café e fofocavam.

Há momentos na vida em que tudo vira pelo avesso – o real torna-se irreal, o irreal torna-se tangível e todos os seus esforços sensatos para manter um firme controle ontológico acabam sendo idiotas e condescendentes. Imagine Candy aparecendo na porta da sua casa e ela não tem nada a ver com o que você se lembra; ela fica irritada porque você não consegue lembrar-se dela, embora tenha perguntado por ela a muita gente. Você tenta imaginar como ela chegou ali, como você foi parar nessa situação esdrúxula; você percebe que não tem a menor ideia de quem ela seja, embora ela lhe seja tão familiar como a sua própria alma. Você não consegue compreender a jornada que ela fez até dar na sua porta porque não é uma história que ela ou alguém possa contar, mas um pesadelo de eventos aleatórios. Eu não tinha motivos para crer que Rora e eu compartilhamos qualquer tipo de experiência na infância. Para todos os efeitos, aquilo devia ser a recordação de um sonho. E havia outro detalhe mais importante: eu reconhecia a falsa recordação como algo que nos unia agora, e pude entender que não só eu tinha de dar um jeito de ir a Kishinev o mais cedo possível, como Rora tinha de ir comigo. Eu sentia que se ele não fosse comigo, eu nunca mais o veria, e eu precisava dele perto de mim, por seu silêncio, por suas histórias, por sua câmera.

A noite inteira eu me virei e revirei na cama, atormentado por pensamentos e sonhos, repassando e revisando o meu tantas vezes imaginado almoço de bate-papo com Susie, e só ocasionalmente me dando conta de que Mary respirava ao meu lado. Uma hora ela passou o braço por cima do meu peito e me perguntou se estava tudo bem. Está, eu disse. Ela deixou o peso do braço em mim por um longo tempo e eu não pude respirar, mas não esbocei reação. Ismet, Lazarus e Rora, os patinhos, as mesquitas, Jesus e Susie e o cara correndo com o limão na boca, Shippy, Bush e o maluco com o UNIDOS VENCEREMOS na testa – todos deixavam seus rastros sonâmbulos em minha mente. Quando amanheceu, comecei a ensaiar a minha fala definitiva para Susie: decidi deixar de lado minhas manobras de sedução e ser franco com ela, dizer-lhe que eu precisava desesperadamente do dinheiro da bolsa. Em minha mente zonza, eu já calculava as despesas de minha agora imperativa jornada a Kishinev, todas as coisas necessárias para se escrever um livro e como eu seria eternamente grato a ela por seu apoio. Eu não havia comentado com Mary sobre a bolsa de Susie porque não queria que ela soubesse se eu não conseguisse, mas antes de cair no sono outra vez concluí que contar-lhe a verdade talvez tornasse a aprovação da bolsa mais viável.

Na mesa do café da manhã, enquanto eu contava a ela que pretendia viajar ao Leste Europeu para resolver o que faria com Lazarus, para descobrir como o faria, Mary foi chamada numa emergência para retirar uma bala do cérebro de alguém. Quando Mary saiu para ir ao hospital, eu fiquei sentado na sala paralisado e desesperado, segurando um pedaço de papel na mão com o número do telefone dos Schuettler, até que respirei fundo, disquei o número e fiquei de olhos fechados esperando que alguém atendesse. Bill atendeu; foram necessárias algumas repetições humilhantes para ele poder ouvir o meu nome corretamente. Quando ele entendeu, eu o cumprimentei e pedi para falar com Susie; ela não estava; fora até o clube do livro;

voltaria à tarde. Eu disse que ligaria mais tarde e estava quase desligando quando ele exclamou, "Brik! Ah! Você é o Vladimir Brik! Sim, claro! Estávamos justamente falando de você ontem na reunião do conselho", e em seguida me contou que haviam aprovado por unanimidade a minha candidatura à bolsa e que alguém ficara de me comunicar a notícia hoje por telefone. Eu de fato respondi a ele com um "Eu te amo!", o que, para a minha felicidade, ele ignorou por completo.

Depois de desligar, eu me sentei no chão e fiquei um tempo considerável esfregando minhas mãos suadas no pijama. Uma real apreensão tomava conta de mim, pois agora estava claro, não havia como voltar atrás, não havia mais desculpas, eu tinha de escrever o livro. Eu não conseguia pensar no que iria fazer e estava assustadoramente sozinho nisso. Fiquei sentado ali, esperando que o medo se diluísse para poder telefonar para Mary e contar-lhe as boas-novas. Mas em vez disso, sem pensar, liguei para Rora e disse a ele que pensava em ir à Ucrânia e Moldávia para dar continuidade à minha pesquisa sobre Lazarus. Eu acabara de conseguir uma verba para o projeto Lazarus e poderia usar o dinheiro para a viagem. Eu adoraria que ele fosse comigo. Eu pagaria sua passagem e despesas. Ele se encarregaria das fotos. Eu não tinha noção de como ele as usaria, mas ele poderia colocar algumas no meu livro, quando eu o escrevesse. E, para minha surpresa, eu disse que nós poderíamos dar uma passada em Sarajevo para ver como andam as coisas por lá.

Por que não?, ele disse. Eu não tenho mesmo nada pra fazer.

Capt. Evans,
Police dept

Eugene Crawford

Enquanto isso, os homens de confiança do subdelegado Schuettler, os detetives Fitzgerald e Fitzpatrick – conhecidos em toda a cidade como os Fitz – investigavam os arredores de Lincoln Place. Em pouco tempo eles descobrem que um *forasteiro* havia aparecido na imobiliária Nicholas Brothers, a uma quadra de distância da residência do delegado Shippy, e perguntado a um funcionário o que havia acontecido com o delegado e se sabiam quem era o bandido. O estranho *forasteiro* era um rapaz de 1,72m e devia ter uns 23 anos mais ou menos; trajava casaco preto, desses que os anarquistas costumam usar. O homem era, *sem sombra de dúvida*, um estrangeiro.

Na mesma tarde, *o assassino* é identificado por Gregor Heller, um colega seu no entreposto da South Water Street, onde ambos embalavam ovos para o comerciante W. H. Eichgreen. Heller notara a ausência do rapaz no trabalho e, quando soube do terrível crime, procurou logo a polícia. Ele identificou o corpo como sendo de Lazarus Averbuch. Heller também pôde informar o endereço de Averbuch: Washburn Avenue, número 218, um apartamento no segundo andar. Embora não houvesse nenhuma promessa de recompensa, o subdelegado Schuettler garantiu a Heller que ele poderia contar com alguns dólares do próprio bolso do delegado Shippy por ajudá-lo a esmagar a cabeça da serpente. Heller volta para casa, já gastando o dinheiro em sua mente: um cachecol para Mary e meias novas para ele.

Os Fitz, levando *em caráter exclusivo* William P. Miller a reboque, invadem o apartamento na Washburn 218 e capturam um estrangeiro de cabelo encaracolado, que confessa instantaneamente chamar-se Isaac Lubel. Mas os detetives precisam e exigem mais do que isso, então Fitzgerald começa a interrogar o homem *energicamente,* atirando-o no chão, socando o seu rosto, chutando os seus rins, gritando com ele o tempo todo, o que apavora a esposa de Lubel *quase à histeria* e provoca em seus filhos uma *convulsão de gritos*. Entre socos e chutes, com a boca ensanguentada, Lubel consegue dizer-lhes que os Averbuch moram do outro lado do corredor.

Fitzpatrick arromba a porta da frente e surpreende uma mulher arrumando a mesa para o jantar. Com um prato em cada mão, feito uma malabarista, ela se identifica como Olga Averbuch. "Lazarus Averbuch é o que seu?", pergunta Fitzpatrick. "Meu irmão", ela diz, a voz tremendo, o prato esquerdo escorregando de sua mão e espatifando no chão. "Lazarus é meu irmão. O que foi que ele fez?" Fitzpatrick chupa os dentes e não diz nada. Pela porta aberta ela vê Lubel caído no chão e um grosso fio de sangue escorrendo por seu pescoço. Fitzgerald balança a cabeça como se dissesse que o problema é complicado demais para explicar. "O que ele fez?", ela pergunta de novo. "Não se preocupe", Fitzgerald diz. "Nós vamos esclarecer tudo."

O apartamento é mobiliado apenas para *as necessidades mais básicas*. Na cozinha, *um fogão com um fogo moribundo e um armário pequeno: uma xícara esquisita, uma única panela, um vaso estreito e pequeno*. Sobre a mesa, restos frios de um prato de carne, um pedaço de pão de centeio duro e um bule de café – Fitzgerald toma um gole e cospe. Fitzpatrick joga o vaso no chão. No quarto, uma mesinha com uma toalha *barata* azul-violeta, duas cadeiras *comuns*, uma cama e um catre estreito, uma máquina de costura *em boas condições*, um espelho e uma pia, um guarda-roupa com roupas espalhadas cheirando a naftalina e fumaça. *A única peça vistosa, embora de mau gosto, que Olga Averbuch possuía*, escreveria William P. Miller, *era uma velha saia de veludo púrpura*.

Os detetives vasculham o apartamento *com a paixão dos soldados que travam uma guerra justa*. Com o prato nas mãos, Olga os observa impassível. Eles descobrem embaixo da cama: livros, um bando de trapos e uma pasta de cartolina de onde tiram um manuscrito e um maço de cartas em russo; eles confiscam tudo.

Depois folheiam os *livros subversivos*; Fitzpatrick lê os títulos em voz alta: *The Story of a Bad King, In the Land of the Free, Saving Your Mind and Body, What the Constitution Teaches* etc.

– É a primeira vez que vejo um maldito judeu que sabe ler inglês – disse Fitzgerald.

Os Fitz levam todos os livros confiscados, assim como Olga, para o carro. Fitzgerald segue para a delegacia no carro, enquanto Fitzpatrick e Miller vão alegremente de bonde. Eles conversam sobre beisebol e observam os passageiros, Miller alimentando a camaradagem com elogios ocasionais na esperança de colher algum furo de reportagem. Quando chegam à delegacia, o subdelegado Schuettler já está interrogando Olga com a ajuda de Fitzgerald, que continua fumando, de mangas arregaçadas. Ela de vez em quando tosse, cobrindo educadamente a boca com sua pequenina mão. "Já sabemos de tudo, portanto sinta-se à vontade para nos contar tudo", diz o subdelegado a ela. Olga implora para falar com o irmão e o subdelegado promete que ela o verá depois. "Tudo vai se resolver. É do interesse de todos nós." Olga está convencida de que, o que quer que tenha acontecido, foi um equívoco lamentável e que se ela respondesse às perguntas com franqueza tudo seria esclarecido. Os braços de Fitzgerald são cabeludos – os pelos cobriam sua pele, até as juntas dos dedos, como se ele os tivesse penteado.

Schuettler deixa Olga falar – ele gosta de suspeitos tagarelas – interrompendo só de vez em quando, com cuidado, para fazer uma pergunta relevante. Miller toma notas rapidamente, curvado sobre seu bloquinho em um canto, ainda mordiscando o charuto da manhã. Isso está ficando bom.

Ela alega que Lazarus é um bom rapaz, gentil com todo mundo.

Ela fala quatro idiomas, mas seu irmão, além destes, fala também francês e polonês. Ele estudou inglês em uma escola noturna na 12th Street com Jefferson.

Inglês, iídiche, alemão e russo.

Ele nunca mencionou o nome do delegado Shippy em sua presença. Nunca o ouviu falar de anarquismo.

Muitos amigos deles têm cabelo encaracolado.
O pai deles era comerciante em Kishinev, na Rússia. Ela afirma categoricamente que ele não era um revolucionário e nem fazia parte de sociedade secreta alguma. O pai era um homem religioso.
Eles eram sobreviventes do pogrom da Páscoa de 1903, em Kishinev.
Houve outro em 1905.
Ela está convencida de que haverá outros. Lá é costume matar judeus.
Eles eram a única família judia da vizinhança. Seus vizinhos se reuniam na frente da casa deles para gritar: "Morte aos judeus!" Eles faziam barulho e atiravam pedras nas janelas. Havia policiais entre eles. Eles os agrediram e quebraram as costelas do seu pai. Ele quase morreu. Morreria tempos depois.

Schuettler olha para Miller, que olha para Fitzgerald, que olha para Fitzpatrick. "Policiais", diz Schuettler. Olga olha para as próprias mãos crispadas.

Lágrimas amargas correm pelas faces da judia, William P. Miller escreve, sublinhando duas vezes *lágrimas amargas*.

– Levem-na para ver o irmão – ordena Schuettler.

Os Fitz acompanham Olga até o necrotério. Miller e Hammond, um fotógrafo do *Tribune* que Miller convocou às pressas, correm atrás deles. Eles saem da delegacia e seguem pela rua, ela no meio dos Fitz perguntando a cada dois ou três passos: "Onde ele está? Para onde estamos indo?" "Ele está num lugar melhor", Fitzpatrick diz, e Fitzgerald dá uma risadinha. As paredes do sinistro necrotério são decoradas com quadros solenes: a mãe que pranteia o corpo do filho morto; uma família de quatro pessoas jantando a uma mesa onde a quinta cadeira está vazia; o pôr do sol em uma floresta sombria. A notícia já havia se espalhado pela cidade e centenas de pessoas apareceram para ver o corpo de Lazarus naquela tarde. Muitas ainda permaneciam lá: cidadãos comuns com seus chapéus no alto da cabeça, desocupados sujos e malvestidos, a alta sociedade perfumada, beatas chorosas, bombeiros de folga e carteiros com seus sacos abarrotados de correspondências não entregues, policiais de todas as patentes, alguns deles chutando o corpo com raiva ou cuspindo nele; muitos desses cidadãos subornaram Georgie, o funcionário coxo do necrotério, para darem uma espiada no membro do judeu; uma louca teve de ser arrastada para fora do recinto porque insistia em dizer que viu o cadáver abrir os olhos e olhar para ela. Agora os curiosos esperavam em fila no corredor, ansiosos para ver o choque e a dor de Olga, para vê-la com curiosidade exultante. Alheia a tudo e a todos, ela caminha lentamente. Segue em silêncio entre os dois detetives, com o vestido suado demais para farfalhar. Foi só quando eles abriram a porta da sala que ela estancou. Alguns homens se acercavam da cadeira onde Lazarus estava sentado e ela fica aliviada de ver que ele estava vivo. Ela suspira e agarra o braço de Fitzpatrick. Mas um dos homens segurava a cabeça de Lazarus; os olhos do seu irmão estavam fechados, a face, cinzenta; o coração dela fica em suspenso, paralisado. Fitzgerald apressa-a e Fitzpatrick diz, como se chegasse ao clímax da piada: "Feliz de vê-lo? Vá dar um beijo nele..." A multidão se agita, transfixada pela visão de Olga aproximando-se do irmão como se estivesse ancorada em coturnos: depois de um curto passo relutante para trás e dois passos desajeitados para frente, ela toca o rosto sem vida do irmão e cai ao chão, desmaiada. A multidão solta um grito sufocado.

Os Fitz carregam-na até a porta lateral que dá em um beco, onde desabotoam o seu vestido, deixando que ela respire um pouco de ar frio. Os detetives fumam, enquanto Miller monitora as reações de Olga, assim como o seu peito. "Deve ter sido uma surpresa e tanto, não é, garota?", diz Fitzpatrick. Eles ouvem as explosões do flash do fotógrafo dentro do necrotério.

A EDIÇÃO MATUTINA do *Chicago Tribune* de 3 de março traz na primeira página a reportagem de William P. Miller. *A terrível façanha acontecida na manhã de ontem foi planejada e executada até à morte por um judeu jovem e sonhador, de mente distorcida pelas ideias inflamadas que apregoam curar os males da sociedade e acabar com as injustiças. Ideias estas proclamadas por Emma Goldman e outras lideranças do "pensamento liberal" na América. O desequilíbrio mental de Lazarus Averbuch foi posteriormente confirmado pelo fato de, na semana passada, ele ter planejado cometer suicídio juntamente com outro rapaz judeu, identificado apenas como o "homem de cabelo encaracolado" e que a polícia julga ser cúmplice na tentativa de assassinato do delegado Shippy. O subdelegado Schuettler se recusa a revelar o nome do suspeito, mas segundo fontes próximas à investigação, o* TRIBUNE *apurou tratar-se de Isador Maron.*

Na verdade, a polícia montou uma ampla rede em sua caça ao homem de cabelo encaracolado.

Bruno Schultz, um barman do H. Schnell Saloon, na Lincoln Avenue 222, identificou o assassino como um homem que havia frequentado o bar em uma série de ocasiões nas últimas três semanas, muitas vezes acompanhado do homem de cabelo encaracolado.

Vários homens com aparência de judeus russos – pelo menos um deles de cabelo encaracolado – visitaram na tarde do último sábado a Von Lengerke & Antoine, uma loja de materiais esportivos localizada na Wabash Avenue 277. Eles queriam comprar revólveres, Von Lengerke revelou à polícia. Mas como tinham aparência e atitudes de anarquistas, ninguém deu confiança a eles, que saíram da loja furiosos.

Outro suspeito de cabelo encaracolado foi preso na 12th Street 573, a duas quadras de onde Averbuch morava. O suspeito disse chamar-se Edward Kaplan. Os vizinhos afirmaram que ele ficara em casa o dia inteiro e agia com visível nervosismo, parecendo esperar por alguma coisa. A prisão foi efetuada depois que um detetive ouviu por acaso, em uma linha cruzada ao telefone, Kaplan receber uma mensagem. ("Acabou a festa", alguém disse. "Dê o fora da cidade.")

Joseph Freedman, apesar da calvície pronunciada, foi detido em um bonde na Halsted por entabular conversas anarquistas, segundo denúncias de vários passageiros. Um policial viajava no mesmo bonde e conseguiu impedir que a multidão desse vazão a sua fúria e linchasse o suspeito.

Harry Goldstein foi preso no gueto mediante denúncia da White Hand Society, uma organização de americanos patriotas criada para combater o anarquismo. G. G. Revisano, advogado da organização, entregou ao subdelegado Schuettler uma extensa lista de inúmeros anarquistas de Chicago, compilada pela Sociedade.

Anton Stadlwelser (de cabelos ralos e louros) foi preso em sua residência. Os detetives apreenderam um revólver carregado, 136 dólares em espécie, um relógio de prata, selos de 42 cents, selos de 21 cents, um papagaio empalhado, um vidro pequeno com um lagarto preservado em um líquido, uma nota de cem dólares de dinheiro confederado, quatro moedas de meio dólar colombiano de 1902. Stadlwelser não soube explicar como estes itens vieram parar na sua casa, permanecendo então detido indefinidamente sob suspeita.

O conspícuo suspeito de cabelo encaracolado Isador Maron continua sendo procurado pelos Fitz. Chegam informações de que foi visto nas imediações da residência de Averbuch, *possivelmente sem saber do trágico fim de seu comparsa anarquista*. Os detetives conseguem arrancar de Isaac Lubel outra confissão; sim, Isaac dá com a língua nos dentes cheios de sangue e revela que vira Maron batendo na porta de Olga Averbuch, mas não nos últimos dois dias. Os Fitz conversam com os vendedores ambulantes da Maxwell Street, com prostitutas e ladrões, com agitadores e fanáticos; eles espalham através de seus informantes do gueto que Maron não só era um anarquista perigoso como também homossexual, valendo a eles no mínimo trinta dólares. Eles visitam Olga no seu local de trabalho – ela era costureira na confecção de Goldblatt e por conta do regime escravizante não podia faltar um só dia ao trabalho – e informam a ela, para que todos possam ouvir, que se Maron aparecesse, ela devia comunicar o fato imediatamente à polícia. "E isso antes de se agarrar com ele na cama", Fitzpatrick disse. Depois que os policiais se retiram, o sr. Goldblatt chama Olga até sua sala, dá um dinheiro a ela e aconselha que fique em casa por um tempo, pelo menos até a poeira baixar. Tudo vai ficar bem, ele diz.

Ela volta para casa sob uma garoa fria, seus ossos leves de fome e a sensação de que tudo virara pelo avesso; suas pernas doem. O que Lazarus foi fazer na casa de Shippy? Isador o levava naquelas reuniões de anarquistas, mas ela achava que tudo não passava de conversa de rebelde – os jovens adoram isso. Ele não deve ter participado de alguma conspiração maluca. Ele sempre foi afeito a fantasias, vivia com um pé em mundos imaginários, mas jamais faria qualquer coisa para mudar isso; era só um sonhador. Ela não lhe dava atenção quando ele falava de suas ideias, pensamentos, medos e as histórias que planejava escrever; ela estava sempre tão cansada. Ele não era revoltado, nem violento. Jamais machucaria uma pessoa. Ela costumava procurar por ele à noite. Gritava o seu nome até ele aparecer vindo da mata atrás do beco, onde ele esperava que ela viesse buscá-lo – ele não enxergava bem no escuro. Ele era ainda uma criança quando ela o deixou para trás, ele passou a infância em um campo de refugiados em Czernowitz e quando chegou em Chicago já era um rapaz. Onde foi que ela errou? Quando foi que ela o perdeu? Como ele se transformou no que era? E quem era ele?

Apesar de todo *o encorajador sucesso, ainda temos de aprender muito sobre o mal que precisa ser extirpado de nosso meio*, confidenciou o subdelegado Schuettler a William P. Miller. *É quase impossível*, disse o subdelegado, *determinar se um homem é ou não é anarquista. Sabemos, contudo, que estes homens são em geral indivíduos à beira da loucura, de origem estrangeira e substancialmente degenerados. Precisamos segui-los e descobrir os seus hábitos desde o momento em que entram em nosso país, para impedir que cometam aqui suas atrocidades.*

No entanto, houve alguns reveses: a misteriosa sequência de números 21-21-21-63 revelou ser um recibo de compra de três dúzias de ovos, a 21 centavos cada, emitido pelo entreposto da South Water Street. As cinco frases que o subdelegado julgara ser instruções em código eram um exercício do curso de inglês do Centro Comunitário da Maxwell Street. Na verdade, o sr. Brik, professor na instituição, descreveu Lazarus Averbuch como *um aluno dedicado e esforçado de excelente caráter.* Os informantes infiltrados em várias associações anarquistas, socialistas e antipatrióticas não conseguiram acrescentar muito ao que se dizia a respeito de Averbuch ou Maron: embora eles tivessem sido vistos absorvendo ideias degeneradas e nocivas em várias palestras e leituras, eles não pagavam mensalidades, não se pronunciavam abertamente para serem notados, não possuíam conexões confirmáveis com os fanáticos que administravam esses antros conspiratórios. Estava claro que sua conspiração fracassada tinha origens bem ocultas, mais profundas que o habitual e provavelmente internacionais.

O subdelegado Schuettler era incansável, pois a própria noção de liberdade estava em risco. Com a ajuda de um tradutor, ele mergulhou no exame dos documentos de Averbuch. Ele descobriu que os manuscritos – páginas e mais páginas de uma caligrafia apaixonada, nitidamente confusa — narravam uma história sangrenta, escrita em primeira pessoa, de uma tragédia doméstica em Kishinev. A história começa com uma descrição da vida conjugal do narrador. Embora pobres, os recém-casados são felizes: as flores brotam no peitoril das janelas, o *kasha* quente é servido na mesa; eles se divertem frivolamente na feira do condado, passeiam à noite na beira do rio, cuja superfície só é rompida por uma carpa faminta. Mas o paraíso acaba quando ele volta para casa certa noite e descobre sua bela esposa na cama com um médico jovem e rico. Enquanto eles suplicam por misericórdia, o marido atira, matando a esposa e o médico. Para fugir da lei, ele atravessa fronteiras, passa de um país a outro usando nomes falsos, até pegar um navio para a América – e o manuscrito acaba antes que ele aporte em terras americanas. Na cabeça do subdelegado, a narrativa tem todos os sinais inequívocos de uma confissão de duplo homicídio perpetrado na Rússia, revelando as ardilosas tendências homicidas de Averbuch e prenunciando uma vida de anarquismo e crimes em Chicago.

Quanto às cartas, quase todas são de sua mãe, cuja caligrafia é concisa e firme, os espaços entre uma linha e outra carregando um peso imenso. *Eu olho para as suas fotografias, meu filho, e lembro de como você era um menino de bom coração. Não se desespere*, ela escreve, *tenha coragem e se dedique ao trabalho. Saiba que estamos aqui sempre pensando em você e Olga*. As cartas da mãe estão cheias de indicações de que Lazarus costumava falar da América com tons amargos. Aparentemente ele achava as circunstâncias de Chicago quase tão ruins quanto as que deixou na Rússia, frustrando suas esperanças. Sua decepção e ira assassina, observou o subdelegado, são quase palpáveis.

ELE MANDA QUE os Fitz tragam Olga Averbuch novamente à delegacia. William P. Miller testemunha o subdelegado Schuettler espicaçando Olga para que identifique os homens presos alinhados a sua frente. Ela chora sem parar e o subdelegado precisa gritar com ela para que levante a cabeça: ele não deixa que ela use um lenço para enxugar as lágrimas, nem permite que ajeite os cabelos lisos. Ela não reconhece ninguém, mas quando Fitzgerald a interroga asperamente enquanto Fitzpatrick segura suas mãos atrás das costas para curvá-la e empurrá-la para frente, ela admite que Stadlwelser lhe parece familiar. Ele é retirado dali, alegando em vão sua inocência.

Olga tem permissão para sentar. O subdelegado abaixa o tom de voz e diz a ela, com a mão pousada em seu ombro e os dedos pressionando levemente sua carne, que ele sabe que as cartas da mãe deles são mensagens veladas, que ele encontrou sinais de tinta invisível entre uma linha e outra.

– Lazarus é um bom rapaz – diz Olga com a voz fraca.

– Já sabemos de tudo – Schuettler sussurra no ouvido dela, sua respiração se espalhando pelo pescoço de Olga, que se encolhe de medo. – Você não pode esconder nada de nós.

Por um longo tempo ele deixa que o silêncio e a incerteza ajam sobre o seu ânimo e depois exige, com um tom de voz pausado e determinado, que ela confesse que o irmão matou a esposa e um médico em Kishinev, fugindo depois para a América.
– Mas Lazarus tem 19 anos – Olga grita. – Nunca se casou, nem nunca esteve com uma mulher.
Schuettler fica dando voltas em torno dela como um falcão, repetindo sem piedade as mesmas perguntas, enquanto ela insiste em dizer, "Lazarus é um bom rapaz", até escorregar da cadeira e cair no chão, ficando lá imóvel. William P. Miller se agacha perto dela, toca o seu pulso e tira um tentáculo de cabelos da frente do rosto da mulher para vê-la melhor. *Ela é linda, de uma beleza semita muito própria.*

ANTES DE DISPENSÁ-LA, o subdelegado comunica a Olga que, devido ao risco de novos ataques anarquistas, as autoridades julgaram por bem enterrar os restos mortais de seu irmão em uma vala comum. Olga não consegue acreditar no que está ouvindo; ela implora a ele para deixar que enterre o irmão segundo os costumes judaicos, mas Schuettler lhe diz, com a mão pesada em seu joelho, que quarenta agentes funerários judeus já se recusaram a preparar o corpo e nenhum rabino se mostrou disposto a conduzir o funeral de um assassino.
– É mentira. Isso não pode ser verdade – ela grita. Isso não é hora, ele então lhe diz com um tom compassivo e avuncular, de duvidar da benevolência das autoridades, nem é hora de pensarmos apenas em nós mesmos. Ela devia reparar o crime de seu irmão fazendo um sacrifício por seus companheiros de fé, que certamente se beneficiarão com a ausência de confusão. E os cidadãos de Chicago certamente ficarão agradecidos se ela se mostrar comprometida com a lei e a ordem.
– Pense nos outros, nas suas vidas destruídas – ele disse. – Imagine como eles vão se sentir. Agora é hora de fazermos sacrifícios.

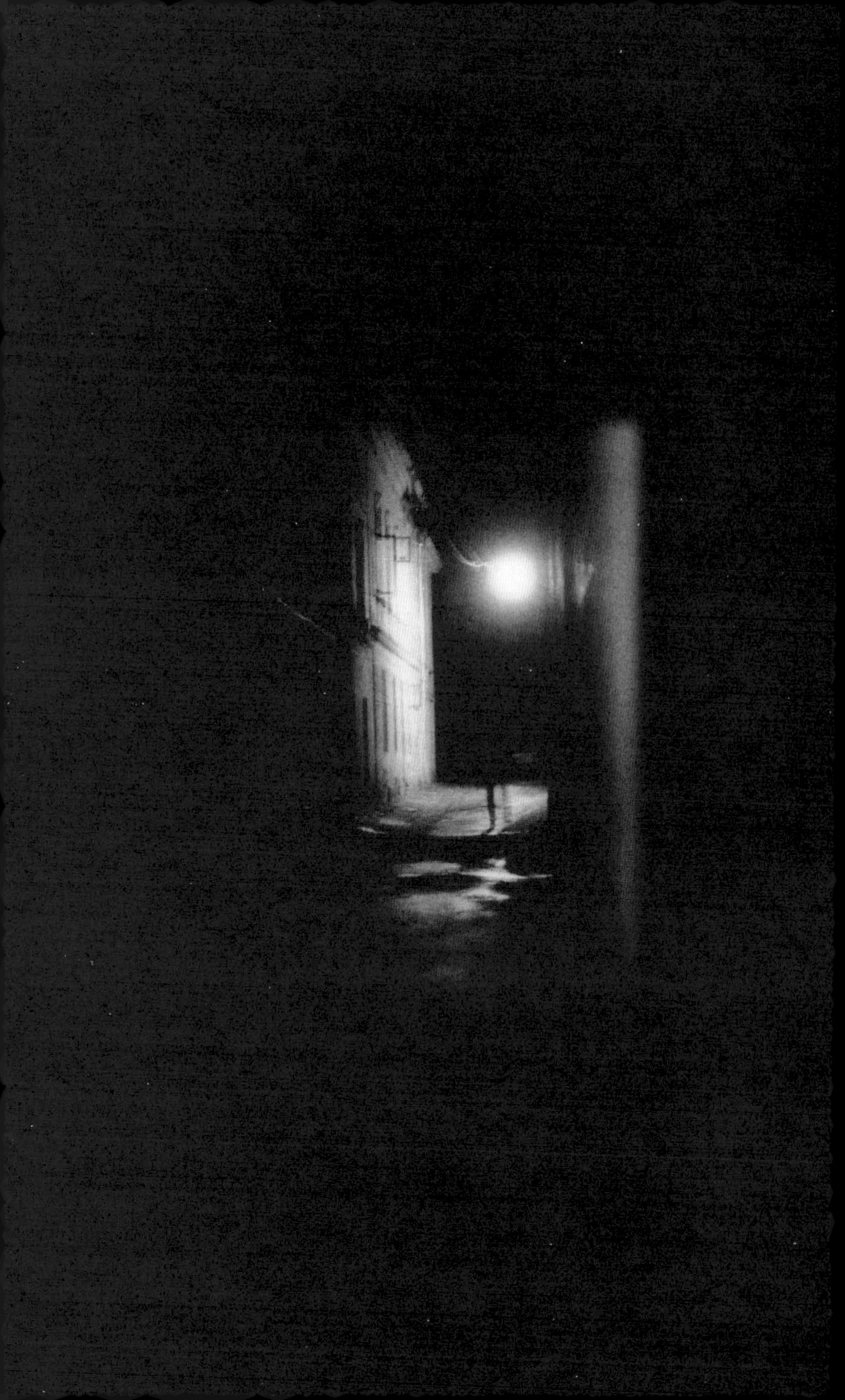

Nunca foi da minha natureza seguir em linha reta, fosse para onde fosse: nossa primeira parada seria em Lviv, na Ucrânia. Lazarus certamente nunca esteve lá, mas meu avô paterno nasceu em Krotkiy, uma cidadezinha próxima. Eu me lembro das histórias que ele contava de suas visitas a Lviv ainda na infância e eu queria passar alguns dias na cidade. Depois poderíamos contratar um motorista para nos levar até o sul, até Chernivtsi, onde Lazarus passou um tempo em um campo de refugiados depois do pogrom. No meio do caminho, poderíamos parar em Krotkiy. A bolsa de Susie não exigia um itinerário específico ou um relatório de atividades, eu podia fazer o que quisesse, desde que no final mostrasse a eles algum resultado. O mesmo se aplicava a Rora, assim podíamos ir a qualquer lugar, fazer o que quiséssemos, seguir sempre em frente. Eu comecei novamente a desejar ser ele.

No voo de Chicago a Frankfurt, vimos um rebanho de jovens visivelmente virginais, parte de um grupo de cristãos a caminho do trabalho missionário de imposição da culpa em algum lugar do Leste Europeu. Elas cantavam para louvar Jesus e a vida eterna; batiam palmas e se abraçavam a toda hora – Rora olhava para elas sedutoramente; eu em geral detestava esse tipo de gente. Havia também soldados americanos, presumivelmente a caminho de uma base na Alemanha que lhes serviria de trampolim para o Iraque: cabelo à escovinha, bigodes aparados, sobrancelhas másculas, pescoços grossos. Eles estavam de olho nas virgens, aproveitando suas últimas horas antes de voltarem a suas vidas de autoabuso manual, gatilho nervoso e uma possível entrada por pedaços na eternidade. Rora tirou uma foto da fila de soldados dormindo com o cobertor até a cabeça. Eles me pareciam fantasmas, para Rora pareciam reféns.

Quando as virgens sucumbiram a uma soneca e os soldados despertos começaram a beber cerveja, Rora me contou, num sussurro monocórdio, como ele se juntara ao exército de Rambo. Naquela época Rora acreditava em uma Bósnia onde todos poderiam viver em paz; ele adorava Sarajevo e queria defendê-la dos chetniks. Ele poderia ter fugido para Milão, Estocolmo ou qualquer outro lugar; em vez disso se apresentou como voluntário na unidade de Rambo – não havia um Exército bósnio no começo da guerra, então todos aqueles que possuíam uma arma se uniram para defender sua pátria. Ele conhecia Rambo e Beno de Čaršija. Mas antes de enfrentar os chetniks agressores e sangrar em batalha, Rambo e Beno se serviram dos artigos disponíveis na cidade, onde a lei e a ordem tinham evaporado da noite para o dia. Rambo chamava isso de confisco, mas era pilhagem, furto. Às vezes eu posso ser um ladrão, Rora disse, mas sou honesto: não roubo os vizinhos. Ele me contou dos primeiros dias da guerra, de todas as intrigas e assassinatos, de algumas histórias pungentes sobre pessoas que nós dois conhecíamos: Aida foi fuzilada por um atirador de elite chetnik; Lazo foi levado para Kazani por Caco e teve a garganta cortada; Mirsad teve o cérebro arrancado por estilhaços de bomba... Mas, para minha vergonha eterna, apesar de minhas tentativas bem-intencionadas de manter os olhos abertos, apesar, inclusive, de me beliscar por baixo do cobertor para ficar acordado – eu peguei no sono. Depois me vi simultaneamente dentro e fora de um sonho no qual os soldados e as virgens faziam compras nus na Piggly-Wiggly, cantando hinos a Jesus; em seguida apareceram Aida, Lazo e Mirsad e outras pessoas indefinidas cantando em coro: "Olará, olerê, o que eu quero é não morrer."

Como dormi no voo de Frankfurt a Lviv também, só fui acordar mesmo ao chegarmos ao aeroporto de Lviv, quando bati com a cabeça no espelho retrovisor de um caminhão que passava pois eu estava perto demais do meio-fio. *Bom-dia, sr. Escritor!*, disse a Ucrânia. Rora tocou o meu rosto, virou levemente a minha cabeça para avaliar o estrago e depois balançou a cabeça. Eu não saberia dizer naquela hora se ele estava preocupado com o meu ferimento ou se divertindo com a minha patetice.

Pegamos um táxi do aeroporto para um tal de Grand Hotel, que de grande não tinha nada; negociei o preço da corrida em um ucraniano obsoleto do tempo dos meus avós e com um pequeno dicionário à mão. O carro era um antigo Volga, cheirando a diesel e a URSS. Ficamos dando voltas pela cidade, pois parecia que passávamos sempre pelas mesmas ruas – era meio difícil de acreditar que Lviv tivesse três cassinos com fachadas de néon idênticas. A cabeça do motorista era cúbica, fios de pelos subindo pelo pescoço; havia um redemoinho cinza em volta de sua careca, parecendo a foto de satélite de um furacão. Fiquei com vontade de que Rora fotografasse aquilo, mas não havia luz suficiente. Sem me consultar, ele havia decidido não trazer flash nesta viagem. Flash é para casamentos e funerais, ele disse. O que precisar ser fotografado será fotografado.

NO VERÃO DE 1991, antes de deixar Sarajevo, eu morava em Kovači, no alto de Baš Čaršija. Todos esperavam pela guerra e quase todas as noites eu era acordado por um violento barulho, por estrondos e o pesado ronco de motores. Eu sentava na cama achando que os tanques sérvios avançavam sobre nós, o coração saltando pela boca e meu primeiro pensamento era, *Aí está*. Uma ou duas vezes eu me escondi debaixo da cama. Em geral era apenas um caminhão descendo a ladeira, como tudo naquela época. E no resto da noite, eu ficava me revirando, como carne de churrasco, imaginando em detalhe todas as prováveis e possíveis catástrofes.

Os pesadelos nos seguem como uma sombra, para sempre. Uma vez Mary ligou a máquina de lavar louça no meio da noite – ela costuma fazer coisas pela casa quando chega tarde do hospital. Alguma coisa na máquina chocalhou e guinchou e eu já estava no meio da escada quando Mary me alcançou e me levou de volta para a cama. Coloquei a cabeça no seu peito e pude ouvir o seu coração batendo constante e calmamente em meio à cacofonia do lava-louça. Ela ficou me fazendo cafuné até eu pegar no sono outra vez.

O que me assustava no quarto do Grand Hotel em Lviv era o concerto de ruídos do bonde e do ônibus que passavam. Todos os medos são lembranças de outros medos, assim meu primeiro pensamento foi novamente, *Aí está*. Mas o bonde passou e o quarto ficou em silêncio, um silêncio pegajoso. Eu havia adormecido vendo as letras de brasa que Rora escrevia no escuro com o seu cigarro, mas ele não estava ali agora. Liguei a TV e fiquei zapeando os canais: imagens de mulheres peitudas e carecas sérios; comerciais que nos traziam a felicidade em forma de detergente que eliminavam as manchas de sangue; vozes estridentes em um repertório de Babel – tudo era familiar e incompreensível. Parei de zapear quando ouvi Madonna cantando "Material Girl". Em nosso casamento Mary e eu dançamos esta música, executada por uma banda desafinada e morbidamente entusiasmada. A cantora na TV era uma matrona com um vestido cintilante que parecia uma cortina; ela balançava desajeitadamente seus quadris largos entre cadeiras e mesas, enquanto um toreador de bigode, com toda a tensão e nervos de um pênis ereto, se contorcia e se esfregava eroticamente no corpo dela. Estava claro que o casal era ucraniano, tão claro como as manhãs são manhãs. E uma possibilidade assustadora de um universo paralelo apresentou-se a mim – um universo onde havia uma Madonna ucraniana exatamente com a mesma voz e um eu exatamente igual a mim ouvindo-a cantar e lembrando da noite do meu casamento, enquanto todo o resto era pavorosa e inteiramente diferente. Como que hipnotizado, eu via essa dobra do tempo ontológica piscando no meu rosto e só com muito esforço consegui continuar zapeando. Finalmente percebi que aquilo era um programa de karaokê ao ver Madame Madonskaia e Monsieur Penischuk falando em ucraniano com um idiota de cabelo armado que aparentemente os reverenciava como estrelas. Aí está uma forma de realização – virar uma estrela do karaokê. Eu bem que podia ser uma estrela do karaokê.

Rora saiu do banheiro, deu uma olhada sem interesse na TV e acendeu a luz: por um momento, as duas camas estreitas e a mobília socialista dos anos 1950 ficaram superiluminadas como a cela de uma prisão, até que duas lâmpadas soluçaram e apagaram; o ar fedia a tinta à base de chumbo e suicídio. Como se consegue ser uma estrela do karaokê?

O programa de karaokê terminou. Como eu não conseguia dormir, saímos para dar uma volta. A escuridão dominava tudo e não tínhamos um mapa; então ficamos simplesmente procurando por ruas menos escuras, guiados pelas raras e arrítmicas luzes da rua. Mesmo as ruas iluminadas pareciam abandonadas diante da pressão da escuridão que avançava.

Meu avô tinha cegueira noturna; não enxergava nada no crepúsculo, um romântico pôr do sol era invisível para ele. O anoitecer sempre o pegava no meio dos campos, onde ele ia recolher as vacas. Um bando de netos era despachado em missão de resgate e depois nós o encontrávamos de olhos arregalados para uma escuridão que só ele conseguia enxergar. Um de nós o pegava pela mão e o levava para casa, enquanto o resto conduzia as vacas que deixavam uma trilha de bosta fresca atrás de si, como se planejassem voltar no dia seguinte ao doce repasto pelo mesmo caminho.

Ele acabou ficando cego por completo. Sempre foi um homem lento, mas depois que mergulhou no aquário das trevas, tornou-se ainda mais lento. O tempo fluía de forma diferente para ele. Nós o levávamos para passear pelas colmeias, onde ele se sentava para escutar o relaxante zumbido das abelhas operárias. Ficavam a uns 50 metros da casa, mas levava uma eternidade para ele chegar lá. Ele dava passadas de um centímetro, sem erguer os pés, arrastando poeira, grama e cocô de galinha. Pouco antes de morrer, nem saía de casa – nós o levávamos até a porta, pois suas pernas estavam tão fracas e cansadas que a soleira já era alta demais. Ele então ficava lá, olhando a vasta paisagem do nada.

Depois que perdeu a visão, ele se retirou completamente do presente: não conseguia lembrar dos nossos nomes, não nos reconhecia como seus netos. Nós nos tornamos os Brik que ele deixou na Ucrânia para ir para a Bósnia em 1908: Romans e Ivans e Mykolas e Zosyas. Ele conversava conosco e fazia perguntas para as quais tínhamos de inventar as respostas (O Ivan espantou as abelhas da macieira? Zosya alimentou os patos?). Às vezes ele acordava do seu sonolento ensaio de morte e gritava: "Por que vocês me deixaram na selva?" Era muito engraçado – nada é mais engraçado para uma criança do que os embaraços de um adulto – e depois tínhamos de levá-lo para dar uma volta na cozinha, centímetro por centímetro, e trazê-lo de volta para o sofá, onde ele passou os últimos anos de sua vida. O circuito da cozinha era a sua volta ao lar. Uma vez eu o levei nesse passeio de ida e volta ao armário da cozinha, uma distância de três metros que durou uma eternidade para cobrir. E de repente estávamos em Lviv, ele com nove anos e eu era o seu pai, voltávamos da igreja e agora ele queria um saco de balas como o prometido. Quando eu disse que não poderia dar a ele, meu avô chorou feito criança. Eu coloquei-o de volta no sofá, ele virou-se para a parede, rezou e chorou, até cair no sono.

Então, cá estou eu em Lviv novamente. Vamos procurar umas balas para comprar, eu disse a Rora.

Durante o cerco em Sarajevo, Rora disse, ficava-se meses sem eletricidade. Quando a luz voltava, tudo que não tivesse sido apagado acendia de novo, todos os rádios e aparelhos de TV começavam a gritar, os edifícios acendiam, despertavam. A gente podia ver a cidade com uma luz diferente, iluminando a estranheza da guerra: carros incendiados pareciam baratas esmagadas nas ruas, cachorros voltando para a segurança das sombras, os casais trepando no escuro, repentinamente reconhecendo a exaustão de seus corpos. Mas poucos minutos depois o frágil sistema da eletricidade caía de novo e a escuridão voltava. O que era melhor, pois se as luzes continuassem acesas, nossos amigos lá nas montanhas cairiam sobre nós e nos matariam à noite também, bastava escolher os alvos iluminados, Rora disse. Sonhávamos com a luz, mas ansiávamos pela escuridão.

Você já viu alguma vez uma salva de balas tracejantes durante a noite?, ele perguntou.

Não, eu disse.

É uma visão linda.

No início da guerra, o exército de Rambo saía em missão de confisco por todas as lojas. Eles iam à noite em um caminhão com os faróis apagados e era estritamente proibido fumar. Uma noite estávamos fazendo a limpa em uma sapataria em Marindvor – nunca me esquecerei disso pelo resto da vida, Rora disse. Pegávamos caixas e mais caixas: de sapatos de salto alto, tênis de criança, botas de biqueira de aço, sandálias, tudo. Eu peguei um par de botas de salto agulha para a minha irmã, mas ela nunca usou. Rambo ficou com o revólver de prata na mão, seus imediatos com rifles apontados para as janelas dos prédios em volta, para o caso de alguma provável testemunha incauta estar nos vendo por trás da cortina. As casas estavam às escuras, e as cortinas escureciam as janelas, então quando algum cidadão preocupado abrisse as cortinas, Rora podia ver, a uns 100 metros de distância, o branco do olho dele brilhando. Rambo atiraria nele e o olho desaparecia. O que não precisa ser visto não será visto.

NO DIA SEGUINTE, liguei para Mary após andar à toa por Lviv de manhã. Ainda era cedo em Chicago, mas ela não estava em casa; vislumbrei um médico telegênico divertindo-a com insinuações de duplo sentido típicas da profissão; tive de tentar algumas vezes antes de ela atender o celular. Ela acabara de sair de uma cirurgia; estava muito quente em Chicago; ela ia passar o fim de semana em Pittsburgh. George e Rachel iam a Roma dali a duas semanas, ela disse; eles nunca saíram do país, mas Roma sempre foi o sonho de minha mãe. Papai concordou em ir, porque mamãe sempre quis conhecer todas as igrejas e rezar com o papa. Papai está preocupado porque não sabe falar italiano, está preocupado com os europeus. (Eu era o único europeu que papai George conhecia, o que obviamente significava que se todos fossem como eu, não havia motivo de preocupação.) Mary sentia saudades de mim; o verão abafado a deixava puta da vida; estava trabalhando muito e pensava em tirar uma longa licença quando eu voltasse. E como anda o negócio do Lazarus? Ela não estava nem um pouco feliz com a minha ausência, eu podia ouvir isso na sua voz. "Está indo bem", eu disse. "Estou com mil anotações na cabeça." "Maravilha", ela disse. "Fico muito feliz por você." Contei a ela que Lviv era deprimente; que o povo não usava desodorante e as mulheres não depilavam as pernas, o que deve ter desencorajado nela uma possível crise de ciúme. Contei da escuridão, das ruas imundas e da arquitetura soviética; das casas de câmbio dilapidadas onde vigaristas de camisa suada lavavam dinheiro pessoalmente; do homem decrépito de roupa cossaca, com cheiro acre de cadáver, que vendia exemplares recém-lançados d'*Os Protocolos dos sábios de Sião*. Contei da fraca pressão da água no hotel e de como era difícil tomar banho de chuveiro. Fiz uma lista de mazelas grande o suficiente para ela perceber como eu estava dando duro no trabalho, como aquela viagem não passava de um desafio. A conversa acabou em juras de amor.

Fiquei com a impressão de que nos amávamos mais quando havia largas faixas de dois continentes e um oceano entre nós. O trabalho cotidiano do amor era quase sempre difícil de se realizar em casa. Quando ela estava no hospital, eu tinha saudades, e quando voltava, ela estava cansada demais para atender as minhas carências e desejos. Eu me queixava da sua frieza e distância, de que o nosso casamento precisava de mais do que lermos o jornal juntos nas manhãs de domingo. Ela estava cansada, ela dizia, porque trabalhava muito; alguém tem que ganhar dinheiro nesta casa. Eu reafirmava que queria escrever e estava me preparando para isso, depois listava todas as coisas pelas quais havia passado na vida, todas as minhas contribuições à nossa união conjugal. De vez em quando a conversa acabava aos gritos e eu começava a quebrar coisas furiosamente – sempre tive uma atração especial por vasos, eles voam bem e se espatifam melhor ainda.

Uma certa manhã em Chicago, eu fui na ponta dos pés até a cozinha com a intenção de preparar um café. Enquanto sujava – como de costume – toda a bancada com pó de café, avistei num canto uma lata de rótulo vermelho onde eu li a palavra TRISTEZAS. Já havia tanta tristeza assim para eles poderem enlatar e vender? Uma pontada de dor atravessou meus intestinos antes de eu perceber que não era TRISTEZAS e sim as sílabas finais da palavra PORTUGUESAS. SARDINHAS PORTUGUESAS. Era tarde demais para uma recuperação, pois a tristeza era agora matéria escura no universo das coisas inanimadas que me cercavam: os vidros de sal e pimenta, o pote de mel, o vidro de tomates secos, a faca cega, o pão ressecado, as duas xícaras de café, esperando. Os principais artigos de exportação do meu país são carros roubados e tristeza.

Quando saí do posto de correios onde ligara para Mary, a tristeza parecia espalhada e densa por toda Lviv: dois garotos lavavam um Lada branco no meio da rua; um homem com um obsoleto chapéu do Exército Vermelho estava deitado em cima de um cobertor aberto na calçada com as obras completas de Charles Dickens ao lado; um sacerdote ortodoxo tipo Darth Vader deslizava pela rua, seus pés invisíveis embaixo do longo hábito negro. Os prédios de amplas janelas austro-húngaras e ornamentos discretos eram cobertos com uma grossa camada de desespero.

E eu pude entender então que Lazarus reclamava com Olga sobre a falta de sentido em trabalhar embalando ovos, e ela implorava a ele que tivesse paciência, que não falasse disso com a mãe nas cartas para não preocupá-la com seus desapontamentos. Mas ele estava cansado de viver no gueto, cansado do frio de Chicago. As pessoas aqui são ríspidas e carrancudas demais, ele escreveu; há meses que não via um sorriso sequer e nem o sol. O que é a vida sem beleza, amor e justiça? Seja paciente, a mãe escreveu em resposta, isto é só o começo, pense nas coisas boas que tem pela frente. Muita gente quer ir para a América; você tem sorte, você e Olga estão juntos, você tem um emprego. Ele escreveu de volta falando dos bondes cheios, da Chicago fora do gueto, onde as ruas eram ladeadas de ouro, do seu amigo Isador, que era inteligente e engraçado. Ele se preocupava com a saúde da mãe, com o seu coração, suas pernas cheias de varizes; ele estava guardando dinheiro para comprar-lhe um bom par de sapatos. Não fique de pé por muito tempo, mãe. E não fique triste demais, pois precisa cuidar bem do seu coração. Olga e eu precisamos do seu coração. Quero descansar minha cabeça no seu peito e ouvi-lo batendo.

Em um parque perto da igreja, garotos com sapatos de lona furados jogavam futebol com uma bola murcha, o menorzinho usando uma camisa com *Shevchenko* escrito nas costas. Um grupo de velhos se reunia em volta de um banco, acompanhando um jogo de xadrez. Eu imaginei o que deve ter acontecido com a mãe de Lazarus após a sua morte. Provavelmente Olga escreveu-lhe uma carta, uma carta que deve ter viajado meses, uma carta que dizia que Lazarus não existia mais. Enquanto a carta viajava, Lazarus ainda estava vivo para ela: ela se preocupava por ele trabalhar demais, por sair no frio com o cabelo molhado, por sua tristeza congênita. Ela esperava que ele casasse com uma boa moça judia; sua intuição de mãe dizia que esse Isador era um malfeitor. Então ela recebeu a carta de Olga, leu uma vez, leu duas vezes, discutindo com a carta, tentando desfazer malentendidos para que ele pudesse voltar à vida. Pediu a Olga uma foto do filho, instando-a a desmentir tudo que disse na última carta, ainda falando de Lazarus como se ele estivesse vivo. Oh, sim, ele arrumou um emprego de repórter no *Hebrew Voice*, ela diria a Madame Bronstein. E o chefe dele acha que ele tem um grande futuro pela frente. Provavelmente ela não viveu muito depois da morte de Lazarus, seu coração desistiu finalmente.

E o Lázaro bíblico tinha mãe? O que ela fez quando ele ressuscitou? Ele se despediu da mãe antes de voltar ao mundo dos mortos-vivos? Para ela o filho morto-vivo era o mesmo que o filho vivo? Eu li uma vez que depois disso ele viajou de barco até Marselha com as irmãs, onde pode ou não ter morrido novamente.

Uma multidão desceu do bonde no ponto de Rinok; eu segui atrás de três moças de braços dados que atravessaram a rua em uníssono, na direção de um lugar chamado Café Viena, na direção de Rora, que estava lá se reabastecendo de expressos e cigarros enquanto me esperava. Deixei as três beldades continuarem, parando para ouvir um grupo de aposentados no meio da calçada cantando uma velha canção ucraniana: idosas atarracadas seguravam seus sacos de compras; os velhos, com calças curtas o suficiente para mostrar a combinação constrangedora de meias marrons e sandálias, cruzavam as mãos sobre os barrigões e viravam os olhos para cima quando suas vozes subiam de tom. Pelo que pude entender, a música falava de um cossaco ferido que recuperou a saúde graças aos cuidados de uma jovem, mas que quando voltou a andar abandonou-a cruelmente; ele logo a esqueceu, mas ela jamais o esqueceria. Ouça o meu lamento pelas estepes, os aposentados cantavam. Ouça o meu lamento e aqueça esse seu coração cossaco.

Eu não queria contar a Rora a minha conversa com Mary, por isso sentei à mesa dele sem dar uma palavra. As três beldades seguravam seus cigarros de maneira idêntica: as palmas das mãos viradas para cima, os cigarros para baixo, os dedos ligeiramente curvados, a fumaça circulando por suas unhas compridas e pintadas. Rora tirou uma foto delas e o clique da máquina fez com que a mais loura virasse na nossa direção. Seu rosto pálido de bochechas coradas de ruge sorriu, Rora retribuiu o sorriso. A garçonete aproximou-se com seu avental branco de renda falsa e saia preta e eu perguntei se tinham sacos de balas. Ela não sabia o que era ou não entendeu o que eu dizia, o meu ucraniano não era bom o bastante para explicar e eu havia esquecido o dicionário no quarto do hotel. Um café vienense então, eu disse. E mais um para ele.

Rora colocou sua Canon preta no colo, depois debaixo da mesa. Ele tirou uma foto das pernas das três garotas, disfarçando o clique com uma tosse fingida.

Por que tirou esta foto?

Que pergunta estúpida, Rora disse. Eu sou fotógrafo.

E por que é fotógrafo?

Sou fotógrafo porque gosto de ver as fotos que tiro.

Eu acho que quando as pessoas tiram foto de alguma coisa, elas imediatamente esquecem do que fotografaram.

E daí?

Daí nada, eu disse, dando de ombros.

Elas podem olhar a foto e se lembrar.

Mas o que você vê quando olha uma foto que tirou?

Eu vejo a foto, Rora disse. Por que todas essas perguntas?

Quando eu olho para uma foto minha antiga, tudo que vejo é alguém que não sou mais. Daí eu penso: o que eu vejo é o que eu não sou.

Beba mais café, Brik, Rora disse. Vai melhorar o seu astral.

A garçonete chegou com nossos cafés e então eu bebi mais café. Cada uma das três beldades olhou para nós pelo menos uma vez e Rora sorriu para todas.

Você conhece a história do Lázaro da Bíblia?, perguntei a Rora.

Acho que não estudei esta parte, Rora disse.

Bem, Lázaro morre e sua irmã conhece um tal de Jesus Cristo, o profeta local que é um milagreiro. Ela então pede a ele que faça alguma coisa e aí o sr. Cristo faz seu truque e vai até a caverna onde está o Lázaro morto. Ele ordena que Lázaro se levante e Lázaro se ergue do mundo dos mortos. Ele cambaleia de volta à vida e desaparece. E assim Cristo fica ainda mais famoso.

Não é uma história muito boa.

É fraquinha, concordo. Mas Lázaro vai para Marselha com as irmãs depois disso. Agora é que a história fica boa. Fico imaginando como foi a nova vida dele lá. Talvez nunca tenha morrido de novo. Ele pode ainda estar por aí, ainda ressuscitado, completamente esquecido, exceto pelo fato de ser o coelhinho branco da cartola do Cristo.

De que merda você está falando?, Rora perguntou. O que isso tem a ver com tudo?

Eu ando pensando muito nessa coisa de Lázaro.

Pare de pensar. Tome o café.

Bebemos o café em silêncio. Ouça o meu lamento, e aqueça a porra desse seu coração cossaco, eu cantei comigo mesmo. Mas eu não conseguia ficar quieto.

Eu falei com Mary, eu disse.

Que bom.

Meus sogros querem ir a Roma e conhecer o papa.

Legal, Rora disse. Eu poderia dizer que ele queria que eu calasse minha boca, mas eu não calei. Acho que foi porque eu já tinha tomado muito café.

Meus sogros são muito religiosos, eu disse. Eu tive de me casar em uma igreja católica. No começo me recusei, mas Mary não quis nem falar no assunto. Eu me ajoelhei diante da cruz e um padre espargiu água em mim.

Eu não só me ajoelhei diante do ginasta crucificado, como os Field, os maiores católicos da maldita Pittsburgh, fizeram com que eu baixasse minha cabeça inúmeras vezes, enquanto fingia meditar na assustadora evanescência de minha existência terrena. Eu lembro do primeiro Natal que passamos com os Field; Mary e eu éramos recém-casados e eu fora oficialmente introduzido na família com o amor de Mary me servindo de aval, apesar de minha origem estrangeira nada confiável. Nós nos sentamos em uma mesa redonda e os Field fizeram uma oração antes de nos passarem, no sentido horário, o presunto, o molho de carne e o purê de batata. Eu aceitei tudo e passei adiante. Aquele círculo de familiaridade chegou a me trazer lágrimas aos olhos. Então eu baixava a cabeça a cada Natal que passava, pois naquele tempo parecia valer a pena um pouco de fingimento. Mary e eu, George e a sra. Field, às vezes os Patterson estavam lá; eles liam a Bíblia enquanto eu, sem livro nenhum, ficava contando pacientemente as fatias de presunto, admirando como podiam ser tão finas. E mais tarde eu me juntava à conversa na hora da sobremesa, sem pressão, elogiando a torta de maçã ("Rachel, só por esta torta já valeu vir para a América!", eu exclamava e todos riam por educação). Mary e eu nos dávamos as mãos entre nossos pratos, eu fazia declarações na primeira pessoa do plural ("Nós gostamos de apoiar o livro no peito quando lemos na cama") e suportava perguntas constrangedoras sobre futuros filhos. Após a ceia, saíamos para dar uma volta, jogando conversa fora a passos lentos, o frio roendo os ossos de nossas faces. George às vezes retardava o meu passo para poder me fazer perguntas capciosas sobre a minha instabilidade financeira, mas Mary me resgatava do seu escrupuloso interrogatório. Mesmo assim, eu em geral me sentia em casa; esses rituais me eram reconfortantes.

Então você é católico? Não sabia disso.

Não sou nada, eu disse. Deus sabe que Ele não é meu amigo. Mas invejo as pessoas que acreditam nessa baboseira. Elas não se preocupam com o sentido da vida e das coisas, como eu me preocupo.

Deixa eu contar então uma piada, Rora disse.

Mujo acorda um dia, depois de passar a noite bebendo, e se pergunta qual o sentido da vida. Ele vai trabalhar, mas percebe que aquilo não é vida, nem deve ser. Ele resolve ler livros de filosofia e durante anos estuda tudo, desde os gregos antigos até hoje, mas não consegue encontrar o sentido da vida. Talvez seja a família, ele pensa, e então passa mais tempo com a esposa, Fata, e os filhos, mas descobre que também não é isso e os abandona. Daí ele pensa, talvez o sentido da vida seja ajudar os outros, então ele faz uma faculdade de medicina, se forma com mérito e vai para a África curar malária e transplantar corações, mas não consegue descobrir o sentido da vida. Talvez seja a riqueza, ele pensa, e vira um empresário, ganha muito dinheiro, milhões de dólares, compra tudo que há para comprar, mas a vida também não é isso. Então ele vira pobre e humilde, dá tudo o que tem e passa a mendigar nas ruas, mas ainda assim a vida não é isso. Daí ele pensa que pode ser a literatura: ele escreve um romance após o outro, mas quanto mais escreve, mais obscuro fica o sentido da vida. Ele se volta para Deus, vive como um dervixe, lê e contempla o Livro Sagrado do Islã – mas nada. Estuda o cristianismo, o judaísmo, o budismo e tudo o mais – e nada de achar o sentido da vida. Por fim, ouve falar de um guru que mora no alto de uma montanha em algum lugar no Oriente. O guru, dizem, sabe qual é o sentido da vida. Então Mujo vai para o Oriente, viaja durante anos, caminha por estradas, sobe a montanha e encontra a escada que conduz ao guru. Ele sobe os degraus, dezenas de milhares, e quase morre de tanto subir. Quando chega no topo, há milhões de peregrinos e ele tem de esperar meses para ver o guru. Quando afinal chega a sua vez, ele vai até uma grande árvore e debaixo dela está o guru sentado, nu, de pernas cruzadas, olhos fechados, meditando, perfeitamente em paz – ele certamente sabe qual é o sentido da vida. Mujo diz: Eu dediquei a vida inteira para saber qual o sentido da vida mas não descobri, por isso vim aqui para pedir-lhe humildemente, Ó Mestre, que conte o segredo para mim. O guru abre os olhos, olha para Mujo e diz calmamente, Meu amigo, a vida é um rio. Mujo fica olhando para ele por um longo tempo, sem acreditar no que ouviu. O que é a vida?, Mujo pergunta de novo. A vida é um rio, diz o guru. Mujo balança a cabeça e diz, Seu merda, seu grandessíssimo filho de uma puta. Eu desperdicei a minha vida inteira e acabei vindo aqui para você me dizer que a vida é a porra de um rio? Um rio? Está querendo curtir com a minha cara? Isto foi a coisa mais idiota e mais vazia que eu já ouvi na minha vida. Foi isso que você levou a vida inteira para descobrir? E o guru diz, Por quê? Não é um rio? Está me dizendo que não é um rio?

Eu ri um bocado. Entendi o que você quer dizer, eu disse.

Não entendeu nada, Rora disse e apontou para CASSINO brilhando em néon lá fora. A gente devia ir jogar.

Jogar seria bom, pensei, embora eu não fosse um jogador. Num impulso, ofereci cem euros do dinheiro de Susie para bancar o jogo de Rora. Se ele ganhasse, dividiríamos a grana, eu sugeri, ele topou e lá fomos nós.

UM ANIMAL COM pescoço de bisão, parecendo ter oculto presuntos embaixo das mangas do seu terno Armani falso, montava guarda no detector de metais e exigiu que Rora deixasse o estojo de sua Canon no guarda-volumes, apontando para o aviso que dizia serem proibidas armas no cassino. Eu quis dar meia-volta e procurar outra via de escape e distração, mas Rora me puxou para um canto e disse para eu negociar com o bisão. Eu fui em frente e falei; meu ucraniano, pronunciado com sotaque americano em vez de bósnio, sugeria que tínhamos um caminhão de dinheiro para gastar. Propus ao bisão que eu ficaria com o estojo da câmera enquanto meu amigo jogava, prometendo que não o abriria nem sequer o tocaria. Ele abriu o estojo, tirou a Canon e as lentes e colocou tudo no chão. Eu vi Rora crispar-se, prestes a reclamar, possivelmente com violência, mas o bisão se levantou, deixando para Rora o trabalho de catar tudo e me entregar.

Não havia área cinzenta no salão: o feltro era verde brilhante; as fichas, brancas, azuis e vermelhas; as duas únicas crupiês usavam blusas cor-de-rosa e coletes pretos como as asas do corvo. Era começo da noite e os apostadores ainda não haviam chegado. A crupiê da mesa de roleta tinha o cabelo bem preso para trás para fazer com que o rosto ficasse mais largo e os olhos maiores, mas ela parecia triste e sem vida. A mulher do vinte-e-um disse, "Olá!" Tinha ombros estreitos e seus braços fininhos emergiam como línguas das mangas bufantes. Rora seguiu direto para a mesa do vinte-e-um, sentou-se na frente da moça e sorriu. Ela sorriu também e arrumou as pilhas de fichas enquanto Rora mostrava a nota de cem euros que trocaria por fichas. Uma espécie de gerente sentou-se em uma cadeira alta num canto a distância, uma torre de vigia humana, redirecionando os holofotes para Rora e a carteadora que entregava as fichas a ele.

Eu nunca vira Rora jogar, mas me pareceu a princípio que ele não era muito bom nisso; ele mal olhava para suas cartas e em pouco tempo perdeu metade das fichas. Eu estava ficando inquieto mas me controlei porque Rora nem se mexia. Rora e a carteadora não se falavam, mas de vez em quando ela dava uma risadinha, o olhar fixo nas cartas, sem que a torre de vigia pudesse ver. Parecia que Rora estava mais interessado em levá-la para a cama do que em ganhar.

Mas de repente a sorte mudou. A pilha de fichas a sua frente começou a crescer e ele aumentava as apostas, sem parar de ganhar. A carteadora parou de rir e ergueu o dedo indicador sem retirar a mão esquerda de sobre a mesa – a torre de vigia viu o sinal. Por um instante fiquei eufórico por haver quebrado o código secreto; eu estava nas engrenagens do submundo dos cassinos e imaginei uma foto: um close daquela mão. A torre de vigia entrou no cone de luz da mesa, as mãos na frente da virilha, o rosto no escuro. Ele usava anéis de aço em todos os dedos, certamente para quebrar mandíbulas e malares. Rora perdeu duas mãos mas depois entrou numa sequência improvável de vitórias, transformando sua pilha numa montanha. A torre de vigia cochichou alguma coisa no ouvido da carteadora e chamou uma crupiê, que ficou no lugar dela. A crupiê tinha um ligeiro buço e maxilar fino e proeminente; ela não iria trocar olhares com Rora, que recostou-se na cadeira e suspirou, como se a tarefa de ganhar fosse para ele uma provação. Ele flexionou o pescoço feito um boxeador, juntou as mãos em prece e apostou ainda mais alto.

Enquanto eu pegava no sono no avião, Rora havia me contado de uma vez em que ele acompanhou Miller para uma entrevista com Karadžić. Naquele cassino ucraniano, eu me lembrei da história – ou do sonho que havia sonhado. Os chetniks o pararam na última barreira antes de chegarem à presença de Karadžić e um deles pôs o cano do revólver na sua boca, até as amídalas. Rora supôs que não podiam matá-lo, pois Rambo deixara claro aos seus parceiros chetniks que Miller e Rora estavam sob sua proteção e matá-los feriria a parceria deles nos negócios. O sujeito que colocara o revólver na sua boca provavelmente estava blefando, mais para Miller do que para qualquer outro. Mesmo assim, Rora disse, por um momento eu vi um brilho nos olhos dele – o olhar de desafio. Eu conhecia aquele olhar: é o que se espera do seu oponente: você quer que ele pense que nada de mal vai acontecer na verdade, que o desafio dele deu certo. É nesta hora que você aumenta a aposta e derruba o inimigo. Mas o jogo é outro bem diferente quando você tem um revólver enfiado na garganta: o sabor de graxa, de pólvora queimada e de morte. E a cara era medonha: uma testa enrugada, sobrancelhas assimétricas, olhos pequenos, redondos e vermelhos, e uma espinha bem no canto da narina esquerda.

O bisão veio e postou-se ao lado da carteadora, a torre de vigia ficou do outro lado, ambos visivelmente tentando ameaçar

Rora, que não deu atenção aos punhos cerrados dos homens sobre as virilhas. Eu não temia a dor ou a morte, embora esperar por uma ou outra, ou ambas, parecesse perfeitamente cabível; também não temia ser roubado até as calças. Na verdade, era excitante. O bisão contornou a mesa e ficou do meu lado, pelo visto para conferir se eu fazia sinais para Rora.

E de repente todas as luzes se apagaram e meus intestinos deram um nó – estávamos prestes a ser tragados pela escuridão. O bisão beliscou minha pele por baixo da camisa e torceu por pura maldade; a dor me surpreendeu; o absurdo repentino daquela agressão foi aterrador, mas eu ri. Ao andar na direção da porta, esbarrei numa cadeira e caí, depois as luzes acenderam, como se todo o propósito do blecaute fosse me fazer cair. Todos, exceto eu, estavam em suas posições pré-blecaute, inclusive Rora.

Vou trocar as fichas, ele disse em bósnio. Os homens entenderam e assentiram, aprovando sua sábia decisão. Ninguém disse ou fez nada que sugerisse que houve um blecaute. Rora empurrou um montinho de fichas na direção da carteadora, a título de gorjeta. Eu me levantei e ajeitei a cadeira.

Tive de ajudar Rora a levar as fichas para o caixa, tentando equilibrar tudo com a câmera, deixando algumas fichas caírem no chão acarpetado, mas sem fazer menção de pegá-las. Rora ganhara 1.500 euros. Com esta quantia se podia comprar um camponês esforçado na Ucrânia. Havia algo de profundamente satisfatório no fato de ver que o dinheiro de Susie dava cria. O bisão nos conduziu até a porta, dando um gentil boa-noite. *Dobra nych*, eu disse. Foi só então lá fora, no meio da chuvosa rua de Lviv, que eu quase desmaiei de medo e felicidade.

No Café Viena, eu enchi a cara com o conhaque armênio mais caro do estoque, enquanto Rora me confidenciava que tudo era uma questão de saber contar as cartas, não passava de simples matemática. Mas você não pode deixar que eles vejam que está contando, você nem pode parecer que está pensando. O melhor é deixar que pensem que você não sabe o que está fazendo.

Miller era doido por pôquer; fazia parte de sua americanidade. Ele jogava com outros correspondentes estrangeiros, mas depois ficou sem parceiros. Rora estava na cola de Miller, servindo como guia local e intérprete, então ele prometeu arrumar um jogo de pôquer para ele. Ele sabia que Rambo jogava também e que a possibilidade de jogar com Miller atrairia Rambo – um combatente de Sarajevo jogando pôquer com um correspondente de guerra americano – e assim Rora combinou a partida. Rora estava à mesa; Beno, um assassino competente mas pouco inteligente, também estava lá, como segurança; havia um sujeito da Polícia Especial bósnia, para garantir a segurança de Miller, embora ele comesse na mão de Rambo; havia um sujeito do governo, guarda-costas fiel de Rambo. Todos sabiam, exceto Miller, que Rambo ia ganhar. Rora, que não era besta, logo se retirou do jogo depois de perder o seu dinheiro. Ele considerava aquilo um investimento, pois o propósito do jogo era estabelecer um relacionamento entre Rambo e Miller, do qual ele poderia se beneficiar. Ele me descreveu todas as diferentes mãos em detalhe, todos os blefes, todos os repiques, até sobrarem apenas Rambo e Miller na mesa de jogo: Rambo com uma pilha imensa de dólares, Miller, com uma menor e um *fullhouse* de três reis e duas damas na mão. Era uma armação, pois Rambo tinha uma quadra de valetes. Eles não paravam de aumentar as apostas até Miller colocar na mesa seu relógio e a corrente de ouro e, por fim, seus futuros vencimentos. Ele estava bêbado também, pois trouxera duas garrafas de Jim Beam para a mesa, dando a sua palavra de que pagaria a Rambo se perdesse. Em nenhum outro jogo, em qualquer outra cidade não sitiada, uma pessoa aceitaria uma promessa dessas, mas Rambo e todos os presentes, até o bêbado Miller, sabiam que morrer em Sarajevo era a coisa mais fácil do mundo, mesmo se você fosse um repórter americano – uma desavença, um acidente, uma tocaia. Miller perdeu, claro, e Rambo ficou com o cara no bolso. Depois Miller começou a fazer pequenos favores a ele: uma pequena encomenda para entregar a um amigo; uma matéria nos jornais americanos, falando da heroica resistência de Rambo aos chetniks; passando drogas a outros repórteres estrangeiros; estabelecendo contatos entre o pessoal da TV e Rambo etc. E tudo deu certo para Rora; ele ficou então longe da frente de batalha, nada de trincheiras ou incursões noturnas, pois Rambo queria que ele continuasse como guia de Miller para ficar de olho nele.

Você inventa estas histórias todas, eu disse.

Quem dera, ele disse.

Devia escrevê-las.

Eu tiro fotos.

Devia escrevê-las.

Para isso eu tenho você. Foi por isso que o trouxe comigo.

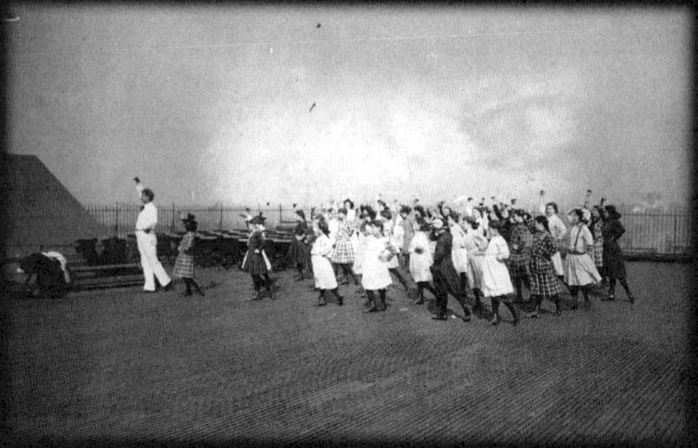

Depois da autópsia realizada pelo renomado dr. Hunter, o subdelegado Schuettler mostra o laudo a William P. Miller, que fica comovido com a recém-adquirida intimidade profissional entre os dois:

Corpo de indivíduo do sexo masculino, de cerca de 20 anos de idade, 1,72m de altura, pesando cerca de 56kg, com sinais de desnutrição.

Perfuração de 6mm de diâmetro na região frontal esquerda.
Perfuração no lado esquerdo do queixo.
Perfuração no olho direito.
Perfuração de 5cm no lado direito da região supraclavicular.
Perfuração de 5cm à direita do mamilo esquerdo.
Perfuração no ângulo inferior da escápula esquerda.
Perfuração na linha mediana da parte posterior da cabeça.
E abaixo do crânio neste ponto uma bala foi encontrada.

O crânio exibe uma formação peculiar. Cabelos escuros, tez morena. Embora o nariz não seja característico de um judeu puro, possui traços semíticos.

Por outras evidências, contudo, pode-se atestar tratar-se de indivíduo judeu.

Dentes sem obturações. Mãos bem formadas, indicando trabalho manual.

Na remoção da calota craniana, observou-se ser o crânio excepcionalmente fino. Três balas foram encontradas, responsáveis pela perfuração do cérebro.

Observou-se que a perfuração encontrada nas proximidades do mamilo esquerdo atingiu o coração.

Demais órgãos com aparência normal.

A calota craniana fina, a boca larga, o queixo retraído, a testa baixa, os malares pronunciados e as orelhas simiescas de tamanho maior do que o normal indicam ser o indivíduo portador de algum tipo de degeneração.

O nosso parecer confirma que o indivíduo desconhecido veio a falecer devido ao choque e hemorragia decorrentes dos ferimentos à bala encontrados em seu corpo.

– São criaturas de um mundo muito diferente – disse o subdelegado com ar pensativo, como se tivesse refletido enquanto Miller lia. A escura sala do subdelegado só tem uma luz acesa na mesa e as vidraças sacodem com a força do vento.

– É, são sim – concordou William P. Miller.

AS RUAS VAZIAS se arrastam por entre prédios escuros; as desengonçadas carruagens atravessam com dificuldade a densa chuva e poças gigantescas; bêbados desorientados e tremendo de frio e operários do último turno – todos são lançados na breve existência por um raio. A tempestade castiga Chicago, assolando seus cidadãos com ódio.

Aí está, Olga pensa. Por um instante, os cacos no chão brilham feito corpos celestes remotos. O pão de centeio petrificado aparece sobre a mesa e depois desaparece. As brasas do fogão ainda exalam uma fumaça nauseante; a fuligem escapa pelas grelhas do fogão e se deposita no rosto e nos cabelos de Olga, leve como a brisa. Ela sente o peso das mãos no colo e, quando a luz de um relâmpago penetra no escuro apartamento, ela vê como elas parecem bebês magrinhos. Elas sucumbem e a única coisa que resta é a aspereza úmida do seu vestido. O trovão se afasta, silenciando com um último lamento de raiva. Não adianta acender o lampião, pois o vento o apagará.

Querida mãe
Nosso Lazarus agora dorme, mas é um sono do qual não podemos acordá-lo.

Ela não pode enviar esta carta para casa, não antes de um sepultamento apropriado, não sem antes rezar o *Kadish*. Eles vão jogá-lo num buraco qualquer, como um animal. Chegarão a colocá-lo num caixão? Lavarão o seu corpo ou vão deixá-lo na chuva? A *politsey* vai chutar o seu corpo para dentro do túmulo? Vão urinar em cima dele? Ela se ergue da cadeira, dá dois passos à frente e recua um quando pisa nos cacos. Os garfos, facas e xícaras tilintam e estalam. O ruído a deixa furiosa; ela pega um garfo como se fosse fincar em alguém, mas subitamente para, a mão erguida no ar, os dentes do garfo apontados para a escuridão. A chuva escorre pela vidraça. Lá no canto, onde a escuridão é mais profunda, alguma coisa vê e escuta.

Querida mãe
Não há uma forma melhor de dizer isso: Lazarus não existe mais.

Não. Nada.

Querida mãe
Parece que não podemos nunca fugir da dor. Perdemos Lazarus. O que fizemos para merecer tanto sofrimento?

O seu vestido cheira a suor triste e ao charuto dos policiais, suas meias estão rasgadas, o salto do sapato esquerdo quebrou. Ele chorou quando perdeu uma de suas luvas de couro de bezerro que ganhou de presente no *bar-mitzvá*. Lazarus, com aquela roupa boba de marinheiro. Lazarus, que tinha medo de pardais. Lazarus no *bar-mitzvá*, lendo hesitante a Torá. Por que o dia judaico começa no pôr do sol? Lazarus ensinando um cachorro vadio a buscar e trazer o que fosse jogado para ele no campo de refugiados de Czernowitz, o cachorro olhava-o com um desinteresse confuso. Aquele jeito dele de empurrar as orelhas para frente e projetar o maxilar, fingindo de macaco. A sonora gargalhada que dava quando o sr. Mandelbaum fazia seus truques: um ovo que desaparecia e reaparecia atrás da orelha de Lazarus. Ele se recusou a admitir o primeiro fio de barba no queixo. O sabor dos seus cachos quando ela os beijava: doces e salgados, por vezes amargo. O seu rosto frio no necrotério. O coração não batia uma vez no peito, nada.

Querida mãe
A sua última carta nos deixou tão felizes. Estamos mais
do que bem: arrumei um emprego novo de secretária jurídica
e Lazarus está trabalhando de repórter no Hebrew Voice.
Ele está pensando em casar.

Seria um desperdício jogar fora o pão seco de centeio. Devia esquentá-lo no vapor. Ela nunca vai comê-lo. Um leve cheiro de carne putrefata esquecida encobre tudo na sala. O apartamento fica vazio sem Lazarus, os objetos ali estão alheios ao mundo dela, não fazem parte da sua dor: uma pia vazia, um cachecol pendurado na cadeira, um jarro de água parada, a máquina de costura, sua correia ocasionalmente matraqueando. Ela não suporta tocá-los; olha para suas formas, como se esperasse pelo momento em que iriam se romper e abrir, revelando o caroço duro da tristeza que existe dentro de todas as coisas amaldiçoadas. Aí está. Ali se sentava Lazarus Averbuch, um rapaz de 19 anos. Ali ele comia sua *kasha*, tirando remela do olho esquerdo com o polegar, bocejando e mostrando suas gengivas e incisivos, como um gato. Ali ele colocava a tigela de metal para lavar e ali ela batia na beira da pia. Ali ele pendurava uma foto do *Daily News*: um grupo de garotas judias fazendo ginástica no terraço de um prédio, tentando alcançar algo no céu.

Será que a *politsey* procurou no banheiro lá fora?

Ela desce correndo as escadas, passa pelo *politsyant* sonolento no corredor que não se mexe na cadeira. Segue com dificuldade pela chuva, pelo pântano que se formou no quintal, a lama fria entrando pelos seus sapatos baixos; ela escorrega mas não cai; seu cabelo está ensopado. Ela se curva, empurra a pedra que mantém a porta da casinha fechada e a porta se abre; o fedor é insuportável – a tempestade liberou os vapores de putrefação, as fezes subiram junto com a água da chuva. Ali estava o dicionário de inglês-russo que ele gostava de levar para o banheiro. Ela se estica para pegar o dicionário e toca a sua lombada, que se destaca como uma minúscula cadeia de montanhas. Ela sempre alertou-o de que ali era frio demais para ficar sentado lendo, mas ele nunca a escutava; ele voltava tossindo e fungando. Na semana passada, ela limpou o nariz dele, que franziu a cara e choramingou feito criança. O livro estava quente, como se Lazarus tivesse acabado de tê-lo nas mãos, a sua vida ainda irradiando daquelas páginas. Os joelhos dela cederam e ela se sentou com um soluço, a nádega esquerda sobre o buraco da latrina. Lazarus, ela chora, apertando o livro contra o peito. Meu irmãozinho. Todas as vidas que ele poderia ter vivido. Ela costumava ajudá-lo a estudar; lia para ele as palavras em inglês e ele respondia com as equivalentes em russo; na última terça-feira, eles já estavam na letra L:

Look
Loom
Loose
Loot
Lop
Lopsided
Loquacious
Lord

Lore
Lose
Lost
Lot
Loud
Louse

O que estas misteriosas palavras poderiam dizer-lhe agora? Ela geme, balançando o corpo para frente e para trás, como se rezasse, como se fosse do nada para lugar nenhum.

Lout
Lovable
Love
Lovely
Lover
Low
Lower
Lowland
Lowly

Meu Deus, o que foi que eu fiz?

Olga, é você? Olga?

Ela grita aterrorizada, se encolhe para proteger o bom livro e o seu coração de tudo o que está ali falando com ela. A voz áspera vem de lugar nenhum, vem da escuridão à sua volta. Outro relâmpago, seus pés estão congelando. Com um alívio insuportável, ela considera a possibilidade de estar ficando louca.

Querida mãe
Lazarus morreu e eu enlouqueci. Fora isso, estamos bem e com muita saudade da senhora.

Olga, sou eu, Isador, a voz disse. Estou aqui embaixo.

O ruído de alguma coisa chafurdando lá embaixo era sem dúvida real.

Isador?

Sou eu, Olga. Aqui embaixo, na merda. Estou morrendo aqui.

O que você está fazendo aí embaixo, meu Deus?

Eu adoro nadar na merda. O que você acha? Eles estão atrás de mim por toda a cidade.

Olga olha fixamente para o buraco negro fedorento. A bílis sobe pelo seu peito e ela sente vontade de vomitar.

Como sabe que estão procurando você? Como entrou aí?

Eu estava indo ver você quando a polícia chegou, então me escondi. Umas pessoas boas me disseram para eu ficar longe da polícia.

Se você não fez nada de errado, não há razão para se esconder, Olga disse, sem muita convicção.

Me disseram que eu era o cúmplice do crime, o tal de cabelo encaracolado, Isador disse. Só que meu cabelo não é encaracolado e nem houve crime nenhum.

Você quis matar o Shippy?

Não seja boba, Olga. Por que eu iria querer fazer isso?

O que ele foi fazer na casa do Shippy?

Sei lá. Ouça, eu preciso sair daqui. Estou congelando e morrendo de fome. A merda está subindo.

Tudo por causa desse seu anarquismo maluco, essa conversa de revoltado. O que havia de errado na vida dele?

Nós só queríamos melhorar as coisas. Só líamos e conversávamos, Olga. Eu vou morrer aqui dentro.

Você é um mentiroso, Isador. Você encheu a cabeça dele.

Olga, você me conhece. Eu já comi na sua mesa. Ele era meu irmão. Você é minha irmã.

Eu não sou sua irmã. Eu tinha um irmão e ele morreu por sua causa.

Ele era dono de si mesmo. Fez suas próprias escolhas.

Você o levou para escutar aquela tal de Goldman, e todos aqueles encrenqueiros vermelhos. Você alimentou o coração dele de ódio. Peça a suas irmãs anarquistas que tirem você da merda.

Ela não conseguia vê-lo e não sabia a que profundidade ele estava. Nunca havia olhado dentro daquele buraco na luz do dia. Tudo se transformara numa realidade diferente. Isador era só mais um rapaz tagarela e provocador, mas agora se transformara no anarquista mais procurado de Chicago.

Estamos cercados de policiais, tem um no meu corredor, ela disse. Eles estão esperando por você aqui. Se eu não voltar logo, eles virão me procurar.

Eu não como nada há dois dias. Os ratos passeiam em cima de mim. Eu vou morrer. Eu não quero morrer.

Eu posso chamar a polícia e eles tiram você daí.

Isador fica em silêncio. A tempestade ruge lá fora. A porta da casinha tem um buraco em forma de coração; o vento forte sacode uma pilha de pedaços de jornal. O crânio de Olga coça sob os tufos de cabelo molhado.

Me dê uma única razão para eu não chamar a polícia, ela disse.

Lazarus era inocente e foi morto pela polícia. Eu sou inocente e serei morto pela polícia. Duas razões. Se quiser mais, eu posso tirar uma daqui de dentro da merda.

Olga não podia mais sentir os dedos dos pés e das mãos, e seu coração virava gelo também. Por que não ficar aqui e dormir, pôr um fim nisso tudo? Tudo tem que ter um fim. Deus, por que me abandonastes nesta selva sombria?

Olga, por favor. Me ajude apenas a sair deste buraco, me traga uma comida e um cobertor.

Você não pode ficar nesta latrina para sempre.

Me deixe só passar a noite. A gente pensa em alguma coisa.

Eu odeio você, Isador, e todo esse seu discurso de mudar o mundo. Você não vive neste mundo. Por que não nos deixa ser como somos?

Tudo que eu sempre quis foi viver neste mundo com alguma dignidade. Me ajude, Olga. Por favor.

Ela coloca o dicionário no chão e estica a mão dentro da escuridão até a mão gosmenta de Isador agarrá-la pelo pulso, quase puxando-a para dentro.

Maldito seja você, Isador, você e toda a gente da sua laia, ela disse. O dicionário escorrega no buraco, bate no rosto de Isador, cai na merda e afunda.

O que foi isso?, Isador pergunta, assustado.

EM SUA CAMA, Olga puxa as cobertas até a cabeça, protegendo-se do frio e do fedor de merda, sabendo que nenhum dos dois jamais deixará seu corpo; seria um milagre se não tivesse uma inflamação cerebral. Ela levou um cobertor e o pão seco para Isador, ambos ocultos sob o vestido. "Os intestinos estão trabalhando hoje, hein?", disse o *politsyant* com um sorriso de nojo. Ele não parecia muito inteligente, mas Olga temia que ele fosse até a casinha. Não se preocupe, Isador disse. Eles não cagam com judeus.

Lá estava ele agora, Isador, todo cagado em seu trono patético, enrolado em um cobertor fininho, inventando mundos livres em que todo mundo teria saneamento básico. Eu só espero que não me dê vontade de cagar, Isador disse, mas ela não riu. Jamais riria novamente. Ela se lavara na pia, esfregando bem as mãos várias vezes, mas o fedor estava grudado nas paredes de suas narinas.

Lá vem Lazarus voltando para casa com Isador e três dúzias de ovos embrulhados em jornal, nenhum deles quebrado. Eles os colocam com cuidado em uma tigela, discutindo sobre o que haviam escutado na palestra daquela mulher, a tal de Goldman. Isador agita os braços com uma gravidade idiota, Lazarus parece mais um filhotinho sem jeito.

Isador está na latrina. Os policiais estão por toda volta. Lazarus está morto. Eu estou fedendo a merda e tristeza. A tempestade lá fora não passa nunca. Estou perdida em um país estranho. Podia ser pior.

Querida mãe
Eu não sei como começar

Ela vira para o lado e desliza a mão para baixo do travesseiro, ouvindo o crepitar da palha. Isador poderia fugir antes do amanhecer, quando todos estão ferrados no sono. Uma hora esta tempestade vai cansar. Se eu morresse dormindo, me livraria deste sofrimento horrível.
Look
Loom
Loose
Ele estava com o rosto tão zangado no necrotério, tão tenso, os lábios frios e duros. O que o deixou assim? Ele falava de anarquia e liberdade, da polícia, justiça e a América. Como poucos possuem tudo, ele dizia, a maioria não possui nada. Nós somos a maioria, esta é a vida da maioria. Você sabia, Olga, que depois do trabalho eu não consigo sentir os meus dedos? Quando escrevo, não consigo segurar a caneta. Tudo que toco parece um ovo. Ele sonhava ser repórter do *Hebrew Voice*. Viajaria pelo mundo e escreveria sobre isso. Ele cortava o pão com movimentos longos e lentos, como se o serrasse. Seus braços eram tão magros, os cotovelos pareciam asas depenadas.

Isador quebra um dos ovos na ponta da mesa e, antes que possa babar, ele coloca a clara e a gema na boca. Sua garganta enorme engole tudo apressadamente. Ele seria bonito se não fosse tacanho. Lazarus tenta quebrar um também, mas esmaga o ovo contra a mesa.
Lose
Lost
Lot
Loud

Ela ouve alguém batendo na porta e pula da cama, porque foram duas batidas breves e duas longas – a senha que Lazarus gosta de usar. Ela abre a porta e lá está ele: alto e maltrapilho, descalço, as meias furadas, o casaco pendurado como um cobertor. A rigidez esquelética do seu rosto se desfaz em um sorriso de orelha a orelha. Ela dá um gritinho de felicidade e se desmancha em lágrimas, abraçando os seus bíceps. Ela encosta o rosto no peito dele, ouve o coração batendo e um dos botões da camisa deixa uma marca em sua orelha. Onde você estava?, ela pergunta sofregamente. Por que fica brincando de esconder comigo? Mas ele não diz nada, dá um beijo em sua cabeça e se livra do abraço. Ele desaba na cadeira dela, corta uma fatia de pão de centeio e, com a boca cheia, balança a cabeça desanimado, como se dissesse, Você não pode imaginar o que eu passei. Ela se ajoelha na frente dele e coloca a palma das mãos em suas coxas para acalmá-lo. Low Louse, ele diz, os olhos flutuando como bolhas de mercúrio. Loom Lopsided Lord Lost. Lower Lowland Lowly.

Ninguém em Lviv se lembraria de nós, nem os brutamontes do cassino, ou a garçonete do Café Viena que aprumava os ouvidos com o meu ucraniano obsoleto, ou as jovens que sorriram para nós, mostrando-se disponíveis. A única pessoa que podia se lembrar de nós era o motorista que contratei para nos levar a Chernivtsi. Eu tinha ido até um ponto de táxi na rodoviária e conversado com o taxista mais jovem, de aparência mais saudável e com o melhor carro que pude encontrar. O nome dele era Andriy e ele dirigia um Ford Focus azul-ferrugem. Ele tinha uma expressão sonhadora e inteligente, olhos abertos que revelavam ou sua malícia ou sua inocência, possivelmente ambas; ele parecia sóbrio e usava uma aliança de casado. Pediu cem dólares do dinheiro de Susie, mais refeição e gasolina; a viagem levaria umas cinco ou seis horas. Eu disse a ele que gostaria de fazer uma parada em uma cidadezinha – Krotkiy – onde meu avô nasceu. Isso vai custar 120, Andriy disse. Os outros taxistas, barbados e com cara de poucos amigos, ficaram à nossa volta ouvindo a negociação, concordando com desdém, e um deles chegou a oferecer um preço mais baixo. Andriy limitou-se a olhar para ele invocado e o homem se afastou.

Ainda estava escuro no dia seguinte quando jogamos nossas malas no bagageiro e apertamos as mãos – selando o acordo. Rora ficou olhando para o motorista por cima dos seus óculos escuros – pelo visto as madrugadas de Lviv não eram suficientemente escuras para ele. Eu sentei no banco do carona e estava puxando o cinto de segurança para colocá-lo quando Andriy pegou a minha mão e disse: "Não é necessário." Eu tentei explicar que não era nada pessoal, mas ele repetiu com severidade: "Não é necessário." Eu teria de confiar a minha vida a ele; Rora ria no banco de trás. Se a sua hora tiver que chegar, vai chegar, ele disse. Eu não quero que chegue, eu disse, mas não coloquei o cinto. O Ford Focus cheirava a fezes.

Deixamos a cidade por uma estrada mal iluminada, na direção leste, vendo somente uma carroça puxada por um cavalo que levava uma gaiola cheia de coelhos, o homem segurava as rédeas curvado como um refugiado. Um caminhão passou correndo na direção oposta e levantou uma nuvem de poeira noturna. Nós também devíamos estar deixando nuvens atrás de nós; quando a poeira baixasse, cobriria nossos rastros.

Se Lazarus tivesse vivido, ele se tornaria um dia Billy Averbuch? Os seus filhos se chamariam Avery ou Averiman ou, quem sabe, Field? Ele daria origem a uma geração de Philips, Sauls, Bernards e Eleanors, que por sua vez gerariam uma infinidade de James, Jennifers, Jans e Johns? As suas inclinações anarquistas, o seu queixo retraído e orelhas simiescas estariam embutidos na história da família, dentro do glorioso sonho americano? Há tantas histórias que podem ser contadas, mas só poucas são reais.

RAMBO GOSTAVA de levar Miller para dar uma volta pelas ruas de Sarajevo. Ele entrava no Audi de seis cilindros que requisitara da frota do Parlamento bósnio antes da guerra, colocava Miller no banco do carona e dirigia, sem cinto de segurança, numa velocidade assustadora. Eles faziam isso por emoção: Rambo costurava e derrapava pelos escombros, cadáveres, por civis correndo, tiroteios, e Miller conferia as horas no relógio; eles iam do quartel em Radićeva até Stup, onde a unidade combatia na linha de frente. O Audi era coberto de buracos de bala, mas por sorte as balas nunca os atingiram; eles zombavam da morte e gastavam muito tempo nisso. Miller adorava isso e Rambo deixava que ele dirigisse de vez em quando até passar o pique da adrenalina. Dirigiam à noite também, com os faróis desligados; Rambo dizia que era tão bom que poderia dirigir assim até se fosse cego, e dirigir na mais completa escuridão das noites de Sarajevo era mais ou menos como isso.

Uma vez, quando Rora estava na Scania, na Suécia, ele foi jogar *gin rummy* com um sujeito que ficou transtornado ao saber que Rora era de Sarajevo. Mal sabia ele que Rora poderia depená-lo. Ele levou Rora até a sua casa em um Bentley, grande como uma casa, com bancos feitos de um couro tão magnífico que se podiam ouvir os espíritos dos bezerros massacrados suspirando – ele precisava mostrar-lhe uma coisa, ele disse. O homem colecionava carros antigos; tinha vários Ford T, edições nazistas da Volkswagen e um Bugatti que ainda podia correr. Mas a coleção não era tudo que ele queria que Rora visse: na parede da sua garagem, iluminada como um altar, havia um volante e uma trompa acústica, do tipo que se usava para falar com o motorista no banco de trás. As peças eram originais do automóvel em que o arquiduque e a arquiduquesa haviam morrido, em 1914, em Sarajevo: a Primeira Guerra Mundial começou no banco traseiro desse carro, sendo a arquiduquesa grávida a primeira baixa. O homem estava bêbado e alucinado, pois havia perdido muito dinheiro; ele falava com um entusiasmo febril sobre o suor do motorista impregnado no volante, sobre o último suspiro do arquiduque, sobre as explosivas e engasgadas consoantes alemãs, presas na trompa. Estes remanescentes microscópicos e antigos foram tudo que restou do homem que seria imperador. O volante do império foi tocado pela última vez por um motorista anônimo e aterrorizado, que deve ter achado que o culpariam de tudo, disse o homem, chorando. (Eu olhei para as mãos de Andriy grudadas firmemente no volante do Ford, duas juntas da mão esquerda estavam machucadas – ele deve ter aplicado um corretivo no seu colega regateador.) Rora achava que alguém devia ter passado a perna no sueco, pois em tudo que é canto se viam aquelas porcarias antigas. Rora conheceu uma vez um alfaiate em Berlim que fazia uniformes de guerra antigos; e tinha um cara em Milão que escrevia cartas de amor do século XVI; ele também já ouvira falar de um ferreiro em Amsterdã que fabricava espadas samurais antigas. Mas ele deixou que o homem acreditasse no que precisava acreditar.

E uma noite o tio de Rora, Murat, ficou bebendo com uns amigos, só que no dia seguinte ele devia embarcar para Meca, para a celebração do *haj*. Ele perdeu o voo, acordou de ressaca, pegou um táxi na rua e quando o motorista perguntou, "Pra onde?", ele disse, "Arábia Saudita". O motorista levou-o a Meca, chegaram poucos dias depois. Mas aí o tio Murat achou que não seria certo o motorista voltar sozinho, então ele pagou a sua hospedagem, a comida e eles foram fazer suas orações em torno da Caaba. Na volta eles compraram uns tapetes baratos na Síria, umas xicrinhas bonitas na Turquia, revenderam tudo em Sarajevo e faturaram uma graninha.

E assim ia Rora, uma história após a outra. Eu nunca o ouvira falar tanto; era como se aquela paisagem verdejante e desolada inspirasse suas histórias; é verdade que ele tirou fotos, mas com indolência, sem interromper a sua narrativa nem por um minuto. Até Andriy parecia hipnotizado por sua voz, com o fluxo contínuo de sons eslavos suaves e épicos. Eu quis anotar algumas dessas histórias, mas o Ford Fezes sacolejava com os buracos da estrada e minha cabeça batia a toda hora na janela quando Andriy ultrapassava caminhões sem nem se importar com o fluxo contrário.

Eu costumava contar para Mary histórias da minha infância e minhas aventuras de imigrante, histórias que eu colhia de outras pessoas. Mas me cansei de contá-las, cansei de escutá-las. Em Chicago, eu me pegava com saudade do jeito de se contar histórias em Sarajevo – lá todos contavam uma história sabendo que a atenção de quem escuta pode se dispersar, por isso eles exageravam, enfeitavam e às vezes mentiam descaradamente para manter interesse. Você as ouvia com arrebatamento, pronto para rir, sem pensar em lançar dúvidas ou achá-las implausíveis. Havia um pacto de solidariedade entre os contadores de histórias – você não sabotava a narração de ninguém se a história estivesse agradando a plateia, pois se o fizesse, corria o risco de ver um dia uma de suas histórias sabotada também. A descrença era como que proibida, uma vez que ninguém esperava ouvir uma verdade ou uma informação, ouvíamos apenas pelo prazer de estar na história e, quem sabe, para podermos passá-la adiante como se fosse nossa. Na América era diferente: a perpetuação incessante de fantasias coletivas faz com que as pessoas desejem a verdade, nada além da verdade – a realidade é a mercadoria de maior giro da América.

Uma vez Mary e eu fomos a um casamento em Milwaukee. Era o casamento do primo dela, que trabalhava para o governador de Wisconsin, e estávamos em uma mesa com outras oito pessoas, todos casais envolvidos com a política local. Como acontece em todo casamento, as pessoas começaram a falar dos encontros do destino: Josh e Jennifer se conheceram numa academia de ginástica; Jan e Johnny foram namorados na faculdade, se separaram e se reencontraram anos mais tarde ao trabalharem na mesma firma de advocacia; Saul e Philip se conheceram em uma festa da toga, ao lado de um barril de Miller Light. Todos eram felizes agora, pode-se dizer, naquela mesa cercada de bem-aventurança e futuros promissores. Sardinhas de tristeza não faziam parte do cardápio.

Assim, numa tentativa de contribuir para aquele discurso sobre o poder da atração, eu contei a eles a história dos coelhos da Guerra Fria. Foi Rora quem me contou esta história ao voltar uma vez de Berlim. Por toda a extensão do Muro, eu/Rora disse, havia campos minados cobertos de grama, então a população local de coelhos aumentou consideravelmente, pois eles eram leves demais para acionar uma mina e não havia predadores para dar cabo deles. Na época de acasalamento, um coelho exalando hormônio podia ser farejado por um parceiro do outro lado do Muro e eles ficavam enlouquecidos, fazendo aquele som para acasalar e tentando desesperadamente encontrar um buraco para o outro lado. Os coelhos deixavam os guardas nervosos, pois eles não podiam atirar neles, tinham de economizar munição para os seres humanos que tentavam fugir. Todo mundo em Berlim sabia que a estação de acasalamento dos coelhos era a pior época do ano para se tentar pular o Muro, porque os coelhos deixavam os guardas com o gatilho nervoso.

Por mais deplorável que possa ser, eu sempre achei essa história engraçada e comovente – a Guerra Fria tão contrária às leis da natureza, o amor que não reconhece fronteiras, roedores excitados contribuindo para a queda do Muro. Não foi nenhum esforço da minha parte deixar de lado a descrença e admirar a beleza da narrativa de Rora. Mas minha plateia de Wisconsin ficou me encarando com aquela expressão abobalhada de quem diz você-é-legal-mas-esquisito, sorrindo e esperando por um desfecho mais surpreendente. Foi quando Mary disse: "Acho difícil de acreditar." Ela estava magoada e chateada, e eu sabia o motivo. Eu não havia contado a nossa história de amor, de como nos apaixonamos (nossos pés na areia, o reflexo de Chicago tremeluzindo no lago, as ondas morrendo na praia), mas foi bastante humilhante me ver publicamente desacreditado pela minha própria mulher. Josh perguntou: "Por que os coelhos não achavam um parceiro do mesmo lado do Muro? Por que só se interessavam por um coelho que estava do outro lado?" Eu não soube responder, pois nunca passou pela minha cabeça fazer este tipo de pergunta a Rora; a história e a sua realidade se desintegraram na minha frente. E o que é pior, eu sentia que Mary estava falando do outro lado de um muro que nos dividia e que toda realidade verificável estava do lado dela. Depois disso, eu nunca mais pude contar essa história na sua presença.

Rora era bom com plateias, a julgar pelo meu inabalável interesse de décadas por suas histórias, inclusive nesta viagem de agora. Ele era capaz de medir a intensidade do meu envolvimento, de equilibrar o suspense, reter as informações, controlar os apartes, ler o meu rosto, classificar o meu riso. Era um prazer, devo admitir, sujeitar-me a um contador de histórias tão estudioso. Eu costumava ser razoavelmente bom também, mas agora temia que não acreditassem em mim, temia os olhares de dúvida dos ouvintes perfurando o meu coração vazio.

Seja como for, um homem desdentado levava uma cabra gorda que babava por uma estrada com valas na altura dos joelhos. Andriy perguntou a ele como se chegava em Krotkiy. Sem dar uma palavra ele apontou para o alto de um morro e lá fomos nós. No topo do morro havia um prédio parecendo uma escola, os campos em volta eram amarelos com trevos florescendo e um bando de patos gingavam na direção de um charco. A escola estava interditada; na frente dela, um monumento alado a uma longa e esquecida vitória tinha uma das asas quebrada. Do outro lado da estrada havia um cemitério sem portão, foi ali que paramos e saltamos do carro. Os sapatos pretos, engraxados e possivelmente italianos de Rora pareciam deslocados naquela estrada poeirenta – ele tirou uma pedrinha do solado de couro e atirou-a por cima do ombro, como num ritual de boa sorte. Acho que perturbamos o mundo dos pássaros, pois eles alçaram voo rapidamente, espalhando a notícia da chegada de três estranhos.

Eu sabia que não havia nenhum Brik morando em Krotkiy; a memória da família continha apenas imagens idílicas de paisagens ucranianas imaculadas destituídas de pessoas com nomes, segundo as descrições do meu avô; ele havia deixado esta cidade aos nove anos. Entrei no cemitério malcuidado para procurar pelo túmulo de algum Brik. Algumas lápides estavam cobertas pelo mato alto, outras cercadas de galhos dos arbustos; era possível sentir a morte ali. Mas havia algumas poucas lápides novas, com o mármore ainda brilhando. Em algumas delas viam-se solenes fotografias desbotadas dos falecidos, sob as quais liam-se nomes e datas: Oleksandr Pronek 1967-2002; Oksana Mykolchuk 1928-1995. Uma vida inteira no espaço do traço entre dois números aleatórios. Olará, olerê, o que eu quero é não morrer.

É você?, Rora perguntou, apontando para uma lápide sob uma cerejeira; as cerejas estavam maduras, um perfeito colar de contas vermelhas. Havia duas fotografias: o rosto da mulher estava emoldurado por um lenço de cabeça preto, seus olhos dois buracos negros. Seu nome era Helena Brik e ela estava decididamente morta: 1929-1999. O homem chamava-se Mykola Brik, nascido em 1922 e pelo visto morto há uma semana: 2004 era o número no outro lado do traço. Ao lado do seu túmulo havia um montinho de terra com flores recém-murchas, a foto na lápide sem qualquer mancha de chuva ou cocô de passarinho. Ele é da sua tribo, Rora disse. Parecido com você. Ele realmente se parecia comigo – daqui a uns cinquenta anos mais ou menos: o mesmo nariz largo e testa baixa, os mesmos malares pronunciados, orelhas grandes de macaco e sobrancelhas grossas.

O rosto de uma pessoa consiste em outros rostos – os rostos que herdou ou que adquiriu ao longo da vida, ou simplesmente os rostos que mandou fazer – dispostos em camadas, uma em cima da outra numa sobreposição confusa. Quando era professor de inglês para estrangeiros, eu tinha alunos que todo dia apareciam com um rosto diferente; eu levava um bom tempo para me lembrar dos seus nomes. Por fim, de um certo ângulo, eu conseguia ver o que havia por baixo daquelas caras superficiais, eu discernia os seus rostos verdadeiros por trás da persona que representavam e imaginavam ser. Às vezes eles ostentavam suas novas caras de americanos: sobrancelhas erguidas e a boca curvada em perpétua preocupação e assombro. Mary não conseguia ver o meu rosto verdadeiro porque desconhecia como fora minha vida na Bósnia, o que me fizera assim e o que deu origem a mim; ela só conseguia ver o meu rosto americano, adquirido com o fracasso de não poder ser quem eu queria ser. Eu não sabia que sombras Rora havia visto, ao comparar o meu rosto com o da lápide, mas eu não achava que ele estava maluco. Mykola Brik pode ter sido alguém que se estabeleceu aqui – aqui na estreita passagem entre meu cérebro e meu olhar – antes mesmo de eu ter nascido. Ninguém pode controlar as semelhanças, assim como não se controlam os ecos.

Eu imaginava, mas sem poder entender, o que este mundo camponês ucraniano, de sofrimento exótico e rotineiro, significava para Rora. Ele descendia dos irmãos Halilbašić que, no longínquo século XVI, combateram os irmãos Morić pelo controle de Čaršija – ainda hoje podem-se ouvir canções sobre estas batalhas de rua. Seus bisavós possuíram um dos primeiros automóveis surgidos em Sarajevo; sua tia-avó foi a primeira mulher muçulmana da cidade a usar calça comprida e publicar por sua própria conta um livro de poesias de amor. O avô de Rora mandava fazer seus ternos em Viena, fora ao *haj* várias vezes, sempre aproveitando para dar uma esticada de férias até o Líbano, Egito e Grécia. O mundo sempre esteve disponível para os Halilbašić. Por sua vez o meu avô foi criado nos campos da Bósnia, em uma casa de estuque que a família dividia com vacas e galinhas – o que era um avanço comparado à vida que seus pais tiveram em Krotkiy – e de onde só saíam para ir à igreja. Ninguém da família de Rora sabia o que era mourejar nos campos áridos, eles nunca tiveram as unhas sujas de terra; eles viraram nome de rua em Sarajevo. O que ele via quando olhava para aqueles túmulos e mirrados campos de milho mais além? Rora estava fumando, nada em torno de nós se mexia, exceto os pássaros histéricos no alto das árvores. Andriy estava desmaiado no banco da frente do automóvel, impermeável à potencial pungência do momento.

É bem mais fácil lidar com os mortos do que com os vivos. Os mortos estão fora do caminho, são meros personagens de histórias do passado, não são mais indecifráveis, nem passíveis de mal-entendidos, suas dores são estáveis e controláveis. Nem precisamos nos explicar a eles, justificar a nossa vida. Eu posso vê-los mas eles não podem me ver: Mykola tem um queixo pontudo; Helena arrastava suas pernas varicosas até o fogão para esquentar o pão de uma semana. Templos esplendorosos foram construídos na crença de que a morte não apaga os vestígios daqueles que viveram, que alguém lá de cima se ocupa em registrar tudo e enviará o sr. Cristo ou outro profeta delirante qualquer para ressuscitar do pó todos os ninguéns desencarnados. A promessa é de que mesmo que todos os vestígios de sua vida desapareçam absoluta e completamente, Deus há de lembrar de você, Ele há de dedicar uma partícula de pensamento a você enquanto descansa entre a criação de um e outro universo. E ali estavam eles, Helena e Mykola, apodrecendo ininterruptamente sob os meus pés. Por um instante pensei em acender uma vela para a alma de meus parentes distantes, embalados em um caixão de madeira para a eternidade, as raízes forçando passagem pelos buracos de seus olhos.

Rora apagou o cigarro no chão e disse, Eu conheci um sujeito em Sarajevo chamado Vampir, porque a ideia brilhante dele era levar suas amantes para foder no cemitério de Kosovo. Ele achava que lá era limpo, ninguém iria importuná-los, a mulher se agarraria nele com medo e sempre havia uma vela se a garota fosse do tipo romântico. Então uma vez ele e uma garota tinham acabado de trepar e se vestir quando dois policiais os flagraram. O que vocês estão fazendo aqui?, o guarda perguntou. Sem piscar, Vampir disse, Estamos visitando o túmulo do meu avô. E qual desses é o túmulo do seu avô?, perguntou o guarda. E Vampir disse, Aquele lá. Os guardas olharam para a lápide que ele havia apontado e viram que era a de uma mulher que morreu com 25 anos. Este é o seu avô?, os guardas perguntaram. Vampir olhou para eles e disse, Estou chocado, seu guarda. Eu nunca poderia imaginar que o meu próprio avô fosse um mentiroso safado de duas caras.

O SOL BATIA NO meu peito e acabou me acordando. As janelas do Ford Fezes estavam bem fechadas, não havia ar disponível. Além do cheiro de merda, Andriy estava fumando – eu esquecera de perguntar se o carro tinha ar-condicionado quando o contratei para a viagem. Eu bufei e tossi teatralmente, mas Andriy ou não ligou ou não entendeu, o seu rosto pouco dizia. "Podemos abrir a janela?", eu por fim perguntei com uma voz propositalmente fraca, para não ofendê-lo. Ele não disse nada, apertou um botão e a janela do meu lado desceu até a metade.

Sem que ninguém me perguntasse, eu expliquei a minha parcial origem ucraniana, como se pertencer em parte ao mesmo povo me desse o direito a ter um pouco mais de ar. Mas ele pressionou o botão novamente e a janela subiu, deixando apenas um espaço aberto de uns dois ou três centímetros. Mesmo assim continuei: falei a ele dos meus primos na Bósnia, Inglaterra, França, Austrália, Canadá, da minha vida nos Estados Unidos, onde há muitos bósnios e ucranianos. Falei das igrejas, delicatessens e cooperativas de crédito que os ucranianos tinham em Chicago, de uma região da cidade chamada Ukrainian Village. Ele apurou os ouvidos. "Lá tem trabalho?", ele perguntou. "Tem sempre trabalho para quem quer trabalhar", eu disse. Contei que no começo trabalhei servindo comida no Centro Cultural Ucraniano, depois no escritório de uma corretora de imóveis e como professor de inglês. Assegurei-lhe que era muito fácil ganhar dinheiro na América. Eu queria que ele pensasse que a minha vida lá era totalmente dedicada ao trabalho, e não um constrangedor misto de sorte e desespero.

Andriy começou visivelmente a pensar na sua hipotética vida na América: imaginava-se com um emprego, ganhando e poupando dinheiro, comprando uma casa, o canto de sua boca curvou-se num sorriso.

– Lá tem mulher pra casar? – ele perguntou.

– Muitas – eu disse. – Minha esposa é americana.

Americana de raça pura, isso ela era. Ela me levava aos jogos de beisebol, colocava a mão no coração na hora de cantar o hino, enquanto eu ficava ao seu lado, acompanhando a música baixinho. Ela usava a tradicional primeira pessoa do plural ao se referir aos EUA. "Nós não devíamos ter invadido o Iraque", dizia. "Somos uma nação de imigrantes." Era doida por cheeseburgers. George e Rachel lhe deram um carro quando ela fez 16 anos. Tinha uma expressão radiante e aberta que sempre me lembrava o vasto horizonte do Meio-oeste. Costumava ser gentil com os outros, presumindo sempre que tivessem boas intenções; sorria para pessoas desconhecidas; o que importava para ela eram os pensamentos e sentimentos das pessoas. Embaraçava-se com facilidade; sonhava aprender uma língua estrangeira; ela queria fazer a diferença. Acreditava em Deus e raramente ia à igreja.

– Há muitas mulheres boas lá – eu disse. Abrindo um sorriso, Andriy já formava em sua mente a imagem de uma americana saudável e fecunda. Depois perguntou com uma expressão sombria:

– E os problemas?

– Que problemas?

– Se você tem família e uma casa, vai querer protegê-los. Mas este mundo é maluco. Homossexuais, terroristas muçulmanos malucos, problemas.

Em uma tentativa desesperada para fugir deste diálogo, eu me virei para Rora e perguntei, Está dormindo?

Estou ouvindo vocês, Rora disse. Daqui a uma semana vou ser capaz de falar ucraniano, mas talvez você devesse contar a ele agora que eu sou um problema muçulmano.

Ignorei a sugestão. A estrada ficava bem no meio de dois morros, como se tivessem se aberto para passarmos. Andriy acelerava, sem se importar com a complexa constelação de buracos, o motor guinchava, ele deve ter esquecido de trocar de marcha. Meu principal problema era tirar da minha mente a possibilidade de um veículo fétido virar uma bola de fogo. Eu não diria uma palavra, para não continuar a conversa. Nuvens se agrupavam sobre uma montanha ao longe, como se preparadas para atacar. De vez em quando Andriy buzinava furiosamente para um carro que cruzava o nosso caminho para ultrapassar um caminhão, mas nem por um segundo ele pensava em dar passagem. Eu fechei os meus olhos e comecei a compor na cabeça uma carta que enviaria quando chegasse em Chernivtsi:

Querida Mary
A Ucrânia é imensa, não tem fim. As estepes parecem
exaustas de tanto que se alongam. A gente se sente tão
pequeno neste lugar. Deve ser assim que os colonos
se sentiram ao verem a pradaria.

Mas Andriy finalmente desacelerou, trocou de marcha e o Ford Fezes agora ronronava e chocalhava, e a minha carta transfigurou-se em um sonho.

SÓ FUI ACORDAR quando paramos. Rora e Andriy fumavam do lado de fora, a fumaça circulando ao redor deles; Andriy ria como se estivesse limpando a garganta depois de vomitar.

Eu sou muçulmano na Bósnia, ouvi Rora dizendo. Tenho sete esposas que usam véu, 43 filhos.

Eu desci do carro. Estávamos no pé de um morro, no alto do qual havia uma igreja desolada sem pináculo, ou talvez fosse um monastério abandonado. Havia somente árvores em volta, murchando sob o vento; a paisagem parecia eminentemente propícia a monastérios. Na minha terra, os monastérios foram transformados em sanatórios para criminosos de guerra.

– Ele contou que é muçulmano – Andriy me disse, rindo de alegria, como se quisesse que eu participasse da piada. Ele fez um gesto circulando a cabeça com a mão para sugerir que se Rora era muçulmano, ele devia estar com a cabeça coberta.

– Tá rindo de quê? – Rora perguntou a ele com o rosto sorridente.

– Ele é muçulmano – confirmei.

Andriy olhou para Rora, olhou para mim e olhou para Rora de novo, ainda hesitando, nos dando a chance de rirmos os três da piada extensiva. O vento batia na copa das árvores, como uma professora estapeando seus alunos. A mão direita de Rora voou até a esquerda erguida como uma torre e ele imitou o som de um motor, depois deixou cair a mão esquerda, batendo na coxa.

Fui eu, Rora disse, e Andriy riu ainda mais alto, estrepitosamente. Eu não sei se ele entendeu direito ao que Rora estava se referindo, mas certamente ele contaria aos seus amigos dos malucos que levara de Lviv a Chernivtsi.

Mujahidin, Rora disse, apontando para si mesmo. Homossexual, apontou para mim, rindo junto com Andriy, que agora ria histericamente, e dando um tapinha nas costas dele.

Pare com isso, eu disse.

Nós somos os problemas, Rora disse. Problemões.

Andriy levou um tempo para se acalmar. Ao voltarmos para o carro, tentei colocar o cinto novamente, mas Andriy disse, rindo: "Não é necessário." Mas eu o desafiei e coloquei o cinto. Ele parou de rir, olhou para a frente e ficou um longo tempo sem dar uma palavra.

Em um Range Rover furado de balas, Rora costumava levar Miller por toda a Bósnia. Depois de um tempo, Miller teve de deixar Sarajevo com mais frequência porque Nova York não aguentava mais outra história de Rambo e seu bravo exército.

Então os dois foram para Mostar, Goražde e Doboj. Miller era um cara importante, pois além de suas credenciais de Nova York, tinha um colete à prova de balas e bastava uma palavra de Rambo para que ninguém o incomodasse muito; às vezes os chetniks que o conheciam até o deixavam passar sem pedir documentos. Rora tinha um crachá de imprensa falso que Rambo lhe arrumara, e o nome no crachá não era muçulmano – não convinha arriscar ser preso em uma barreira por alguém suficientemente bêbado. Uma vez eles foram parados perto de Sokolac e o chetnik do posto de controle era alguém com quem Rora havia jogado pôquer antes da guerra. O sujeito tinha barba comprida de guerrilheiro, usava um barrete vermelho e falava com um elaborado sotaque sérvio, mas Rora reconheceu-o pelos olhos, pois olhara muito para eles do outro lado da mesa forrada de dinheiro de várias origens, tentando lê-los. O nome dele era Zlojutro e ele reconheceu Rora de estalo. Examinou o seu crachá, olhou para o seu rosto e balançou a cabeça desanimado, como se dissesse: que burrice a sua tentar me passar a perna. Ele perguntou a Rora: Quem é você? Rora poderia mentir, dizendo que era sérvio, e o chetnik saberia que não era verdade, ou poderia admitir que era muçulmano, correndo o risco de ser acusado de espião – de um jeito ou de outro seria morto. Então Rora disse, Eu sou um jogador.

FÜR FREIHEIT UND RECHT.

Já estava escuro quando o corpo de Lazarus Averbuch foi enterrado em uma vala comum em Dunning. *Nenhum amigo, nem a irmã do rapaz, Olga, compareceram ao enterro*; só o subdelegado Schuettler e William P. Miller estiveram presentes. *Sob forte temporal, que lembrava o romper de um dilúvio bíblico*, o corpo, envolto em um pano, foi colocado na cova quase cheia d'água. Depois de verem as pás com lama cobrirem o buraco, os dois homens se afastaram na escuridão pesada e úmida, orientados pela luz dos faróis. Quando o carro deixou Dunning para trás, levando-os para casa, eles manifestaram preocupação com o bem-estar do delegado Shippy; a tentativa de assassinato poderia apressar sua aposentaria, eles disseram suspirando em uníssono. Dentro do carro estava quente e a chuva batia no para-brisa. Miller resistia à tentação de dormir enquanto o subdelegado falava, em um tom deveras poético, *do mundo que resistia à ordem, de todas as coisas que precisavam ser feitas, agora ou nunca, para livrá-lo do mal para sempre.*

O AR DENTRO DO Sam Harris's estava turvo de fumaça, o fogão no canto arrotava e regurgitava; os lampiões estavam tão cobertos de fuligem que pareciam gerar mais escuridão. Os pés de William P. Miller estavam molhados, assim como o seu casaco, camisa e camiseta; ele tirou a água da aba do chapéu. Havia dois homens de pé no balcão, um deles com uma longa barba e um solidéu. O homem não devia estar ali; na verdade, o bar não deveria estar aberto, pois já passara da hora de fechar; o barman deveria estar limpando e guardando os copos, mas não era isso que estava fazendo – havia um batalhão de canecos de cerveja enfileirados no balcão. Cofiando o seu bigode pontudo, o barman olhou para Miller e sinalizou com a cabeça para o fundo do bar.

Guzik esperava lá, num canto longe da luz, as mãos nas axilas, os grossos polegares perto do peito. Foi só quando se aproximou da mesa que Miller viu um homem gordo, de cabeça redonda e baixinho, do tamanho de uma criança, curvado sobre o seu copo de cerveja na mesa. Miller juntou-se a eles sem dar uma palavra; seus sapatos molhados grudando no pó de serragem do chão.

– Meu amigo aqui vai te levar aonde você quiser – diz Guzik. – Você sabe qual é meu preço, o preço dele é com ele. Não fale nada com polícia. Isso é só pra você. – O gordo baixinho fica em silêncio, seus olhos brilham entre as longas pestanas, uma cara de garoto chapada em uma melancia.

– O seu amigo aqui tem nome? – Miller pergunta.

– Não. Ele não tem nome nenhum – responde Guzik.

– Nada de nomes – diz o gordo baixinho. Sua voz tem um tom de falsete. Miller fica imaginando se os pés dele chegam a tocar o chão. Provavelmente está protegido da nuvem de serragem.

– O que sabe de Averbuch? Quem botou essa ideia na cabeça dele? – ele pergunta a Guzik.

– Ah, meu amigo, quem botou essa ideia na cabeça dele. Como saber quem foi? Era garoto sonhador. Pessoas aqui não são felizes. Elas não vão pro seu lado da cidade, não se vai lá. Quando alguém daqui vai pro norte, é encrenca na certa.

O gordo baixinho balança a cabeça tristemente, como se lembrasse com saudade da única vez em que foi à zona norte sem encrenca.

– E quanto a Maron? Ele é membro do Edelstadt? – Miller pergunta.

— Maron. Maron é víbora. Só gosta de falar mal de homens decentes. Cobra das grandes.

— Tudo bem, mas ele não é membro de uma organização anarquista?

— Anarquista, anarquista nada. Todo mundo aqui é meio anarquista, só se fala que não tem justiça, não tem liberdade, nada, dizem isso tempo todo. Qualquer um pode ouvir. Mas assassinos, não. A gente vive e deixa viver. Todo mundo deve viver.

— Sim, claro. E o que mais você ouviu?

— Emma Goldman vai vir amanhã. Vão fazer reuniões, vem aquela gente maluca com ela, acho que vai ter confusão. Emma Goldman não vem aqui pra fazer compras. Rainha Vermelha tem amigos em Chicago. Tem gente muito revoltada. Revoltada com polícia.

O gordo baixinho balança a cabeça outra vez, concordando. A chama de um lampião próximo brilha e Miller de repente repara que o gordo baixinho tem um fino bigode sobre o lábio.

— Amigo aqui vai te levar numa reunião hoje de noite, pra você ver como é que é. — Guzik dá um tapinha nas costas do gordo como se o oferecesse a Miller.

Miller tira uma nota de dólar bem dobrada do bolso interno do casaco e coloca-a sobre a mesa. Guzik olha para a nota com expressão perplexa, como se nunca tivesse visto algo assim, e depois pousa a mão sobre ela. O gordo baixinho assente e se levanta — de pé ele só tem uns cinco centímetros a mais do que sentado.

— Mais alguma coisa? — Miller pergunta.

— Talvez — Guzik diz. Miller tira outra nota de dólar do bolso e coloca-a ao lado da outra sobre a mesa.

— E agora? — Miller diz.

— Tem gente que faz uns servicinhos pra estudantes de medicina. Estudantes precisam estudar. Se eles precisam estudar, vão precisar de cadáveres. Cadáveres são caros. Mas tem morto de graça no cemitério. Teu amigo Averbuch tá mortinho.

– Essa história é boa – Miller diz. – Mas eu acabei de vir do enterro.

– Todo mundo gosta de história boa – diz Guzik. – Você pode procurar teu amigo morto depois. Talvez já tenha sumido.

– Eu também sei apreciar uma boa história – diz Miller. – Mais uma coisa. O que sabe de Olga?

– Que Olga?

– Olga Averbuch.

– Que Olga Averbuch? Olga Averbuch não é nada. Mas posso perguntar.

– Obrigado. – Miller se levanta para sair. – Quando jogamos novamente?

– Segunda-feira – diz Guzik. – Quem sabe tem sorte da próxima vez. Ou quem sabe aprende que jogar não é bom pra você.

– Eu o vejo na segunda – diz Miller.

EM TODA A CIDADE os anarquistas realizam reuniões secretas, onde alimentam as chamas da insatisfação e da violência na esperança de que consumam a paz e a decência de nossa cidade. O repórter do TRIBUNE *esteve presente secretamente em um desses encontros destemperados na noite de ontem. Em uma sala nos fundos de uma moradia no gueto judeu, ouviam-se discursos inflamados numa miríade de sotaques que poderiam envenenar o sangue de qualquer cidadão honrado. Os oradores vociferavam contra inúmeras injustiças fantasiosas e trocavam opiniões distorcidas sobre "os poucos que possuem tudo e a maioria que não possui nada". Vários assassinos que tiraram a vida de honoráveis presidentes e reis nobres foram glorificados. As ações do jovem Averbuch, cuja tentativa de homicídio do delegado Shippy é universalmente endossada pelos círculos anarquistas, foram por eles justificadas, tendo em vista "a miséria e degradação, a exploração econômica, a repressão do governo, a brutalidade dos órgãos da lei, os assassinatos do Poder Judiciário etc."*

Por mais fria que a sala estivesse, havia muita emoção no ar. O fogão a lenha no canto não estava aceso; a respiração do orador saía de sua boca como fumaça de revólver. A sala, destituída de tudo, fazia contraponto com os presentes: homens raivosos e esqueléticos como um tuberculoso, com seus bigodes e roupas úmidas, homens recendendo a vinagre e revolução. Havia até muitas mulheres, usando chapéus afetados e elegantes óculos, ainda que parecessem masculinas e peludas. O gordo baixinho se levanta para aplaudir com a turba, vociferando também o seu apoio a cada orador – "Bravo!", ele grita, como se estivesse na ópera. Na verdade, não causaria surpresa se todos ali de repente começassem a cantar. Onde essa gente estava quando o jovem Averbuch foi jogado numa vala comum? William P. Miller teve um arrepio de prazer por saber que havia sido testemunha exclusiva do enterro de Lazarus; aqueles homens não sabiam nada da sua morte, nem da sua vida. Não importa o que aconteça, não importa quem morra ou deixe de morrer, eles sempre viam a mesma coisa; a raiva que alimentavam tingia tudo da mesma cor negra, e eles gostavam de celebrá-la.

Cada orador enumera a série habitual de queixas; vez por outra o nome de Emma Goldman emerge da algazarra. De vez em quando Miller cochila, mas é acordado sempre que um outro orador inicia o seu discurso com renovado ânimo. O homem que falava agora havia posto seu chapéu sobre o fogão frio; ele ergue as mãos para o teto, as mangas de sua camisa descem e Miller pode ver seus pulsos frágeis e delicados – aquele homem não sabe o que é trabalho pesado. Ele discursa e suas palavras revelam que tem um bom conhecimento da língua inglesa; suas frases contêm artigos; ao contrário dos anarquistas degenerados típicos, ele é bastante articulado.

— Há anos... — o homem agita as mãos para o alto — que eles nos vendem a ilusão de que não existem problemas sociais neste país, de que a nossa república não é o lugar para uma luta entre pobres e ricos. As vozes e os gritos dos aflitos, dos que sofrem, são silenciados por uma simples fórmula que diz "somos todos livres e iguais neste país". Essa conversa vazia de liberdade política foi criada para servir àqueles que detêm o poder a todo custo. E todo aquele que ousa contestar a farsa da liberdade política, todo aquele que resiste à escravidão econômica e social é rotulado de criminoso.

Miller inclina-se na direção do gordo baixinho, que oscila na ponta dos pés enquanto estica os braços para aplaudir, e pergunta:

— Quem é esse?

— É Ben Reitman — o gordo baixinho diz com voz esganiçada. — Grande homem. É homem dela, da Emma Goldman.

Miller aperta o ombro do gordo baixinho. Ele sente um impulso de tocar aquela cabeça de ovo, o seu tronco oval, o calor redondo que ele exala — ele é tão indelevelmente presente, aquele homem pequenininho. Miller fica imaginando onde Guzik o achou.

— O nosso irmão Averbuch caiu vítima dos reis secretos da república — continuou Reitman —, dos guardas e xerifes da classe dominante. Pura em suas aspirações e motivos, a personalidade de Lazarus Averbuch eleva-se em meio a nossa sufocante existência social. Na verdade, mais pura do que nem sequer imaginam os seus executores e a imprensa falaciosa. Eles fizeram de tudo para que ele parecesse uma criatura vil e baixa, uma vez que é necessário iludir a nação com a crença de que somente os homens mais baixos podem ser acusados de insatisfação. E o irmão Averbuch é mais do que meramente inocente, ele é um mártir.

Se alguém entrasse naquela hora para dizer a Reitman que Lazarus Averbuch estava na verdade lá fora, bem vivo e feliz, ele nem se importaria, pensou William P. Miller. Ele continuaria falando do martírio de Lazarus, pois um Lazarus morto é muito mais valioso e útil para aquela demonstração de fúria. Ninguém naquela sala sente falta dele. Ninguém sente falta dele em lugar algum.

– E quantos mártires serão necessários para que possamos entender que devemos responder com as armas em nome da nossa justa revolta? Os reis da república estão reunindo suas forças destrutivas, redigindo novas leis que irão transformar as massas, milhões de seres humanos, em criminosos. Nós sabemos que as leis devem ser obedecidas se forem resultado do senso de justiça do povo, não porque o Estado precisa delas para preservar o seu poder. As leis criadas para a corrupção do poder valem tanto quanto o papel em que são impressas.

Miller se levanta, dá um tapinha nas costas do minúsculo gorducho, enquanto ele aplaude freneticamente com suas mãozinhas de barbatana, e se despede. *Ontem à noite, Ben Reitman, o sumo sacerdote da anarquia, deixou bem claro a todos quais são os seus planos. A vileza de seus planos era palpável em suas declarações inflamadas.* São essas coisas que eu gosto de escrever, pensa William P. Miller. *O delírio resultante da degeneração febril ardia na mente daquele homem quando ele vislumbrava o futuro holocausto em que queria que todos nós perecêssemos.* São essas coisas que eu escrevo, e me sinto muito bem por isso.

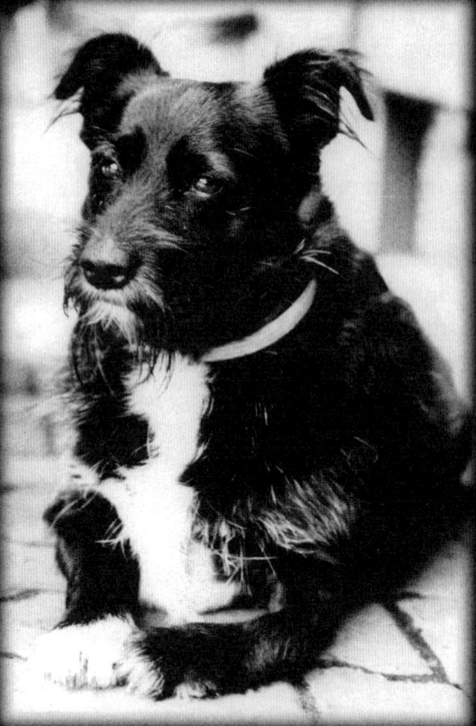

Eu paguei a Andriy e desejei boa sorte em sua viagem de volta, e assim ele cumpriu o seu propósito e deixou esta narrativa. Ele nos deixou em um hotel chamado Bukovina Business Center. A fachada era recém-pintada de bege-claro e um implausível tom de framboesa. A escada que levava à portaria do hotel tinha um tapete vermelho, mas o tapete era imundo. No pé da escada havia um cachorro sarnento que ergueu a cabeça e farejou o ar ao passarmos mas não se mexeu – parecia cego.

Nosso quarto ficava no quinto andar e tivemos de subir as escadas arrastando nossa bagagem. Em cada andar havia uma *baba*, uma mulher mais velha vestida de uniforme azul de limpeza que ficava sentada olhando para nós enquanto passávamos. A última nos parou com um grunhido e nos chamou até sua mesa. Em um sofá atrás dela, três mulheres sumariamente vestidas se sentavam com as pernas cruzadas de maneira idêntica, exibindo as coxas de minissaia. Elas nos olhavam sem piscar, intensamente, como se prestes a revelar uma profecia, e então uma delas, a do meio, beiçuda e de olhos grandes, piscou e disse: "Oi!" Alguma coisa em nós lhes dizia que éramos americanos, assim como alguma coisa nelas nos dizia que eram prostitutas. Assinamos um papel para a *baba* e ela entregou um fino rolo de papel higiênico cor-de-rosa para cada um de nós o que parecia um troféu por termos superado com sucesso todos os obstáculos até o quinto andar.

O quarto cheirava à morte do meu avô – uma mistura fétida de urina, vermes e decomposição mental. Quando acendi a luz, um exército de baratas irradiou do centro do quarto, onde havia uma mancha no tapete. Os cobertores das camas eram sebentos, os lençóis encardidos e amarrotados. Havia um pequeno aparelho de TV pendurado num canto à esquerda; as paredes eram brancas demais, como se respingos de sangue houvessem sido lavados com detergente. Rora abriu a janela, que dava para uma gigantesca caçamba de lixo cheia de garrafas de vidro até a boca – senti um momentâneo prazer com aquela fulgurante plenitude. Eu sempre gosto de ver uma caçamba cheia de lixo, pois me encanta a ideia de esvaziá-la, o total desafogo que isso representa.

Sabe aquela piada, disse Rora, do pequeno Mujo quando ele pergunta à sua mãe de onde as crianças vêm e ela responde: Bem, um dia eu coloquei um pouquinho de açúcar debaixo do tapete antes de ir dormir e no dia seguinte achei você lá. O pequeno Mujo então põe um pouquinho de açúcar debaixo do tapete antes de ir dormir. Na manhã seguinte ele encontra uma barata e diz: Sua filha da puta, se você não fosse minha irmã, eu te esmigalhava agora.

Eu conhecia a piada, costumava ser engraçada. Eu me estiquei na cama e Rora pegou o controle remoto: um bando de ciclistas subindo um morro; um homem de terno cinza na frente do eterno campo de trigo relatando as perspectivas de uma boa colheita; Madonna escalando o corpo reluzente de uma dançarina, dois passos para frente, um para trás; um Darth Vader ortodoxo pranteando na Igreja Eslovena; Wolf Blitzer manifestando preocupação com alguma coisa iminente e irrelevante naquele seu habitual tom de seriedade imbecil; um coração batendo dentro de uma sanguinolenta caixa torácica aberta; um homem de terno discursando para multidões, as mãos erguidas para o céu; uma vagabunda no banco traseiro de uma limusine abrindo as pernas para ser lambida por outra vagabunda; os ciclistas caindo no meio de um bando de bicicletas e pernas. Ali estava eu, em um bordel na Bukovina, longe demais da minha vida.

Lazarus havia passado um tempo em Chernivtsi – Czernowitz naquela época –, o primeiro lugar que ele e eu compartilhamos até agora, além de Chicago. Nenhum registro da sua vida descreve o tempo que passou no campo de refugiados; Czernowitz era apenas uma parada entre Kishinev e Chicago. Era o seu lugar nenhum, ainda que mais tarde se lembrasse dele. Ali ele viveu em um alojamento com outros sobreviventes do pogrom que fugiram de Kishinev para a segurança do Império Austro-Húngaro. Com os sobreviventes ele falava em iídiche e russo, e com os guardas austro-húngaros do campo falava alemão. Alguns destes guardas deviam ser bósnios e ele deve ter admirado o tarbuche que usavam na cabeça, seus rostos largos e olhos brilhantes. Isso era o que eu imaginava. Ele aprendeu hebraico com os sionistas reunidos na barriga de uma cama beliche nos fundos do alojamento. Conheceu Isador em uma reunião de sionistas, depois viu-o de novo em uma assembleia do Bund – onde ambos assinaram uma petição que não entenderam direito. Com Isador ele fugia pela cerca para irem aos inúmeros cassinos e bordéis da cidade fronteiriça. Como uma forma de recompensa, o império enviava seus soldados e oficiais para uma estada aprazível em Czernowitz, uma cidade conhecida por sua licenciosidade, antes de os designarem para regiões mais austeras. A euforia da fronteira; o prazer de nunca se estar em casa; a liberdade do desapego total; os contrabandistas, os refugiados, a jogatina, os conspiradores e, sim, as putas; as travessias ilegais e as brigas de bêbados na cervejaria – era a Sodoma do império. Ali Lazarus perdeu pela primeira vez dinheiro no jogo; ali foi açoitado em sonhos pelos *pogromchiks* de Kishinev; ali perdeu a virgindade; ali pela primeira vez sentiu-se perdido em terra estrangeira; ali aprendeu que a humanidade é perversa e não tem fim. Mais tarde, em Chicago, ele e Isador lembrariam de Czernowitz com um pouco de ternura e nostalgia; tinha sido o último lugar em que Lazarus foi capaz de imaginar os excitantes detalhes de um futuro melhor: o lugar onde viveria com Olga, os livros que leria, o emprego que arrumaria, as mulheres que conheceria. E em Chicago, antes de adormecer no frio apartamento da Washburn Avenue, ele lembraria dos altos e belos oficiais austríacos cambaleando bêbados e rindo, lembraria das prostitutas que abandonavam os braços deles adornados de abotoaduras reluzentes para beliscar suas bochechas; lembraria do gosto do algodão-doce que vendiam na calçada. Ele costumava sonhar que sua família e amigos estavam todos juntos, todos em um só lugar, e este lugar era sempre Czernowitz.

Eu também, antes de dormir, costumava me lembrar – ou talvez devesse dizer que tentava não me esquecer. Antes de cair no sono, em meio a uma sonolência tranquila, lembrava de momentos especiais; repassava conversas; refletia sobre cores e odores; lembrava de como eu era vinte anos atrás, ou antes disso. O ritual era a minha oração noturna, uma contemplação da minha presença no mundo.

Quase sempre era de imediato: possíveis histórias surgiam desses momentos e imagens recuperados pela memória. Aquela tarde em Lviv quando saí do banheiro depois de um longo e torturante tempo no chuveiro conta-gotas e encontrei Rora tirando uma soneca, imerso tão pacificamente em seus sonhos que ele parecia alguém que eu não conhecia. Naquela noite, antes de dormir, fiquei pensando no rosto dele e imaginei uma história em que eu acordava e descobria que ele havia morrido em um quarto de hotel que dividíamos. Eu tive de ligar para a recepção e lidar com toda a logística envolvida na remoção do seu corpo do quarto, e do mundo. Tive de telefonar para a irmã dele e dar a terrível notícia, depois, ao mexer em seus pertences, descobri que ele tinha um passaporte austríaco falso com um nome diferente e uma passagem para Viena em um voo que sairia na manhã seguinte. Quando liguei para um número que encontrei entre suas coisas, ninguém atendeu.

Muitas dessas histórias passam despercebidas em um sonho, por isso a narrativa fica completamente caótica e eu me torno um personagem confuso dentro da história, incapaz de fugir do enredo. Eu só podia me forçar a acordar e, quando o fazia, perdia imediatamente o sonho, a realidade dele me escapando no momento em que acordava. De vez em quando, a lembrança involuntária de um sonho emerge violentamente em minha mente, como o corpo de um morto retirado do fundo do lago. Uma vez lembrei, com uma perfeita clareza de sentidos, do peso de uma mochila do colégio no meu ombro, onde eu levava, como se fosse um cachorrinho, o criminoso de guerra Radovan Karadžić.

Parte desse ritual da memória era admitir a derrota, reconhecer que eu nunca poderia me lembrar de tudo. Eu não tinha outra escolha, a não ser lembrar-me apenas de minúsculos fragmentos, sabendo que jamais seria capaz de reconstruir toda a sua história. Meus sonhos eram apenas um meio de esquecer, eram os galhos amarrados nos cavalos desembestados do nosso tempo, o esvaziamento do lixo para que amanhã – supondo que haja um amanhã – possa ser preenchido com uma nova vida. A gente morre, esquece e acorda novo. E se eu me importasse com Deus, me veria tentado a pensar que lembrar é um pecado. E o que mais poderia ser, o que seriam as lembranças desses momentos maravilhosos em que o mundo se faz inteiramente presente na ponta dos seus dedos se não um belo pecado? Os grãos amargos da areia de Oak Street em minha boca; o lago Michigan mudando de tom a cada nuvem que passava pela lua, do azul-escuro ao negro como piche; o cheiro de Mary guardado eternamente na curva do seu pescoço.

O Lázaro bíblico chegava a sonhar, preso em sua gruta? Morto, ele se lembrava de sua vida – de toda ela, cada momento? Lembrava das manhãs que passava com suas irmãs, de acordar com raios de sol atravessando o seu rosto como um sorriso, do leite quente de cabra e dos ovos cozidos do desjejum? E depois de ressuscitado, lembrou de ter estado morto, ou entrou em um novo sonho de uma nova vida em Marselha? Ele teve de esquecer de sua vida pregressa e começar do zero, como um imigrante?

Eu acordei depois de tirar um cochilo e o sonho, naturalmente, desapareceu sem deixar rastro. Então saímos para dar uma volta, Rora e eu. Rora gostava das luzes do pôr do sol; eu gostava de ver Rora fotografando. Nas ruas estava esfriando, os prédios escureciam e as janelas ainda não estavam acesas, e ficamos andando sem destino. Meia hora depois, demos de cara com outro Café Viena, idêntico em conceito ao que vimos em Lviv: a mesma lista de cafés, a mesma seleção de doces, as mesmas garçonetes frágeis de avental branco e vestido preto. Nós nos instalamos no jardim externo e pedimos o nosso café com a indiferença típica dos habitués do Café Viena.

Havia um Café Viena em Sarajevo também, dentro de um hotel chamado Europa – cadeiras de veludo vermelho, adornos da Secessão no teto; garçons de gravata borboleta e bigodes finos bem aparados. Era o lugar em que os velhos das antigas famílias de Sarajevo costumavam se encontrar todos os dias, há décadas. Os funcionários já conheciam os seus pedidos e os tratavam com deferência. Você só levava lá uma namorada firme para vocês tomarem um café, um *Schnaps* e comerem uma fatia de torta Sacher; ou ela podia levá-lo lá para apresentar-lhe os seus pais, que eram frequentadores assíduos do lugar, provando assim que ela não era de origem camponesa mas de uma família proprietária de vários quarteirões da cidade na época do império. O Café Viena foi destruído, assim como todo o Europa, no início da guerra, com dois mísseis certeiros e eu pranteei o meu luto de longe.

O *dedo* – avô – de Rora era frequentador assíduo do Café Viena. Tomar um café lá todas as manhãs era o seu ritual nostálgico, pois antes da Primeira Guerra Mundial ele havia estudado em Viena. Fora a Viena para estudar arquitetura, mas em vez disso aproveitara a vida longe da Bósnia, a remota província do império, onde os jornais falavam das óperas de gala de vienenses e provincianos *Kapellmeister* ficaram famosos depois de Mahler, mas onde muitas mulheres ainda usavam véus e a família inteira ansiava casá-lo com uma distante prima dentuça que você passou a vida tentando evitar, desde que aprendeu a andar. Em Viena, as mulheres achavam o avô de Rora exótico e atraente, com aquele sotaque de consoantes brandas e o seu tarbuche cor de vinho. As estudantes de arte liberadas, loucas para saber mais da sua terra da fantasia, sentavam no colo dele e, feito filhotinhos de gato, brincavam com seus cachinhos e as franjas do tarbuche, enquanto ele escrevia cartas falsamente saudosas para casa, queixando-se da vida em Viena, que o assustava e confundia tanto que ele acabou errando nos cálculos do dinheiro que precisaria para se manter naquela inóspita metrópole imperial. *Por favor, mandem mais ou morrerei, longe de tudo que mais amo.* Ele assinava e comprava *Schnaps* para a estudante de arte e as amigas dela. Ele teria ficado em Viena para sempre, disse Rora, se não tivesse engravidado uma daquelas estudantes e sido obrigado a partir. Voltou a Sarajevo de má vontade; aborrecido, afogou-se por um tempo na bebida até se casar e assumir os negócios da família bem na época da Grande Guerra. Ficou arrasado quando o império se desintegrou; foi como se tivesse perdido o pai. Depois disso, frequentou regularmente o Café Viena durante décadas; os funcionários o chamavam de *Herr* Halilbašić. Gostava de enfeitar as suas frases com palavras alemãs – *Schnaps, Schweinerei, mein Gott* – até nos últimos anos de sua vida, que ele passou estudando o Corão e rezando cinco vezes por dia. Nunca superou o fim do império. Foi o meu primeiro amor, o *dedo* de Rora costumava dizer.

Amor foi tudo o que senti por Mary quando ela me levou a Viena no nosso segundo aniversário de casamento, poucas semanas antes do 11 de setembro. Ela fizera reservas em um sofisticado hotel com filigranas douradas nos tetos e paredes;

pesquisara no Google o melhor restaurante da cidade, comprara um terno para mim e um provocante vestido vermelho para ela usar no jantar de aniversário. Após o jantar, passeamos de mãos dadas por Viena; as mãos eram quentes, a noite era fria e as luzes da rua cintilavam. Eu contei a ela da minha família, do império e de sua jornada à Bósnia, uma história que ela já ouvira antes, mas que desta vez parecia que tudo a minha volta era uma evidência de que eu não a havia inventado. Desta vez ela teve de acreditar que eu tive uma vida, que minha família tinha uma história e que esta história ligava-se indissoluvelmente a um império querido e poderoso, embora falido. Seguíamos pela *Strasse Principal*, ou seja lá que nome for, com suas várias lojas modernas que ela gostaria de visitar não fosse eu tão absorvente, quando, como numa deixa, ouvimos uma voz angelical cantando a canção ucraniana que meu avô gostava de cantar. O cantor deve ter ensaiado bem: a posição da boca e sua respiração eram de um profissional, mas ele era cego, segurando a sua frente uma comprida bengala branca como um cajado bíblico. Um homem de barba por fazer e com um macacão xadrez imundo ficava ao lado do cantor cego; ele não tirava os olhos da multidão, o seu papel era evitar que as moedas no chapéu fossem roubadas. A canção era das mais melancólicas, chamava-se "Ridna Maty Moya": "Minha triste mãe". E nós ficamos lá, apertando firmemente as mãos um do outro como se quiséssemos atravessar a carne, os ossos e mais além. Ela beijava o meu rosto e pescoço e eu sentia a alegria do amor onipresente – tudo a minha volta se referia a mim com afeto, e Mary estava escutando.

Um imenso utilitário Mercedes de janelas escuras roncou pela rua e estacionou bem em frente do Café Viena. De dentro dele saiu um motorista musculoso usando óculos escuros, de cintura fina, bíceps parecendo coxas de avestruz e queixo com uma covinha ameaçadora. Ele abriu a porta traseira e a primeira coisa que vimos foram dois pés pequenos calçando sapatos de couro, de onde saíam duas pernas curtas com calças brancas seguidas de um tronco rígido como o dos lutadores olímpicos. O homem usava um coldre no cinto para guardar o celular, o que lembrava muito o que os comissários soviéticos usavam para guardar a Luger. Ele se sentou, puxou o celular, bateu com ele na mesa, como se desse início a um interrogatório, e ficou na posição típica dos homens eslavos: uma das mãos na coxa, os dedos quase tocando a virilha, a outra mão pendendo da ponta da mesa, pronta para entrar em ação. Seu olhar esquadrinhou a cafeteria e ele chamou a garçonete, que correu obedientemente para atendê-lo. Depois de fazer um rápido pedido, ele plugou a cabeça no celular e disse umas frases bruscas sobre dinheiro. Ele era, que ninguém ouse duvidar, um homem de negócios. O motorista estava encostado no carro e acendeu um cigarro.

O resto das pessoas ao redor percebeu tudo, talvez até tenham ficado nervosas por estarem testemunhando uma possível transação criminosa; ninguém ousava olhar, ainda que todo mundo quisesse ver. A cafeteria se reorganizou em torno do homem de negócios: ele era o centro, enquanto o estúpido guarda-costas marcava os limites do seu território. Eu continuava olhando para ele, pois sentia que precisava memorizar aquela testa franzida e ameaçadora sobre olhos tão pequenos, as narinas dilatadas de raiva e desdém, os braços peludos, as pernas escancaradas, que ele parecia não poder cruzar por conta de alguma arma enfiada na cintura ou uma ereção, ou as duas coisas. Rora continuava tomando o seu café e fumando, a Canon quieta no colo, como se ele não pudesse ouvir o homem ladrando sua autoridade russa no celular, como se estivesse alheio ao capanga encostado no carro de olho em tudo.

Essa gente, esses bandidos, disse Rora, são todos iguais onde quer que você vá – o mesmo sorrisinho afetado, o mesmo telefone celular, o mesmo capanga. Antes da guerra, havia um bandidão desses em Sarajevo, um cara chamado Pseto. O negócio dele era chantagem. Ele chefiava um bando, do qual participavam uns policiais, que quebravam a loja de um comerciante se ele não pagasse por proteção. Ele tinha uma joalheria para lavagem de dinheiro e às vezes usava metade do estoque: diamantes e ouro por todo o corpo. Ele andava pela rua Ferhadija, com aquele jeitão de malandro de rua de Sarajevo, e as pessoas abriam-lhe caminho com reverência. (Eu podia até vê-lo: jogando os ombros, virando o pescoço, franzindo os lábios, a boca meio aberta para mostrar que estava prestes a ficar muito puto com qualquer coisa.) Ele entrava num bar e o proprietário tinha de pagar bebida para todo mundo, como se Pseto fosse o rei. O seu QG era um bar chamado Djul-bašta (eu sabia exatamente onde ficava); o dono contava com a proteção dele mas todos os seus fregueses eram gente que só ia lá para fazer negócio com Pseto. Ele mandava o dono trazer-lhe um cafezinho a cada meia hora exata, contada no relógio, e ficava lá sentado, bebendo café o dia inteiro. Uma vez ele obrigou um policial desobediente a chupar seu pau. E quando um jornalista burro escreveu sobre a conexão da polícia com Pseto, ele mandou que seus capangas pegassem o idiota e o amarrassem numa árvore na frente do bar. Ele encostou uma arma na têmpora do jornalista e mandou que ele latisse, e o cara latiu. Latiu o dia todo, era alimentado com restos de pizza e tinha de pegar e trazer um bastão com a boca.

Um dia, pouco antes da guerra, Rambo foi vê-lo, puxou a arma e fuzilou Pseto ali mesmo, com a boca cheia de expresso. Depois ele se sentou, Pseto ainda estrebuchando na mesa ao lado, e pediu um expresso duplo, com um pouquinho de leite.

EU REPASSEI A HISTÓRIA de Rora no sórdido quarto do Business Center, incapaz de pegar no sono, depois de beber baldes de café vienense, e de transformar tudo em sonho para que pudesse esquecer. Rora, é claro, estava dormindo – ele não tinha problemas com café nem com transições da memória-sonho. Zapeei pelos canais, parando por um tempo em um filme de sexo explícito cheio de línguas frenéticas, depois em outra reportagem da CNN sobre outro atentado suicida a bomba em Bagdá, depois em um campeonato mundial de pôquer. Devo confessar que aquele deprimente *cunnilingus* na tela da TV me excitava, assim como me excitavam a iniquidade utópica da história de Rora e a simples possibilidade de o mundo ser governado pelo degenerado triunvirato do poder, instinto de sobrevivência e voracidade. Rora já havia visitado, talvez até vivido, neste tipo de mundo, o que significa que eu estava apenas com um pé nele. Era a verdadeira terra da liberdade. Neste tipo de país, eu podia fazer tudo que quisesse – o casamento não teria importância, eu não deveria nada a ninguém, poderia gastar toda a grana da bolsa de Susie, as infinitas bolsas, com os meus próprios prazeres. Neste tipo de mundo, eu pararia de me importar em cumprir promessas, compromissos, porque eu nem ligaria para o que sou ou viria a ser de uma hora para outra. E eu poderia fazer o que quisesse na hora em que quisesse. Eu poderia ser o único significado da minha vida.

Uma emissária desta terra da utopia veio parar na minha porta: ouvi uma tímida batida e, quando me levantei e a abri, escondendo atrás da porta a minha ereção, dei de cara com uma linda prostituta. A mulher tinha olhos impressionantes e longos cílios postiços; equilibrava-se no alto dos seus enormes saltos plataforma e jogava o acentuado decote na minha direção. Ela abaixou o top, expondo seus peitos em forma de pera e os mamilos duros, e disse em inglês: "Love." Por um segundo eu pensei, Aí está, por que não? Mas em seguida sacudi a cabeça e fechei a porta.

Eu ainda era fraco demais para buscar os meus prazeres à custa dos outros, certamente não à custa de Mary ou dessa pobre coitada que acabaria apanhando do cafetão por não conseguir foder com um americano caído do céu. E eu não era desprendido o bastante para cair na tentação de me entregar ao prazer. Eternamente preso na mediocridade moral, eu não conseguia me permitir falsos moralismos tampouco uma existência orgásmica. Esta era uma das razões (que ninguém sabia, nem Mary) por que eu precisava desesperadamente escrever o livro sobre Lazarus. O livro me transformaria em outra pessoa, de um jeito ou de outro: ou eu poderia obter o direito ao egocentrismo orgásmico (e o dinheiro necessário para tal) ou poderia adquirir a minha segurança moral pelos processos virtuosos da insegurança ou da autorrealização.

Mary era testemunha da minha moral bamboleante; do alto de sua cirúrgica decência americana ela podia avistar a minha luta em meio à permanente confusão. Ela queria que eu saísse disso, galgasse os degraus da escada moral, mas eu continuava perdendo o próximo lance escorregadio. Ela era paciente por eu não querer mostrar-lhe nada do que escrevia, ou com a minha recusa em acordar cedo para procurar um emprego de salário generoso. Ela encontrou cookies pornôs no meu disco rígido e ficou chateada com razão, mas na verdade não pensou que eu teria uma aventura amorosa ou contrataria uma acompanhante só para experimentar. Ela tolerava minha repulsa por coisas do espírito, assim como o meu desinteresse por crianças e pela decoração da casa. No entanto, o que a incomodava mesmo era o fato de eu não entender que o projeto do nosso casamento era a busca de um estado perfeito, a transição da união de corpos para a união de almas. Eu não estava me dedicando de corpo e alma (na realidade eu estava só ganhando corpo), mas mesmo assim ela suportava tudo estoicamente. Eu não queria ser um marido perfeito, eu amava Mary de fato, suas mãos diariamente manchadas com o sangue do amor, mas nunca deixei de vislumbrar as possibilidades que existem além dos limites do nosso casamento, a liberdade para buscar a satisfação em vez da perfeição.

Lazarus e Isador foram juntos ao bordel. Lazarus recebera um dinheiro da mãe; Isador o convencera a investi-lo na perda da virgindade. Eles foram à casa de Madame Madonskaia; ela beliscou as bochechas deles; as garotas riram quando os dois ruborizaram. Isador escolheu a mais peituda e subiu para o quarto, deixando Lazarus cercado por um bando de putas tagarelando, até que uma delas o puxou pela mão e levou-o para o seu quarto. Lazarus ficou mudo, em pânico. Ela apresentou-se como Lola e tinha um cachorro no quarto – um vira-lata minúsculo e quase cego que latiu histericamente para ele. Quando Lazarus se despiu, o cachorro farejou suas pernas e ele começou a chorar.

Eu desliguei a TV e ouvi a respiração de Rora, que me evocava a rebentação das ondas. Lá fora um homem e uma mulher conversavam e riam, tropeçando em alguma coisa. Um cão latiu e depois ganiu, em seguida o som de vidro batendo e quebrando. Rora nem se mexeu, a voz da mulher era de júbilo. O cachorro começou a uivar, ganir e latir, tudo em meio ao vidro que se quebrava; isso levou algum tempo, o torturante lamento, até reduzir-se a um choramingo. O homem e a mulher haviam jogado o cão na caçamba de lixo cheia de garrafas e depois devem ter ficado assistindo ao bicho se debatendo, se cortando e retalhando na tentativa de escapar.

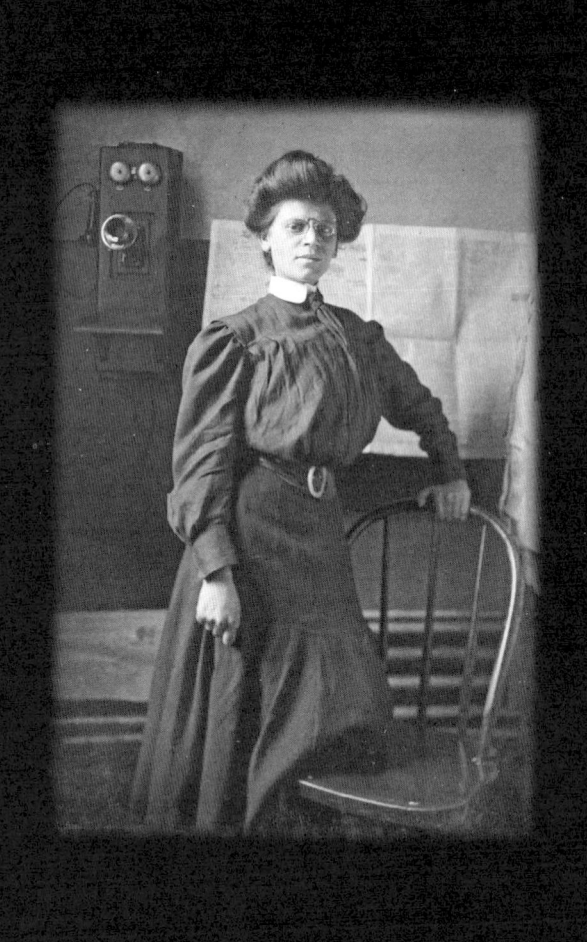

A bandeira vermelha da anarquia *foi arrastada ontem pelos púlpitos de Chicago. Alertados pelo atentado à vida do delegado Shippy perpetrado por um judeu russo e terrorista, os clérigos, independentemente de suas denominações, condenaram as condições que resultaram no maléfico crescimento de tal seita. O czar da Rússia, as frouxas leis de imigração, a total ignorância em que vivem os nossos residentes estrangeiros da classe baixa, a sua indolência congênita e a degeneração comum em seus respectivos países, juntamente com a mistura letal de álcool, jogatina e ateísmo, foram mencionados como as causas diretas desse crescimento.*

No templo da Indiana Avenue com 33th Street, o rabino Tobias Klopstock usou palavras duras para condenar o anarquismo e suas manifestações profanas. "O espírito da anarquia está presente nos ataques à integridade de nosso governo", vociferou o rabino Klopstock diante de uma considerável massa de judeus. "Não é de surpreender que o delegado Shippy, o inimigo mais incansável do golem *anarquista, tenha sido o alvo deles. Sabemos que chegou a hora de darmos um fim a isso, pois a América, a terra da liberdade, está se perdendo na ilegalidade herege. Nós, judeus, como cidadãos desta nação livre, devemos nos unir aos nossos irmãos cristãos em sua luta contra a propagação de ensinamentos revolucionários no seio da América."*

No púlpito da Sagrado Coração da Ressurreição, o padre George Field lamentou a ignorância e o barbarismo dos imigrantes recém-chegados. "Após desembarcarem, muitos deles caem nas profundezas infernais do anarquismo, de onde não têm como sair", trombeteou ele ontem. "Pois as almas dos que não aceitam a mão de Deus ou a mão da América estarão perdidas se não pudermos redimi-las com o nosso inabalável amor cristão. Oremos pela alma de Lazarus Averbuch, esperando que ele possa renascer no Cristo como o seu abençoado homônimo, o Lázaro bíblico."

É TARDE DA MANHÃ quando Olga entra mancando na delegacia, passando por dois policiais que ficam rindo e fazendo piadinhas obscenas sobre aquela vagabunda desmazelada, com um salto do sapato quebrado. Olga apresenta-se ao segundo-sargento Mulligan, dizendo que gostaria de falar com o subdelegado Schuettler. O sargento ri e diz: "E quem é você, boneca?" Mas William P. Miller, ainda na delegacia à cata de um furo jornalístico, percebe de imediato que ela está dramaticamente perturbada; suas feições semíticas emanam um sofrimento insondável, sua pele azeitonada tem uma natureza trágica – um dia, o seu povo entoará canções sobre essa mulher. Ele cochicha alguma coisa no ouvido de Mulligan que balança a cabeça grande e cúbica de onde desponta um nariz quebrado. Olga insiste que precisa ver o subdelegado Schuettler, e Miller já está abrindo o seu bloquinho e puxando a caneta do bolso interno do casaco. Olga Averbuch – *judia obstinada, sofrendo como uma heroína trágica* – contém em si multidões e histórias. Ele força um sorriso simpático e se oferece para levá-la até a sala de Schuettler, mas ela nem mesmo olha para ele. "Devia tomar um banho, madame", Mulligan diz quando ela dá as costas. "Está cheirando a bosta."

Na noite anterior, o silêncio pesado e rude da cidade não permitiu que ela dormisse, lembrando-a sempre da ausência. As faces de Lazarus eram como mármore, o cabelo parecia palha seca. O *politsyant* falava enquanto dormia quando ela passou por ele para se dirigir à latrina, levando uma toalha, sua saia comprida de veludo e um cachecol de tricô sobre o peito. Ainda estava dormindo quando ela voltou, por isso Isador, cheirando a fossa, pôde passar pelo guarda vestido de mulher e com o rosto coberto pelo cachecol. O homem acordou, resmungou um comentário sobre estrangeiros fedorentos, mas estava sonolento demais para reparar em alguma coisa. Foi ideia dela ver Schuettler; receava que eles aparecessem na sua casa e acabassem descobrindo Isador no seu quarto, agachado dolorosamente dentro do guarda-roupa, atrás de uma mala e de uma pilha de trapos. Servirá como um bom exercício também, disse Isador, para quando você estiver casada e eu for seu amante. A caminho da delegacia, ela imaginou os Fitz espancando Isador com o mesmo entusiasmo que espancaram Isaac, que agora lutava para respirar em sua cama, as costelas todas quebradas. Mesmo que merecesse uma boa surra, Isador jamais sobreviveria a isso; alguns ossos não foram feitos para se quebrar.

O subdelegado Schuettler está debaixo da mesa; aparentemente procurando por uma abotoadura ou uma moeda perdidas. Ela vê o traseiro dele balançando, até ele erguer-se novamente da posição de quatro, desenrolando-se lentamente, como uma cobra. Ele assoma perto de Olga, alisando as mangas da camisa, enquanto ela tenta não se apoiar no salto quebrado. "Veio para confessar os crimes do seu irmão, srta. Averbuch? Ou quem sabe denunciar os seus comparsas anarquistas? Vai querer nos contar como podemos achar o jovem Maron?"

Ela encarou o subdelegado Schuettler desafiadoramente, escreveria William P. Miller. *Ela no seu vestido sujo e fétido, ele no seu terno de corte impecável; ela com a selvageria das estepes brilhando nos olhos, ele com a força da lei e da ordem demonstrada em seus ombros largos e bem-proporcionados. Era uma guerra de poder: masculino X feminino; americano X semita; civilizado X anarquista. Em termos claros, a infeliz jovem exigiu que lhe devolvessem o corpo do irmão para ser enterrado segundo os antigos rituais judaicos. Usando de linguagem vulgar ao se dirigir ao subdelegado Schuettler, que ficava olhando firmemente para ela, ela ameaçou-o com a ira universal dos judeus e descreveu o que seria um apoca-*

lipse dos tempos modernos. Com uma paixão animalesca nos olhos, prometeu um futuro de terror generalizado, décadas de anarquia que destruiriam nossa liberdade e tudo que mais prezamos. Mas o subdelegado Schuettler encarou-a fixamente. "Srta. Averbuch", ele disse, "o meu trabalho é garantir a lei e a ordem, e pela lei e a ordem eu devo fazer o melhor. Deixe o seu irmão descansar em paz para que esta cidade atormentada possa finalmente voltar à tranquilidade." E com isso a judia ferida saiu tão irritada, xingando a todos com fúria tão abjeta que não pareceria deslocada se estivesse no próprio inferno.

Um *politsyant* com um bigode de pontas curvadas para cima dá um tapa no traseiro de Olga na saída e ela cambaleia até a calçada. Miller a vê, mas não ri, embora o policial o cutuque – *como a irmã do Lázaro bíblico, ela iria até o fim para salvar o irmão.* Ela anda sem destino, atravessando as ruas por atravessar. Perde-se em uma confusão de caixotes de galinhas e coelhos, depois dá de cara com um cavalo malhado puxando uma carroça com latas penduradas batendo histericamente uma na outra. O cavalo olha direto nos seus olhos, os cílios ridiculamente longos, e relincha, como se a cumprimentasse. Ela para na frente de uma loja de doces, procura na vitrine e não acha as balas cor-de-rosa, as azuis e as bengalinhas, nem vê as balas de licor ou o algodão-doce. Um vira-lata de três pernas corre na sua direção, como se a reconhecesse, e a fareja. O menino jornaleiro grita na esquina: "Washington toma as primeiras medidas para livrar a nação dos inimigos do governo e da vida dos cidadãos!"

*Querida mãe
Esta carta está vindo de um mundo melhor: quando chegar em suas mãos, Lazarus e eu estaremos juntos esperando pela senhora.*

Alguém pega o troco na loja, enquanto o homem atrás do balcão olha furioso para Olga na frente da vitrine, como se a advertisse para não entrar. Ela sente os corpos passando por ela, roçando a barra de sua saia. A mão toca o seu ombro e um homem atrás dela diz: "Você quer um doce?" Sem responder, ela se afasta rapidamente, um gosto amargo subindo na garganta – ela não come nada desde o dia anterior e pode vomitar. "Sou um amigo", diz o homem, correndo para alcançá-la. "Eu queria me apresentar a você na delegacia." Sua voz era grave, com sotaque estrangeiro. Ela seguiu em frente apressada, mancando, derrubando no caminho uma cesta cheia de peixes, seus olhos de boneca esbugalhados. "Eu lamento pelo seu irmão Lazarus", o homem diz, um pouco ofegante. "Tem muita gente que acha" – ele se apressa atrás dela, perdendo o fôlego – "que acha que toda a verdade sobre a sua desafortunada morte ainda não ficou esclarecida." Olga diminui o passo mas não olha para trás. Deve ser mais uma piadinha de *politsey*; o seu calcanhar treme sobre o salto quebrado. O homem, ainda na cola de Olga, inicia a frase seguinte com uma tosse grave: "Há muita gente nesta cidade que acha que logo estaremos testemunhando um pogrom."

Olga vira para trás. O homem tem um chapéu-coco na cabeça, a palidez dos tuberculosos aliada a faces doentiamente vermelhas, e um colarinho branco o suficiente para indicar respeitabilidade.

Meu nome é Hermann Taube. Muito prazer em conhecê-la, ele diz em iídiche.

– O que quer de mim? – ela pergunta em inglês.

Vamos conversar, ele continua falando em iídiche. Podemos ir a um lugar mais tranquilo.

Ele lhe oferece o braço, mas ela insiste em caminhar a certa distância. Ainda assim, quando ele pega o bonde na Halsted, ela o segue; ele paga a passagem dela. Enquanto seguem pelo interior do bonde, ele se vira e sorri para um detetive que vinha correndo atrás deles, tentando alcançá-los. Olga vira o detetive na delegacia; ela reconhece aquele chapéu grande demais que empurrava suas orelhas para baixo. É visível a determinação dele de manter-se por perto, passando meio sem jeito por entre eles. A massa de gente dentro do bonde empurra o corpo de Taube na direção dela, mas ele opõe resistência e inclina-se ligeiramente. Ela imagina os calcanhares dele estalando.

Os olhos vidrados de uma raposa olham para eles do pescoço de uma matriarca sardenta, as mãos cheias de anéis por sobre luvas brancas. Como essa mulher veio parar em um bonde? Ela parece ser viúva. Na traseira do bonde acontece uma discussão, aparentemente em italiano, e na frente pescoços e cabeças se viram na direção do barulho com curiosidade e aversão. Olga percebe que o seu acompanhante não está preocupado com o detetive, mas não diz nada e eles seguem em silêncio. É provável que seja um sintoma de sua mente em decomposição o fato de ela sentir um certo prazer por não saber para onde estão indo.

Taube a ajuda a descer do bonde, ela aceita a mão mas a segura frouxamente e não agradece. Eles caminham apressados por uma rua arborizada, passam por casas suntuosas, cercas de ferro forjado com pontas e arabescos, o detetive os seguindo a distância. Quando entram pelos fundos do que parecia ser uma taverna, ele para do lado de fora. Há uns desocupados fumando na porta da frente do bar, as golas erguidas, chapéus enfiados até as sobrancelhas. O detetive passa por eles e pede uma cerveja no balcão. Acima de um espelho gigantesco, há uma cabeça de javali de olhos de vidro.

Uma mulher corpulenta de olhos azuis, trazendo uma pasta junto ao peito, sussurra algo para Taube em alemão. O corredor cheira a serragem empapada de cerveja e a chucrute queimado. Olga segue Taube por um labirinto de cômodos escuros, a mulher bem atrás dela. Por uma porta ligeiramente aberta ela pode ver uma escada que leva ao porão; ouve o ruído de objetos pesados raspando no chão, mas Taube fecha a porta. Ela sobe uma escada com dificuldade, no rastro perfumado de Taube – ele cheira a cera e violetas. A escada é íngreme, seus quadris doem e ela precisa parar de vez em quando. Se você um dia se perguntar: como eu cheguei aqui?, disse uma vez Isador, isso provavelmente significa que a sua vida está valendo a pena. Isador não sabe nada da vida.

O aposento de Taube é um escritório de advocacia. Grossos livros de direito com encadernação em couro recheiam as prateleiras; há um tinteiro e uma pena de escrever sobre a mesa limpa. Ele a convida a sentar, lava as mãos em uma pia e depois se senta lentamente do outro lado da mesa – há um exemplar do *Tribune* sobre ela, que ele gira e empurra para Olga. Seus movimentos eram estudados, como se tivesse ensaiado cada um para o grande dia da apresentação. Ela ainda está assustada pela lógica torta do dia, pelo peso que uma noite sem dormir fazia na sua coluna. A morte de Lazarus, o subdelegado Schuettler, essa *politsey* indecente, Isador todo cagado no seu guarda-roupa – tudo parecia tão irreal naquele escritório bem-arrumado: um único cravo em um vaso delicado sobre o armário, um diploma pendurado na parede de uma faculdade de direito de Viena; um cachimbo sobre o arquivo, deitado de lado como um cachorro cansado; uma frágil mosca zumbindo em algum lugar da vidraça, procurando uma saída. Na primeira página do *Tribune* há uma foto de perfil de Lazarus, com os olhos fechados, uma sombra cobrindo os olhos e as faces encovadas. *O tipo anarquista*, diz a manchete; há números espalhados por seu rosto. Embaixo, os números são explicados:

1. testa baixa
2. boca larga
3. queixo retraído
4. malares proeminentes
5. orelhas grandes e simiescas

Olga começa a resfolegar, mal pode acreditar naquilo; rápido como um mágico, Taube puxa um lenço branco do bolso interno do casaco e oferece a ela. Ela a princípio recusa, mas ele insiste sem dizer nada e ela acaba aceitando. Ele apanha o jornal e o folheia enquanto ela limpa o nariz.

"A canalha anarquista que infesta Chicago e a nossa nação deve ser exterminada até o último indivíduo desprezível", Taube lê com seu sotaque alemão. "Todo poder no comando das autoridades locais será invocado, todo cidadão leal será convocado para fazer a sua parte na realização desta faxina. Os autores de discursos insidiosos serão processados. Os estrangeiros indesejáveis serão deportados. Reuniões de descontentes nas ruas serão proibidas. Autoridades municipais reprimirão sumariamente qualquer perturbação da lei. Não haverá contemplação."

Olga não entende tudo o que Taube lê, mas pode perceber a agitação no tom declaratório de sua voz. Ele vira outra página e vasculha de cima a baixo até encontrar o que está procurando. Ela acariciara o queixo de Lazarus, tocara o buraco da bala, negro como um sinal de nascença. A testa dele tinha gosto de algum produto químico do necrotério.

"Os métodos dos anarquistas mudaram visivelmente nos últimos vinte anos. Na época que antecedeu a revolta de Haymarket, os anarquistas pregavam a violência contra uma classe específica. Uma violência em larga escala. Seus líderes eram ingleses e alemães. No entanto, hoje são os italianos e os judeus russos que estão à frente do movimento. Seus líderes são do tipo mais baixo e degenerado de criminoso desprezível, mas seus métodos são mais perigosos. Eles pregam a morte do indivíduo. Acreditam em ideias niilistas de suicídio e assassinato."

Por que está lendo isso para mim, *Herr* Taube? Quem sou eu para entender? O que o senhor quer?

Taube então fala em alemão de Viena, sem qualquer traço de iídiche. Ele abaixa a voz e ergue o queixo.

– Eu também estou de luto pela morte do seu irmão, *Fräulein* Averbuch. Fui criado na crença de que, se perdemos um judeu, perdemos o mundo todo. E eu sofro a sua perda não apenas como um judeu, mas também como alguém que acredita que as leis devam ser justas.

Olga sente o odor que o seu próprio corpo exala – ela se lavou várias vezes na noite anterior mas ainda cheira a merda.

– Há homens nesta cidade, *Fräulein* Averbuch, membros bem situados da sociedade, que estão bastante apreensivos com o clima que se criou no momento, um clima que pode levar facilmente a uma violência descontrolada. Este desdobramento pode colocar em risco tudo por que vêm trabalhando há muito tempo e impedir o progresso futuro de seus irmãos menos favorecidos. Como são de origem semita, eles próprios são marginalizados em seus círculos, por isso não desejam enfatizar seus vínculos de parentesco com supostos anarquistas. Ao mesmo tempo, não estão alheios às vicissitudes dos pobres e inocentes.

Olga assoa o nariz vigorosamente no lenço dele para puni-lo por sua falta de clareza.

– Temos plena consciência de que as coisas estão mudando: o que o libelo do derramamento de sangue fez com a Rússia, o anarquismo pode fazer com a América. Muitos de nós que escaparam dos pogroms e vieram para cá sabem que tudo começa com editoriais e acaba em massacres. Temos amigos que têm a sorte de ver um quadro mais realista da vida hebraica, mas também há americanos patriotas que não conseguem ver a diferença entre um cidadão leal e decente e um vil anarquista. O destino infeliz do seu irmão deve ter confundido a mente de muitos outros bons americanos. Infelizmente, ele está morto agora, totalmente incapaz de nos ajudar com a verdade e nos deixou aqui para lidarmos com as consequências.

O senhor é o quê, *Herr* Taube?

Ele tem a voz da razão prática, já conduzira muitas negociações antes. Ele então continua com o seu alemão de advogado.

– Sou um advogado que representa um grupo de cidadãos interessados, *Fräulein* Averbuch. Temos razões para acreditar que a polícia está procurando por um tal de Isador Maron. É um nome bem conhecido entre os comunistas, um notório seguidor das doutrinas abjetas de Emma Goldman. Parece claro que ele é o principal culpado, o responsável por expor o seu irmão às falácias de Goldman, que o enfeitiçou com a mão negra da anarquia. Seria um benefício a todos os envolvidos se ele fosse impelido a encarar as consequências de suas palavras e atos.

Eu não sei como posso ajudá-lo nisso, Olga diz. Ela continua falando em iídiche, mas Taube ignora sua contrariedade.

– A polícia tem a impressão de que a senhorita e Maron são mais do que meros conhecidos. Eles precisam falar com ele. Talvez ele possa esclarecer que a morte do seu irmão não passou de um mal-entendido. Até lá a memória do seu irmão continuará sendo conspurcada.

Eu não sei onde Maron está. Eu nem o conheço direito.

Seus dedos remexem o lenço até ela perceber que Taube está olhando para as suas mãos; Olga solta o lenço. Ela não sabe mentir com facilidade, principalmente porque entregar Isador não deixa de ser uma possibilidade sensata e tentadora. Tudo isso devia acabar. Ela abre o lenço no colo, depois dobra-o cuidadosamente e passa a mão de leve no rosto, como para sugerir que já parou de chorar.

Eles mataram Lazarus, ela diz. De quem pode ser a culpa? Dele? De Isador? De Emma Goldman? Eles nem tiveram a decência de me contar como tudo aconteceu exatamente. O que o senhor quer de mim?

– Olga... se me permite... Olga, a senhorita certamente deseja sepultar o seu irmão segundo os nossos antigos costumes. Eu li o laudo da autópsia. Ele foi cravejado de balas. Eu não quero magoá-la mais do que já está, mas ele não teve uma morte pacífica. Precisamos fazer alguma coisa ou ele nunca terá paz. Nem nós.

Nós quem?

– Olga, tente compreender. Agora mesmo, a polícia está inclinada a crer que o atentado contra o delegado Shippy e as leis deste país foi cometido por degenerados enraivecidos. A liberdade é muito mais fácil de ser exercida se as autoridades tiverem um inimigo útil, e os anarquistas parecem mais do que felizes de serem colocados neste papel. Se as autoridades perderem a paciência, elas podem conseguir convencer a si mesmas, e aos outros, de que todos os judeus, independente da lealdade e patriotismo, são o inimigo. Eu não preciso lhe dizer o que isto significa. A senhorita é uma sobrevivente do pogrom de Kishinev.

Eu não sei quem é o senhor, nem o que faz. Não sei quem são as pessoas que representa. Não tenho nenhum motivo para confiar ou acreditar no senhor.

– Eu falo em nome de alguns cidadãos honrados que gostariam de ajudá-la, não só por um sentido de responsabilidade racial como também para defenderem seus próprios interesses. Permita-me garantir-lhe que a combinação destes dois motivos atesta a sinceridade deles.

Tudo que quero é sepultar meu irmão com dignidade.

– É o que todos querem, sem dúvida.

– Eu não acho que possa ajudá-lo – Olga diz em alemão, com a voz baixa e cansada.

– Eu posso entender que isto tudo é muito difícil para você. Talvez precise de um tempo para lidar com a situação. Mas aviso que não temos muito tempo. Há rumores de que a tal de Goldman virá à cidade, sem dúvida para causar confusão, e precisamos resolver este problema antes que o seu pobre irmão seja irreversivelmente transformado em mártir anarquista.

Ele entrega a ela o seu cartão de visitas e, enfiado dentro do jornal com a foto de Lazarus, um maço novinho de dólares, as notas estalando. Taube é esperto: Olga não carrega uma bolsa. Ela coloca o lenço sobre a mesa, tira o dinheiro de dentro do jornal dobrado e o joga sobre a mesa.

– Por favor, lembre-se de que são nessas horas que qualquer um de nós pode ser chamado para fazer a sua parte – diz Taube e depois continua. – E não se esqueça de que estamos à sua disposição, *Fräulein* Averbuch. Espero falar novamente com você em breve, mas sinta-se à vontade para me telefonar a qualquer hora, hoje ou à noite. Naturalmente será tudo por nossa conta.

Ela sai, com o jornal na mão, e sem se despedir. Quando passa pela taverna dirigindo-se à porta da frente, o detetive deixa a cerveja que está bebendo e rapidamente se ergue do banco. Ela passa pelos desocupados, que olham-na em silêncio. Eles não dizem nada, mas quando o jovem detetive passa, um dos homens joga o charuto no chão e o amassa, girando o pé até só restarem migalhas.

No bonde da Halsted um homem de óculos de lentes grossas e cabelo encaracolado sob o boné oferece a ela um assento. Ela está com a visão embaçada, seus óculos estão sujos. Ela os tira e limpa na barra do vestido. O jovem detetive se aproxima e fica de pé bem a sua frente, a virilha voltada para ela. Ele deve ter ligado para a delegacia para avisar-lhes de seus movimentos; se tivessem encontrado Isador, ela já estaria presa. Ela sente uma dolorosa vontade de ver o rosto do seu irmão na primeira página, mas a foto está virada para o seu colo. Ele era tão lindo, um jovem tão bonito. Na última página ela lê que *o chefe de polícia de Birmingham, no Alabama, recebeu pelo correio um bilhete que dizia: "Delegado Bodeher, a gente te deu uma semana pra largar serviço. Vai levar faca se não sair." Inúmeros estrangeiros foram detidos hoje. O delegado Bodeher afirmou que não quer correr riscos.*

O mundo inteiro enlouqueceu e eu também. O cansaço a abate e ela se curva de dor, agarrando o jornal como se fosse o cabo de uma faca.

Querida mãe
O funeral de Lazarus foi bonito. O rabi falou de sua
bondade e havia centenas de amigos, montanhas de flores.

A mesma mulher com gola de pele de raposa está sentada perto de Olga, como se o bonde fosse a moradia de sua viuvez.

Os olhos da raposa encaram Olga novamente, a viúva dorme, as mãos enluvadas entrelaçadas. Por um momento ela pensa que sonhava com Taube e seu escritório. *Em Grand Rapids, Michigan,* ela lê, *o juiz Alfred Wolcott do tribunal regional morreu de apoplexia esta tarde, cinco minutos após ser acometido por um ataque. Sua esposa, devota da Ciência Cristã, recusa-se a admitir a morte do marido. Três médicos diferentes declararam-no morto, mas a sra. Wolcott insiste em dizer que eles estão errados.*

A minha vida está se esvaindo, Olga pensa. O que eu vou fazer? O que existe sem a vida?

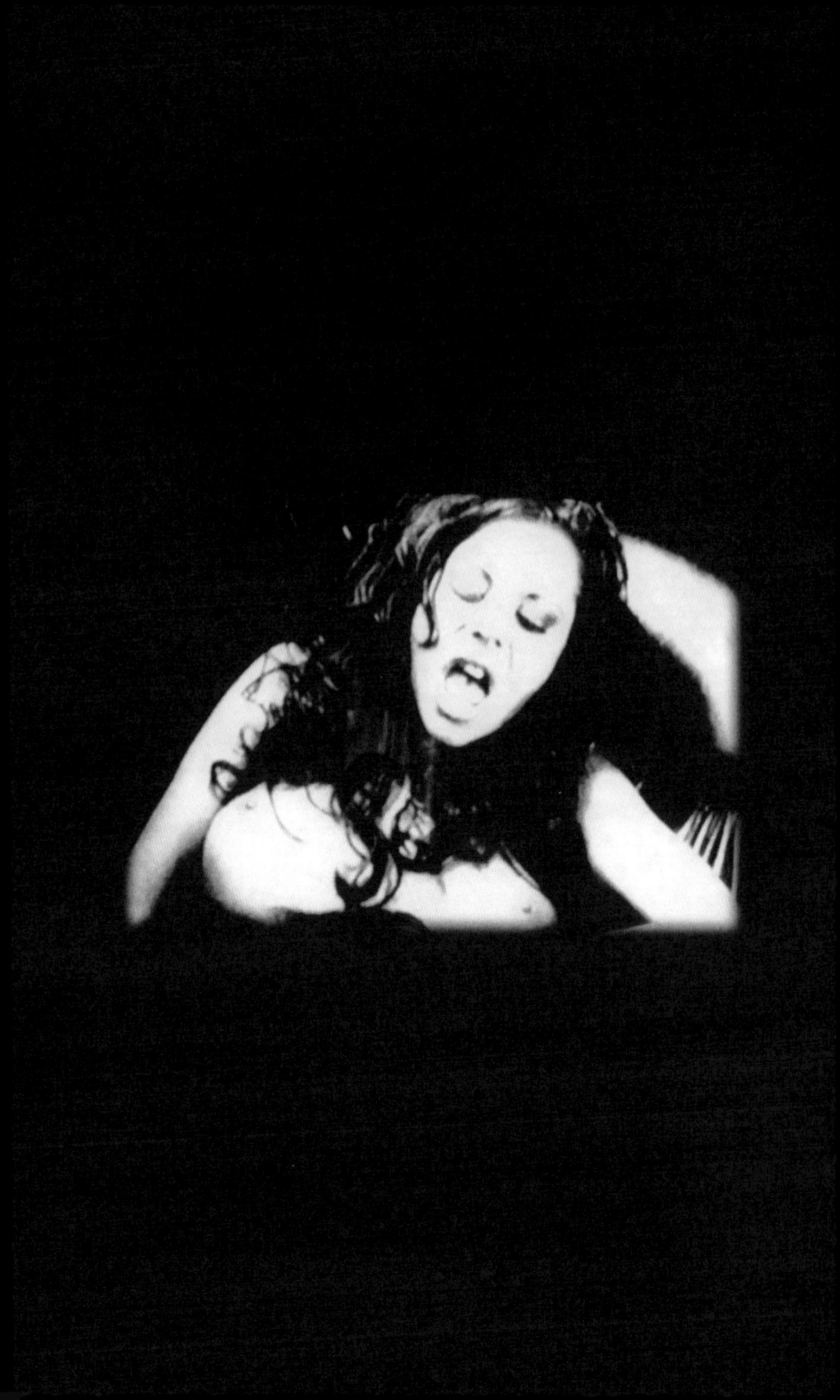

Lazarus costumava trabalhar no canto, perto da janela, ao lado de Greg Heller, embalando ovos sem dar uma palavra. Ele trabalhava tão freneticamente que Heller quase sempre tinha de dizer-lhe para ir devagar. Só no final do expediente ele às vezes tagarelava com o inglês que sabia, misturando com palavras estrangeiras. Ele nunca falou de anarquismo, Heller disse, exceto uma vez: Emma Goldman, a rainha anarquista, viria a Chicago para uma palestra e Lazarus tentou convencê-lo a ir com ele para ouvi-la – o que Heller se negou, aborrecido. "Os ricos estão com todo o dinheiro. Eu não tenho nenhum. Você não tem nenhum", Lazarus disse, agitando os braços, os olhos brilhando. Heller disse a ele que continuasse trabalhando que assim ganharia algum. O sr. Eichgreen confirmou que Lazarus era um bom funcionário e que nunca falou de anarquismo com ele. Se ele tivesse vindo trabalhar na segunda-feira, o sr. Eichgreen mandaria Lazarus ao Iowa para especializar-se no negócio de embalar ovos. O jovem Averbuch, disse o sr. Eichgreen, parecia gostar da América.

UMA VEZ ME PERGUNTARAM como eu via a América. Eu acordava de manhã, eu disse, e olhava para a minha esquerda. E à minha esquerda eu via Mary, o seu rosto sereno e em geral franzido. Às vezes eu ficava vendo ela dormir, lambendo os lábios ou murmurando incoerências no meio de um sonho. Eu raramente ousava beijá-la, pois Mary tinha o sono leve e costumava estar cansada depois de um plantão cortando cérebros.

Quando eu plantava um beijinho em sua bochecha, cuidadosa e lentamente, ela acordava de repente e me olhava surpresa e assustada – não conseguia me reconhecer. E quando ela estava no hospital e não havia ninguém ao meu lado na cama, só a sua marca nos lençóis, o seu cheiro e um ocasional fio longo de cabelo preto no travesseiro, eu me levantava atemorizado, pois de alguma forma a sua ausência abria a possibilidade de que a minha vida e todos os seus vestígios haviam desaparecido, que Mary havia me abandonado, levado tudo consigo e nós nunca mais leríamos o nosso livro juntos na cama outra vez. Na cozinha, eu encontraria uma tigela com uma colherzinha e migalhas de cereais orgânicos se dissolvendo no leite ao fundo. A cafeteira ainda estaria ligada cuspindo café e o *Chicago Tribune* estaria dobrado sobre a mesa, exceto a parte que levava para o metrô – ela gostava de ler obituários a caminho do trabalho. Haveria quase sempre um bilhete para mim, assinado com um *M.* floreado. Às vezes ele dizia *Amor, M.*

Rora e eu tomamos café da manhã no restaurante do hotel – ovos quentes, manteiga, pão de centeio. Um homem de negócios com casaco de couro e palito de dentes na boca entrou gingando, seu andar sugerindo uma virilha dolorida. A televisão estava ligada no *Fashion TV*. Duas prostitutas, após o término do turno da noite, bebiam café e fumavam, desfrutando da manhã ensolarada e livre de cafetão. Estavam amarfanhadas e cansadas, indiferentes a tudo e a todos fora de sua própria esotérica intimidade. O batom carmim, a maquiagem berrante de suas faces pálidas e vincadas, as franjas antes penteadas agora caíam na cara – era como se elas finalmente houvessem desistido de se esforçar para ser atraentes. Conversavam entre si com surpreendente vigor, alguma coisa estava em risco. Fiquei imaginando o que seria, mas depois percebi que jamais saberia.

Depois de falar com Karadžić e mandar um fax com a entrevista para Nova York, Rora disse, Miller quis comemorar a exclusiva e relaxar um pouco, pois tudo havia sido bastante estressante. Então Rora levou-o ao bordel de Duran, cujos clientes eram principalmente estrangeiros – mediadores da paz, diplomatas e jornalistas, que chamavam o lugar pelo nome carinhoso de Duran Duran – embora durante um período de trégua você pudesse encontrar lá gente dos dois lados do conflito. O próprio Rambo, claro, era um frequentador assíduo, não pagava nada e trazia um monte de amigos. Ele gostava de agradar os estrangeiros com quem tinha negócios: havia diplomatas distintos cujas carreiras bem-sucedidas na política ficariam por um fio se se descobrisse que tipo de jogo eles faziam com as garotas. O bordel de Duran era um lugar isolado da guerra: música suave, flores frescas, sem o fedor das trincheiras, as garotas eram limpas e bem-arrumadas, algumas até bonitas. Quase todas eram da Ucrânia e Moldávia, embora houvesse duas húngaras provocantes para os clientes especiais, como o filho do presidente – e também um bom amigo de Rambo.

Miller pediu uma garrafa de Johnnie Walker e eles beberam enquanto elas dançavam em seu colo, até Miller começar a se vangloriar com outros homens (um major canadense, um coronel francês, um espião americano) de que ele havia acabado de entrevistar Karadžić. Ele era um verdadeiro repórter, entrevistas exclusivas o excitavam, e o major, o coronel e o americano beberam a isso, as garotas beberam a isso e Rora também bebeu, com um travo de nojo na garganta. E na hora de transar com as garotas, Rora não conseguiu. Ele subiu até o quarto com uma bela moldávia cujo estilo de vestir lembrava a Madonna, com echarpes, cintos e brincos de argola. Ela disse chamar-se Francesca e estava drogada o bastante para fingir genuíno interesse, mas ele não conseguiu. Ela apagou na cama e ele ficou na cadeira fumando e esperando que Miller acabasse. Ele tirou algumas fotos dela; seus lábios estavam entreabertos e um dos incisivos pressionava o lábio inferior; ela fungava e esfregava o nariz com as costas da mão; quando fungava parecia roncar. Como ela foi parar ali?, Rora pensou. Ela devia ter uma família em algum lugar, mãe ou irmão. Todo mundo era de algum lugar.

O PESO DO SONO em meus ombros; a dor no meu pescoço; o silêncio após a história de Rora; a sensação libertadora do vazio – tudo isso eu carregava comigo pelas ruas poeirentas de Chernivtsi. Estávamos nos dirigindo para o Centro Judaico mas nos permitimos desviar do caminho para ver uma farta feira livre: Rora fotografou uma barraca com uma pilha enorme de cerejas vermelhas, uma mulher com uma folha de repolho na cabeça fazendo as vezes de chapéu de sol e a carcaça de um cordeiro sendo fatiada com um cutelo. Passamos por um pátio de escola onde filas de crianças se exercitavam aos comandos de um instrutor vestindo um moletom vermelho-comunista. Elas erguiam os braços para o céu e se curvavam para tocar os dedos dos pés. O instrutor assoprou um apito e o monte de crianças se colocou em forma para correr em círculos. Passamos pelo Café Viena, onde o homem de negócios ocupava exatamente o mesmo lugar, ainda gritando no celular, como se estivesse ali desde o dia anterior. Uma jovem atraente, com uma sóbria minissaia, estava sentada do outro lado da mesa, falando no seu celular, conduzindo os seus negócios também, fossem lá quais fossem.

Deixa eu te contar uma piada, Rora disse. Mujo era um refugiado na Alemanha. Desempregado e com tempo de sobra, ele resolve ir a um banho turco. O banho está cheio de empresários alemães com toalhas em volta da cintura, suando, bufando e bafejando, mas vez por outra um celular tocava e todos puxavam seus celulares debaixo da toalha e diziam: *Bitte?* Mujo parecia que era o único que não tinha um celular, então ele vai ao banheiro e enche a bunda de papel higiênico. Quando ele volta, deixando uma longa trilha de papel higiênico atrás de si, um alemão diz, *Herr*, tem papel preso atrás de você. Oh, Mujo diz, parece que eu recebi um fax.

LEVAMOS ALGUM TEMPO para achar o Centro Judaico. Talvez por um bom motivo, não havia placas indicando sua localização, entocado na esquina de uma praça coberta de folhas frente a um cinema. Ninguém atendeu quando toquei a campainha do Centro. Meu coração preguiçoso se encheu de alegria, pois eu ansiava por um dia prosaico no Café Viena, ficar olhando para as coxas brancas daquela moça da órbita utópica do homem de negócios.

Mas quando começamos a dar meia-volta, um homem com tronco em forma de pera e vestindo uma deselegante camisa de listras horizontais perguntou-nos em russo o que queríamos. Em vez de dizer-lhe a verdade (preguiça, café, coxas), eu disse que queríamos falar com alguém do Centro. O homem estendeu a mão para mim, mas não disse nada e destrancou a porta.

– Em que língua gostaria de falar? – ele perguntou quando entramos.

– Quais o senhor tem? – perguntei a ele, em ucraniano.

– Russo, romeno, ucraniano, iídiche, alemão e um pouco de hebraico – ele disse.

O escritório era um cubículo empoeirado com estantes vazias nas paredes. O homem chamava-se Chaim Gruzenberg; ele colocou duas cadeiras, uma em frente à outra, e sentei-me na frente dele. Tinha um vago cheiro de sardinhas. Devo admitir que eu podia estar também tendo uma alucinação olfativa.

– Como veio a falar tantas línguas?

– Eu cresci convivendo com todo tipo de gente aqui. Agora não tem mais ninguém. Todos ficaram independentes ou se foram.

Numa mesa em um canto distante, um homem escrevia vigorosamente; a ponta do seu lápis não parava de quebrar e ele não parava de fazer outra, o cabelo grisalho caindo sobre a testa. Com a ajuda ocasional do meu dicionário de ucraniano, falei com Chaim sobre o assassinato de Lazarus, sobre o meu projeto, sobre a jornada de Lazarus à América em 1907, sobre a sua fuga para Czernowitz após o pogrom e o tempo que passou no campo de refugiados.

– Ach – disse Chaim –, isso foi há muito tempo, um tenebroso século atrás. Muita coisa aconteceu desde então, muita coisa para lembrar, e esquecer.

Rora fotografava as fotos preto e brancas emolduradas nas paredes, as lombadas de livros numa prateleira, da capa de um livro com a Estrela de Davi. Ele parecia um fantasma na contraluz. Chaim disse não ser um especialista em história, pois história não enchia a barriga de ninguém. Seu trabalho era fornecer alimentos e assistência aos judeus idosos da cidade, aqueles que perderam suas famílias; ele cortava um dobrado para ajudá-los; as pessoas estavam envelhecendo, adoecendo e cada vez mais desamparadas. Se eu quisesse ajudá-las, ele poderia ajudar-me nisso, ele disse.

– Claro – eu disse. Rora saiu da contraluz, deixando atrás de si uma nuvem de partículas de pó.

– Todos vocês, estrangeiros, vêm para cá procurar seus ancestrais, suas origens – disse Chaim. – Você só está interessado nos mortos. Deus cuidará dos mortos. Nós precisamos cuidar é dos vivos.

Eu prometi uma doação aos vivos, mas não abdiquei dos mortos: perguntei-lhe se por acaso algum dos judeus mais velhos se lembrava de histórias dos refugiados de Kishinev, histórias que seus pais ou avós contaram. Talvez alguns deles sejam descendentes dos refugiados que se estabeleceram aqui.

– Ninguém ficou aqui – Chaim disse. – E se tivessem ficado, iriam querer esquecer tudo que aconteceu em Kishinev.

– Pode ser que alguém se lembre.

— Eles estão velhos, doentes, morrendo aos pouquinhos. Suas vidas já estão por um fio, não lembram de nada. Por que iriam querer trazer mais morte do tempo em que não eram nem nascidos?
— Quantos clientes o senhor tem?
— Eles não são meus clientes. São a minha família. Eu os conheço desde antes de nascer.

O homem grisalho em sua mesa escutava a nossa conversa. Rora aproveitou a chance para fotografá-lo, mas o homem se recusou, acenando com a mão, irritado. Havia um cartaz emoldurado na parede de algo que aconteceu em 11 de setembro de 1927.

— Eu lembro que a minha avó me contou dos judeus que vieram de Kishinev. Alguns deles ricos. Havia um chamado Mandelbaum — Chaim disse. — Eles vieram em carroças cheias de tapetes e candelabros. Mandelbaum trouxe um piano grande. Ele perdeu tudo no jogo, minha avó disse. A filha dele casou-se com um ator.

— A sua avó se lembrava da família Averbuch?
— Metade dos judeus desta região se chamava Averbuch.
— O senhor tem algum cliente chamado Averbuch?
— Não são meus clientes.
— Perdão.
— Conheço Roza Averbuch, mas ela está muito velha e doente, perdeu completamente a noção das coisas.
— Posso falar com ela?
— Por que deseja falar com ela? Ela não lembra de nada. Ela acha que eu sou o avô dela. Ela tem medo de estranhos.

Mal-humorado, o homem que escrevia disse algo a Chaim em iídiche; Chaim respondeu no mesmo tom; eles estavam discutindo. O telefone tocou mas eles não deram atenção. Rora apontou a Canon para os dois, mas o homem sacudiu o dedo para nós e Chaim e voltou a fazer a ponta do lápis, escondendo o rosto das lentes de Rora. Chaim bufou e virou-se para mim:

– Houve muitos pogroms na Rússia antes da *Shoá*, e depois houve a *Shoá*. Esta cidade estava sempre cheia dos refugiados de Kishinev e de outros lugares, fugindo dos russos, dos romenos, dos alemães. Os que sobreviveram foram para outro lugar, poucos ficaram aqui. Não sobraram muitos, e eles estão morrendo também.

Eu capitulei, não sabia mais o que perguntar. Convenci-me de que na verdade eu não precisava de testemunho nenhum; já havia completado minha pesquisa, peneirado todos os livros. Só de estar naquela sala, vendo Chaim, parecia uma realização. Além do mais, Rora tirara muitas fotos que eu poderia examinar depois; nós as veríamos juntos mais tarde. Talvez fosse hora de uma boa contemplação cafeinada. Eu puxei a carteira e ofereci a Chaim cem euros do dinheiro de Susie.

– Não, não – ele disse. – É uma boa oferta mas não basta. Este dinheiro só vai servir para comprar comida por uma semana, mas precisamos de roupas e remédios também. Eu respeito as suas boas intenções. Mas o que peço é que vá até sua sinagoga, fale com a sua congregação, diga a eles que precisamos de ajuda.

Ele foi até a mesa do homem que escrevia, pegou o lápis da mão dele, rasgou a folha de um caderno e anotou o endereço do Centro. Nem passou pela sua cabeça que eu pudesse não ser judeu. Eu não poderia confessar, claro, pois isso transformaria tudo que conversamos em uma grossa decepção.

– Ele é judeu também? – Chaim perguntou, apontando para Rora, que colocava filme na máquina. Ele ergueu os olhos para mim e vi que havia entendido.

– Não – eu disse.

– Ele tem cabelo de judeu – Chaim disse. – Bonito ele.

A cabeça de Lazarus foi raspada na ilha de Ellis por causa dos piolhos. Seus olhos examinados por causa do tracoma. Os guardas gritavam com ele e o empurravam com seus cassetetes. A primeira palavra em inglês que aprendeu foi *water*, pois uma mulher de avental branco encheu sua caneca com a água que tirou de um barril. No barco vindo de Trieste, ele havia dormido perto de um velho siciliano que ficava tagarelando ininteligivelmente para ele, apontando para o seu cabelo. Mesmo durante o sono, Lazarus se agarrava ao dinheiro no bolso, o dinheiro que a mãe lhe dera, todas as suas economias. Pouco antes de deixar Czernowitz, ele recebera uma carta da mãe dizendo que seu pai morrera de apoplexia, caiu da cadeira e morreu. Ele não sabia se Olga recebera a notícia. Ele imaginou Isador, que deixara Czernowitz um mês antes, na estação de trem de Chicago, esperando por ele com Olga. Imaginou se havia alguma coisa entre os dois. Ele não estava lá para vigiar a irmã, ela poderia cair na conversa mole de Isador. Ou talvez ela tenha conhecido alguém; talvez estivesse esperando por ele com outro homem, quem sabe até um legítimo *goi* americano. Estava apreensivo, pois não sabia se seria capaz de reconhecê-la. Há muitos judeus em Chicago, ela escrevera. Eu costuro para a esposa do sr. Eichgreen. Ele me prometeu que arranjaria um emprego para você.

Depois do Centro Judaico e de uma contemplativa xícara de café no Café Viena, nós, zelosos pesquisadores, resolvemos visitar o Museu de História Regional que ficava a uma rua do café. Ficamos perambulando pelo museu mofado, sem pressa e em atitude solene, como quem espera a abertura de um caixão. Cada sala em que entrávamos era vigiada por uma ameaçadora *baba* de tornozelos inchados.

A primeira e a maior *baba* ficava na sala da Segunda Guerra Mundial e abriu uma cara feia quando entramos, como se estivéssemos perturbando a sua meditação. Por toda a sala havia retratos dos heróis soviéticos da região que tinham morrido em nome da liberdade da pátria. Volodia Nejniy, por exemplo, lançou-se contra uma metralhadora dos alemães com um punhado de granadas de mão presas ao peito. Havia capacetes de estrelas vermelhas, cartuchos de balas e bandeiras de várias unidades do Exército Vermelho. Havia uma foto retocada de execuções em massa: uma fila de pessoas ajoelhadas na frente de uma vala, todas de cabeça baixa para receber as balas.

Na sala seguinte, a *baba* abriu um leve sorriso mas longe de ser convidativo. Um mostruário de vidro continha vários parafusos e quinquilharias de metal, exemplos da produção local. Um outro exibia apenas um pé de inúmeros sapatos, de tamanhos variados, passando a ideia de uma multidão de semidescalços atormentando a todos feito zumbis.

A *baba* da terceira sala ficava ao lado de uma escultura em madeira do Cristo arrastando sua cruz de brinquedo e do séquito de devotos chorando lágrimas de madeira. Havia várias imagens da Virgem, cruzes artesanais e ovos de Páscoa pintados.

Saindo da sala da redenção e ressurreição, fomos para a da orientação: na parede havia uma camisa e uma foto de Iuri Omeltchenko, medalhista de prata do Campeonato Mundial de Orientação realizado na Finlândia, ano 2000. Na foto, Iuri tenta orientar-se obstinadamente por entre árvores, sua expressão determinada e o cabelo louro matizados com as sombras das folhas. Ali estava outro ser humano que dedicou a vida a não se perder.

Sala seguinte: paredes cobertas com cartazes e capas de discos dos nativos da região que atingiram o equivalente local do estrelato. Gente com penteado à Pompadour, costeletas enormes e faces com ruge; eles tinham nomes também: Volodimir Ivasiuk, Nazariy Ieremchuk, Sofia Rotary. Um gramofone com um disco jazia em um pedestal, a *baba* ao lado era a guarda de honra. Nós o examinamos respeitosamente e já íamos nos afastando quando ela interrompeu o nosso caminho com severidade. Ela tocou o disco para nós; nós escutamos, evitando contato visual. Uma voz melíflua brigava com o som arranhado, cantando, pelo que pude entender, que fora a um poço com um balde furado; ela não conseguia trazer água alguma, mas continuava tentando – parecia de fato uma situação metafisicamente degradante. A *baba* apontou para uma das capas de discos: o nome da cantora era Mariusa Flak; ela usava um deplorável lenço colorido na cabeça e sua boca tinha forma de coração.

A sala seguinte era coberta de fotos de jovens uniformizados que serviram e morreram no Afeganistão. A região se orgulhava deles por haverem servido à pátria, dizia uma placa, e eles nunca seriam esquecidos. As bugigangas que restaram de suas vidas eram exibidas em mostruários: ali estavam o boletim de Andriy (ele era um bom aluno), as meias de lã de Ivan e uma carta de sua mãe ("Tenha coragem, trabalhe bastante e saiba que eu e sua irmã pensamos em você o tempo todo"), um cinto esticado como uma cobra morta e com o penúltimo furo completamente gasto, uma medalha minúscula de estanho com uma fita vermelha esfiapada e uma única luva de couro que pertenceu a um tal de Oleksandr. Rora tirou só duas fotos, pois a *baba* olhou-o ferozmente sinalizando não ser permitido fotografar.

Em seguida passamos por um corredor com gabinetes envidraçados cheios de insetos espetados em fileira. Uma das fileiras exibia uma progressão de baratas cada vez maiores. Pelo que pude ver, elas devem ter sido coletadas em nosso hotel. A primeira era pequena e parecia filhote, enquanto a última tinha o tamanho de um polegar, tão grande que poderíamos imaginá-la como a mãe de todas as suas companheiras de fila.

Por que você ainda não falou com sua irmã desde que chegamos?, perguntei a Rora.

Quem disse que não falei?

Falou?

Falei sim.

E por que não comentou nada?

Há tantas coisas que não comento que daria para você escrever um livro.

E por que nunca fala da sua irmã?

Minha irmã não tem uma vida muito feliz. Falar não vai ajudar ninguém.

O que aconteceu com seus pais? Eles morreram num acidente de automóvel?

Eles estavam em um ônibus que caiu no desfiladeiro de Neretva. Agora quer parar de fazer perguntas?

Quantos anos você tinha?

Seis.

Você lembra deles?

Claro que lembro.

Como eles eram?

Eram como quaisquer outros pais. Minha mãe gostava de nos alimentar. Meu pai gostava de tirar fotos. Pode parar com as perguntas agora?

A última sala do museu continha objetos supostamente do século XVIII: inúmeras colheres e tigelas de madeira quebradas; argolas, correntes, facões e ferramentas obscuras para um tipo de trabalho em extinção, parecendo mais instrumentos de tortura; um tapete de parede com o desenho de uma pradaria solitária ao pôr do sol, a escuridão aproximando-se das árvores; e, em um canto, um mostruário com pássaros empalhados. O destaque da instalação era uma águia segurando um coelho com as garras, abrindo as asas sobre patos distraídos e pássaros desconhecidos, os eternos olhos frios e vidrados. Essas criaturas foram empalhadas no século XVIII? Ou será que algum filósofo provinciano barato trabalhando como guardião da memória regional sugeriu que a morte não pode ser datada, que ela é sempre a mesma, não importa o século?

Acho que isto aqui não é nenhum Louvre, eu disse.

Aposto que as velhas fazem parte do acervo, Rora disse. Vão embalsamá-las depois de mortas.

Do outro lado da rua e da irrealidade mofada do Museu de História Regional, havia um cibercafé chamado Chicago. Nós entramos sem pensar, como se estivéssemos indo para casa: havia fotos do Sears Tower, do Wrigley Field, da Buckingham Fountain e um funcionário mal-humorado a quem me dirigi em inglês, e ele preferiu não entender ou não responder. Rora e eu nos sentamos em nossas respectivas baias e não olhamos um para o outro. Eu queria ter visto para quem Rora estava escrevendo, mas estava ocupado demais com um longo e-mail para Mary, no fim do qual escrevi:

Penso muito em você. O hotel em que estamos parece um puteiro. Rora tirou muitas fotos. Como vai o seu "Mortinho"?

Seu "Mortinho" era George, seu pai, que havia retirado a próstata e atualmente usava fraldas. Uma vez eu o peguei chorando na frente da geladeira aberta; as lágrimas em seu rosto brilhando com a luz da geladeira. Ele sacudiu a cabeça, como para retirar o excesso de umidade e tristeza, e pegou um salame, resmungando: "Vocês comem esta merda lá no seu país?" Enquanto esperava a morte, ele investia toda a sua impressionante energia em revoltar-se contra a vida, e não conversava mais regularmente com o sr. Cristo, a luz de Deus se apagara nele com a terapia hormonal. Eu me peguei várias vezes odiando aquele seu cabelo grisalho de empresário aposentado, aquele seu jeito de papa, a sua insistência na minha gratidão pela grandeza da América e as suas constantes perguntas estúpidas sobre o "meu país": "No seu país tem ópera?" ou "O seu país fica perto de que mesmo?". O "meu país" era para ele aquele lugar mítico e remoto, um remanescente do mundo antes da América, uma terra da obsolescência cujo povo só atingiria a humanidade nos Estados Unidos, e com atraso. Ele fingia interesse pelas experiências corajosas dos imigrantes, relatadas em minha coluna, somente porque queria avaliar melhor quanto tempo durara a minha jornada de ser um projeto de gente no "meu país" para ser um arremedo de americano, o infeliz marido de sua filha azarada. Às vezes, para divertir Mary, eu inventava respostas a perguntas imaginárias de George. "No meu país", eu dizia e ela já começava a rir, "pagamos tudo com bombom." Ou, "As correntes de ar são ilegais no meu país".

Mary costumava me confidenciar como ela sempre se sentiu carente do amor dele, como o rigor católico do pai sempre prejudicou a toda a família, como ela sempre ansiou por uma bondade incondicional da sua parte. Ela nunca disse, mas eu sabia que se ressentia pela condescendência com que ele me tratava e com sua insistência no fato de eu ser um estrangeiro. Ele achava que ela se casara comigo porque não conseguira se casar com um americano; o que ela mais queria era que ele entendesse que eu dera certo como americano, que o processo de humanização estava completo, apesar de ser um eterno desempregado. Ainda assim eu reconhecia o George que havia nela: a sua propensão à hipocrisia; suas explosões comigo sem motivo aparente, pois guardava um ressentimento profundo e doloroso do qual sempre se recusava a falar; depois de uma briga feia fazia extenuantes horas extras no hospital, como se para expiar os seus pecados. Eu odiava esse seu lado George.

A possibilidade de morrer de câncer fazia com que ele se tornasse ainda mais temível e terrível para ela, suas pequenas crueldades patriarcais sendo agora perdoadas. Nos jantares em família ele ficava empurrando uma ervilha pelo prato lentamente, enquanto esperávamos em silêncio solidário que a morte passasse. Embora os médicos dissessem que o tratamento era um sucesso, o fedor de urina fermentada nos lembrava que o processo de morte havia acelerado e que ele caminhava célere para o oblívio. Suponho que parte de mim queria que ele morresse, por isso eu deixara escapar – "Como vai o seu 'Mortinho'?"

Acho que acabei de estragar de vez o meu casamento, eu disse a Rora mais tarde, enquanto bebíamos a centésima xícara de café do dia no Café Viena. Você nunca se casou, então não sabe. O casamento é um negócio muito frágil. Nada acaba nunca, fica lá dentro remoendo. É uma realidade muito diferente.

Rora deu um gole no café. A Canon estava no seu colo, a mão esquerda sobre ela, o dedo indicador no botão de disparo, como se esperasse o momento certo para me fotografar.

Deixa eu te contar uma piada, Rora disse. Eu ia objetar, mas percebi que ele queria levantar o meu astral e assim deixei que tentasse.

Mujo e a esposa, Fata, estão na cama. É tarde da noite. Mujo está querendo dormir mas Fata está vendo um filme pornô: um casal excitado, cheio de silicone e tatuagens, se chupa e se fode como se não houvesse amanhã. Mujo diz, Por favor, Fata, desliga isso, vamos dormir. E Fata diz, Deixa eu só ver se eles se casam no final.

Ah, Rora. Ele estava se transformando em mais uma dessas milhares de pessoas que sofrem de excesso de boas intenções.

Sunday Market Chicago Ghetto

Ao descer do bonde na Halsted, Olga pisa na lama até a altura do tornozelo e perde o outro salto do sapato. A multidão a empurra para frente, roçando nela mãos e braços; não há como recuperá-lo naquela confusão. Outra perda, ela pensa. Quanto mais se perde, mais se tem para perder, e menos isso importa. Há tempos que os sapatos tinham uma crosta de lama e sujeira, há tempos que estavam ensopados, há dias que seus pés estavam molhados. Ela trabalhou 15 horas por dia durante muitos dias para poder comprar esse sapato, mas agora eles já estão decrépitos, as costuras desmanchando, os cadarços arrebentando. Ela podia tirar os sapatos e largá-los ali, enfiados na lama, e depois livrar-se do vestido e de tudo mais: de sua mente, de sua vida, de sua dor. A despreocupação de não se ter nada para perder, a liberdade de despojar-se de todos os fardos terrenos, de estar pronta para o Messias, ou para a morte. Tudo é atraído para seu próprio fim.

O fim do mundo pode estar perto, disse Isador a ela uma vez, mas não temos pressa de chegar lá. Podemos ficar passeando, comer uns doces no caminho. Mas as pernas dela estavam cansadas e doloridas demais; ainda de sapatos, ela segue pela 12th Street e vira na direção da Maxwell. Fazia mais calor, o sol havia saído e os vendedores de retalhos exalavam vapor, como se os espíritos os estivessem abandonando. Ao pé deles, cães sarnentos se aqueciam ao sol. Parecia que havia mais gente ali do que antes, ocupando mais espaço. De onde veio essa gente toda? A cidade estava ficando pequena; as calçadas estavam cheias de corpos se esbarrando entre carroças e carruagens, correndo de um lado para outro sem motivo, sem pressa de chegar a lugar algum. As roupas dos homens carregavam a umidade do inverno; eles puxavam o chapéu até os olhos, pois já fazia tempo que não viam o sol. As mulheres tiravam as luvas para tocar os tecidos; suas faces ainda vermelhas das ulcerações causadas pelo frio; elas barganhavam febrilmente. Cada um deles era irmão, irmã ou filho de alguém; todos estavam vivos; eles sabiam um bom jeito de não morrer. Um cavalo relinchava; os mascates gritavam acima da cabeça de todos como se lançassem uma rede, oferecendo artigos baratos: meias, retalhos, chapéus, vida. Uma jovem de cabelo curto distribui panfletos, gritando com voz rouca: "Não queremos czar, rei ou presidente – queremos liberdade!" Aqui e ali uma criança se espreme entre uma floresta de pernas. Há uma fila desordenada e impaciente na frente da loja de Jacob Shapiro. Um cego canta uma canção triste virado para as pessoas na fila, seus olhos são brancos e a mão se apoia no ombro de um menino, que segura um boné para as moedas. A voz do homem é resoluta em seu lamento, ela inunda a tudo, assim como a luz do sol. Um forte cheiro de peixe passado exala de barracas obscuras. Na frente da loja de Menduk um menino vende o *Hebrew Voice*, gritando em iídiche e em inglês. Quando ela passa perto dele, ele grita: "Lazarus Averbuch era um assassino degenerado, não um judeu!" Será que ele a reconheceu? Eles colocaram a foto dela no jornal? Ele está gritando com ela? Ela se vira e olha para ele, para o seu boné caindo na cara, o focinho melequento, o queixo pontudo e grosseiro, mas ele não vê o seu olhar furioso. "Os judeus devem se unir aos cristãos na guerra ao anarquismo!" Ela tem vontade de esbofeteá-lo, botar uma cor naquelas faces pálidas, torcer as orelhas dele até ele implorar por misericórdia.

Dois policiais de uniformes escuros vêm vindo pela rua, suas sombras os antecedendo, a multidão abre caminho e a jovem dos panfletos desaparece. Um dos guardas está girando o cassetete; sua mão é grande e os dedos, nodosos; ele traz um revólver grande no coldre da cintura. O seu rosto é largo e quadrado, o nariz achatado por alguma briga; ele não olha para as pessoas na rua – parece que anda em meio a túmulos. O outro guarda é jovem; seu bigode é certinho demais e os botões do uniforme reluzem demais. Mesmo assim ele também transpira autoridade; com o polegar enfiado no cinto, ele perscruta a multidão como se fosse de longe, sem se deter em nenhum rosto. Olga imagina nitidamente o jovem *politsyant* caindo no chão, de cara para o céu, o seu pé sobre o peito dele enquanto ela gira o cassetete para esmagar o seu nariz; um grosso fio de sangue correndo pelas faces dele, empapando seu *vontses*. Ela bateria no outro *politsyant* bem no meio de suas orelhas enormes, carnudas e bovinas até virarem uma couve-flor sanguinolenta. Os policiais passam por ela; eles são tão altos que seus distintivos a ofuscam na altura dos olhos. Ela chutaria seus joelhos até eles caírem e depois arrancaria seus olhos. "Mulher descontrolada espanca policiais até a morte!", o menino jornaleiro gritaria. Sem dúvida ele a reconheceria da próxima vez.

Ela abre caminho em meio à multidão, à procura de um lugar mais vazio onde não possam esfregar-se nela; todos deixam-na passar educadamente antes que ela nem sequer os toque, como se sua raiva emitisse ondas à sua frente. Ela tem vontade de gritar de ódio por tanta complacência, mas ninguém a ouviria. Ali, o barulho é como o ar, onipresente e necessário.

Querida mãe
A senhora vai me achar louca e cruel, mas não posso
guardar mais isso comigo. Lazarus foi morto como
um animal por motivo nenhum e ainda assim eles
o chamam de assassino. Ele – um assassino. A maldade
não tem fim, ela nos alcança aqui também.

De repente, a passagem entre a multidão se fecha. Olga vê à sua frente uma mulher baixinha com um vestido sujo e um chapéu em forma de cogumelo, seus olhos são febris. A mulher está boquiaberta e Olga não sabe dizer se aquilo é uma tentativa de sorriso ou se suas gengivas e dentes estão doloridos demais, pois sua boca parece pustulenta e o bafo cheira a cadáver. Olga tenta desviar-se, mas a mulher se põe na frente dela, olhando-a fixamente. A mulher fala com uma voz entre o sibilar e o sussurrar: "Aquele a quem amas está doente."

Olga força a passagem, mas a mulher agarra a sua manga e a puxa de volta. "Mas essa doença não é para a morte. É para a glória do Senhor, para que o filho do Senhor seja glorificado." O sibilo atravessa o sussurro e vira um lamento. Olga tenta livrar-se mas a mulher não a solta. "Deixe-me em paz", Olga rosna. A mulher só tem os dentes inferiores e sua língua lambe a gengiva superior. "Liberte-o e deixe-o ir." Olga puxa o braço para livrar-se da mão que a prende e apressa o passo. A multidão agora se movimenta vagarosamente e alguns homens chegam a parar para olhar para elas e um círculo começa a se formar. A mulher, agora totalmente ensandecida, pega no cabelo de Olga e puxa-a para trás. Olga vira-se rapidamente e dá um tapa na mulher com as costas da mão; ela sente os nós dos dedos batendo no rosto da mulher, a sua pele se desmanchando. A mulher para, solta o cabelo de Olga e olha espantada. "O seu irmão voltará", ela disse calmamente, como se todo o mal-entendido tivesse sido agora resolvido. "Lázaro ressuscitará. E o nosso Senhor estará conosco."

No alto da escada, o *politsyant* se balança nas pernas de trás da cadeira, um charuto grotescamente grande na mão. "Que bom ver de novo essa sua carinha bonita, srta. Averbuch", ele diz com um sorriso irônico. "É uma satisfação contar que tudo está como você deixou." Ela passa por ele sem dizer uma palavra. Uma cruz branca foi desenhada na sua porta com giz; ela apaga o desenho com a mão, põe a chave na fechadura mas a porta está destrancada. Talvez Isador tenha saído e conseguido passar por este *shmegege*. É um milagre que não o tenham encontrado ainda. Meu Deus, por que me abandonastes nesta selva?

– Tudo que é tipo de judeu anda visitando o seu bairro, srta. Averbuch. Muita barba comprida. Pelo que sei, estão maquinando novos crimes com os Lubel e outros da mesma laia. Por mim, eu afogava vocês todos no lago, como ratos, todos vocês. Mas vocês judeus tem amigos importantes em tudo quanto é lugar, não é mesmo? Por isso temos que tratá-los bem. Mas não se preocupe. Esse dia chegará.

A fúria forma uma frase em sua mente e ela se vira para despejá-la, mas desiste quando a porta dos Lubel se abre e cinco homens de casacos pretos saem. Olga reconhece o rabino Klopstock, a sua longa barba. Ele evita o olhar de Olga enquanto descem as escadas. Ninguém veio vê-la; ninguém quer ficar perto dela. O rabino Klopstock passa rapidamente pelo policial, seguido pelos outros homens, que ela não reconhece. Nenhum deles tem barba, vestem roupas americanas e chapéus-coco, como o de Taube.

– Viu? Eu não disse? – diz rindo o *politsyant*, mordendo o charuto. Ele para de se balançar; as pernas dianteiras da cadeira batem no chão; ele senta ereto para ver os judeus descendo as escadas. – Eles não gostam muito de você, não é? – Ela teve vontade de chutar aquele *shvants* da cadeira e empurrar aqueles filhos da mãe de chapéu escada abaixo para eles poderem cair na cabeça do bom *rebbe*. Que eles nunca sejam o que desejam ser. Que sejam conservados na dor e na humilhação. Os pés dela estão doendo, as pernas bambas de cansaço; ela gostaria de se sentar ou deitar numa cama. Em vez disso, vai até o apartamento dos Lubel.

A pequena sala cheia a cânfora; uma panela ferve no fogão. Pinya chora na frente da panela, como se ela estivesse fervendo as próprias lágrimas. Isaac está na cama; seus pés inchados e roxos estão para fora do cobertor, na outra ponta seu rosto pálido exibe sinais de dor e medo, o sangue borbulha em sua boca. Zosya e Avram estão ao seu lado na cama. Eles estão chupando balas, o saco de papel na mão de Avram, Zosya olhando para ele vorazmente. Isaac parece não notar a presença deles; seus olhos arregalam-se de vez em quando enquanto geme. Já faz tempo desde a última vez em que Olga esteve ali; tudo parece muito diferente. A *politsey* revistou toda a casa dos Lubel, mas seus poucos pertences ainda estão no mesmo lugar: as prateleiras com pratos e xícaras, panelas e frigideiras; uma pequena estante de livros no canto; o espelho descoberto. O passado de Olga foi uma alucinação, tudo antes da morte de Lazarus era *khaloymes*. Agora tudo era real.

Entre a cama e o fogão só há espaço suficiente para Pinya e Olga ficarem desconfortavelmente perto uma da outra. Os olhos de Pinya estão no centro de manchas escuras, como se eles vazassem tinta.

Eles quebraram as costelas dele, Pinya diz, em tom choroso. E mais alguma coisa dentro dele. Ele apanhou muito. Eles o levaram ontem à noite, bateram até de manhã e ele voltou para casa inconsciente. Bateram nele a noite inteira. Acho que fazem isso simplesmente porque gostam. Eles perguntaram sobre Isador. Alegam que ele sabe alguma coisa dos anarquistas e de Lazarus. Eu não sei como. Eu não sei o que fazer se acontecer o pior. Quem vai alimentar estas crianças? Elas estão sempre com fome.

Ela limpa o nariz com uma peça íntima, depois a joga na panela; ela está fervendo a roupa na panela. Suas narinas estão inchadas e vermelhas e o suor escorre de sua têmpora.

O dr. Gruzenberg acha que o rim dele foi deslocado, Pinya diz. O rabi Klopstock enviará uma carta às autoridades.

Olga bufa com desdém e Pinya faz um sinal de concordância. Isaac não repara na presença de ninguém: seus olhos vão e vêm em diferentes direções, como se ele acompanhasse o movimento do seu rim por diferentes áreas do seu corpo. Ele parece se surpreender com cada curta respiração que dá. Meu Deus, Olga pensa. Ele sou eu.

Isso nunca tem fim, Pinya diz. Toda vez você pensa que aqui talvez seja um mundo diferente, mas é a mesma coisa: eles vivem, nós morremos. Aqui é a mesma coisa outra vez.

Olga a abraça. Mas Pinya está mais alta agora, então Olga tem de encostar o rosto em seu peito. Ela ouve o coração batendo firme, indiferente às lágrimas das duas, à luta de Isaac pela vida.

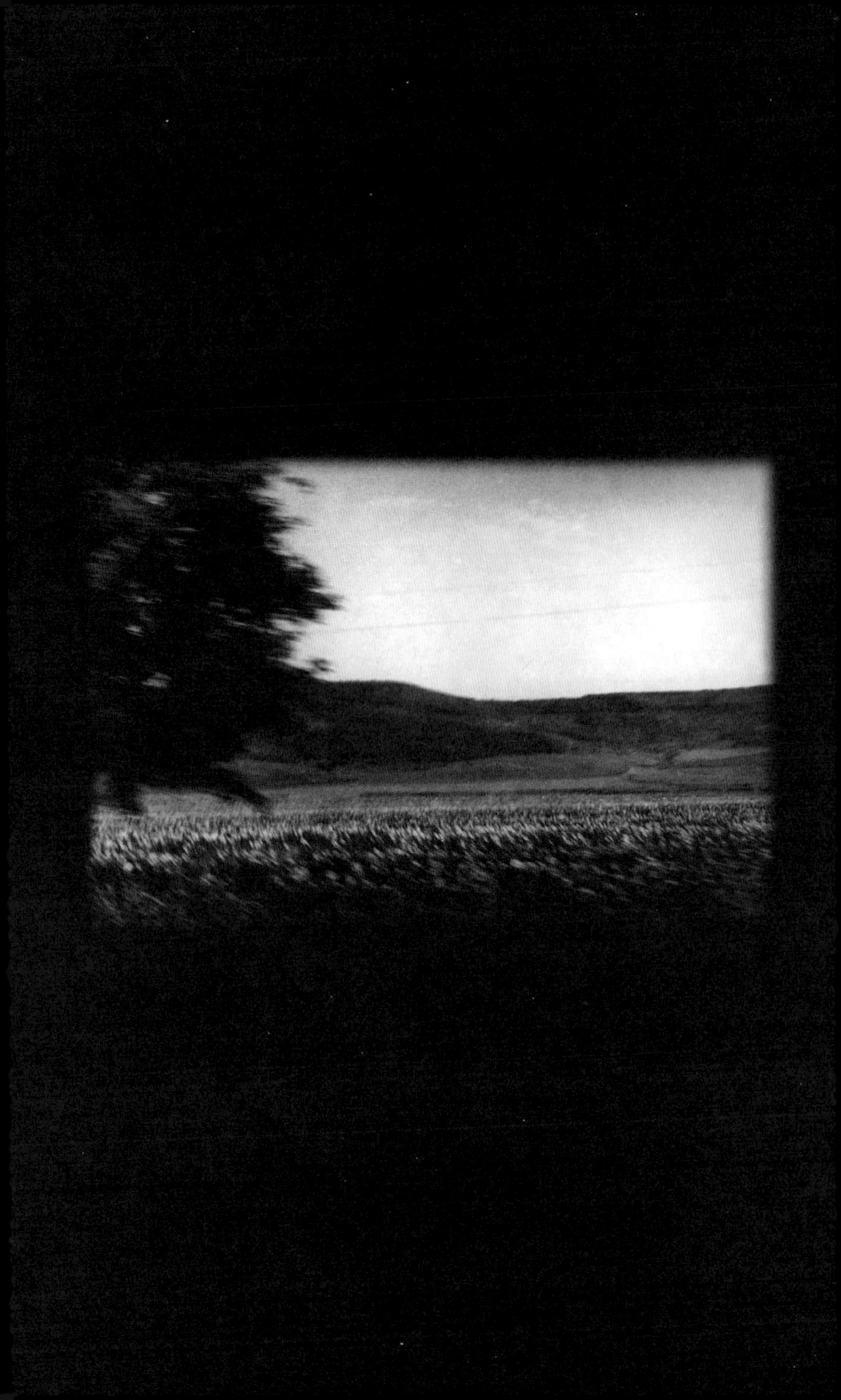

Naturalmente, o ônibus das dez horas para Chisinau não apareceu. Ninguém disse nem sabia nada; Rora e eu só esperamos com todo mundo por umas duas horas arrastadas e o ônibus por fim apareceu ao meio-dia. Se você esperar o bastante, algo vai acontecer – não existe esta de que nada acontece.

À uma hora, o ônibus do meio-dia ainda estava na estação, e eu culpava a espera e o calor dos companheiros de viagem: eles fediam, eram feios, bêbados e passivos, eu os odiava. Rora, por outro lado, ficava para lá e para cá, fotografando. Ele parecia muito à vontade na incerteza do momento, no caos da espera de que algo acontecesse. De vez em quando ele voltava e perguntava se eu precisava de alguma coisa, sendo que o propósito disso, eu suspeitava, era demonstrar a sua superioridade diante da situação. Eu precisava de tudo – de um banho, de água, cagar, de conforto, de amor, chegar ao final desta viagem abominável, escrever um livro. Eu não preciso de nada, eu estalei a língua. Ele estalou também, em um close-up fechado.

Os galhos do vidoeiro perto da plataforma do ônibus tombavam desolados; o ronco do motor sufocava o gorjeio dos passarinhos; as latas de lixo cuspiam sacos plásticos molhados. Mas que porra eu vim fazer aqui, no sudoeste da Ucrânia, nesta terra de bêbados e passivos, tão longe de tudo – de qualquer coisa – que eu amava?

Lazarus, no trem de Viena a Trieste: a terceira classe era cheia de emigrantes, cujas famílias se sentavam nas malas, imaginando um futuro que não podiam compreender; os homens dormiam nos bagageiros. Na cabine de Lazarus, três sujeitos da Boêmia jogavam cartas a dinheiro; um deles parecia estar perdendo muito – desse jeito ele nunca conseguiria pagar a viagem de navio. Lazarus suava mas não queria tirar o casaco; ele mantinha os braços cruzados para proteger o dinheiro no bolso interno. Lá fora as paisagens se sucediam, borradas; as janelas estavam manchadas com a gema do sol que se punha. Todos sabiam o nome do navio que tomariam para a travessia. O de Lazarus era o *Francesca*; ele imaginava *Francesca* como grande, larga e graciosa, cheirando a sal, sol e gaivotas. Francesca era um belo nome. Ele não conhecia ninguém que se chamasse Francesca.

Estava terrivelmente quente: as solas do meu sapato grudavam no chão; eu tinha novas formas de vida se desenvolvendo em minhas axilas. Minha mala Samsonite parecia ridiculamente deslocada em meio a baldes, caixas e sacolas xadrez de náilon estufadas de quinquilharias. Aparentemente todo mundo do Leste Europeu, incluindo o "meu país", recebia uma dessas sacolas como compensação pelo fim da infraestrutura social. Eu chamava tanta atenção quanto um iceberg numa piscina. Eu estava certo de que os bandos de ladrões já estavam bolando um plano para botar a mão nos meus pertences. E onde estava Rora?

Bem, ele estava lá, tirando fotos de mim sem que eu visse. Fique aqui, eu murmurei, e vigie minha mala. E ele ficou, acendendo um cigarro, sorrindo para a *baba* do balde e depois a fotografando quando ela fechou o rosto numa carranca espetacular. Eu forcei passagem pela multidão, que me empurrava também; comprei uma barra de chocolate e depois joguei fora quando vi que estava líquida; eu estava de saco cheio dessa gente, desses estrangeiros; forcei novamente a passagem pela multidão para voltar.

Todos imaginam possuir um centro, a moradia da alma, se você acredita nessas bobagens. Eu andei perguntando por aí e a maioria das pessoas me disse que a alma fica em algum lugar da região abdominal – uns poucos centímetros acima do cu. No entanto, mesmo que o centro esteja em outro lugar do corpo – na cabeça, na garganta, no coração – ele está fixo, não fica se deslocando. Quando você se move, o centro se move junto com você, acompanhando a sua trajetória. Você protege esse centro, o seu corpo é um revestimento; e se o seu corpo é danificado, o centro fica exposto e fraco. Ao me deslocar no meio da multidão na estação de ônibus em Chernivtsi, eu percebi que o meu centro havia mudado de lugar – ele costumava ficar no meu estômago, mas agora estava no bolso interno do meu casaco, onde eu guardava o meu passaporte americano e um bolo de dinheiro. Eu empurrava esse butim da vida americana pelo espaço; eu estava agora acoplado a ele e precisava protegê-lo daqueles que me cercavam.

Já passava muito da uma hora e não tínhamos a menor ideia de quando o ônibus partiria, mas achei prudente subirmos e sentarmos logo em nossas poltronas, pois um bando de gente sem passagem se aglomerava na porta do ônibus, discutindo com o motorista. O ônibus devia ter no mínimo uns trinta anos, fabricado antes do advento da ventilação, quente como uma fornalha; Rora sentou na janela para poder tirar mais fotos, me obrigando a ficar com a inspeção olfativa de cada sovaco que passava. Eu não me importaria de largá-lo ali mesmo, eu poderia seguir sozinho agora, estava sozinho de qualquer jeito. Eu poderia rir da minha cara (ha-ha, ha ha ha ha!) por ter sido tão estúpido de embarcar numa viagem com esse jogador de meia-tigela, um ex-gigolô, um pretenso veterano de guerra, esse zé-ninguém da Bósnia. Eu o vi erguendo a Canon e apontá-la para um pobre coitado com sua sacola. A moradia da porra da alma dele era aquela câmera.

O motorista estava com cara de quem não dormia há semanas, fumava como um condenado e suas mãos tremiam. Um adolescente, que visivelmente ainda não experimentara o prazer masculino de fazer a barba, parecia ser o copiloto: ele conferia as passagens e ajudava os camponeses a entrar no ônibus com seus baldes e cestas. Tinha a atitude plácida do homem em comando, de alguém que apreciava os próprios exercícios do poder. Ele gritou com um velho que carregava um saco pesado de sapatos, como se descobriu, pois o homem tirou lá de dentro um exemplar preto, com salto alto, e jogou-o na cara do rapaz para provar a força dos seus argumentos.

Quando o ônibus finalmente deixou a estação, eu tive a perturbadora sensação de que agora não poderíamos mais voltar atrás. Para onde se pode ir do lugar nenhum se não for cada vez mais para dentro do nada? Antes mesmo de deixarmos Chernivtsi, a minha cabeça já mergulhava no poço dos pesadelos, seguindo o ritmo das brincadeiras ruidosas e incompreensíveis de um rapaz de camiseta regata com a jovem que ele estava paquerando. Rora nunca dormia em movimento. No momento em que as rodas começaram a girar, ele estava totalmente desperto e pronto para falar.

Quando se entrava no Túnel sob a pista de decolagem, Rora disse, você entrava na escuridão e logo depois batia com a testa na primeira viga. Os seus olhos se ajustavam, você abaixava a cabeça e ia em frente, cada vez mais para dentro. Era como descer ao inferno, e cheirava a inferno: barro, suor, medo, peido e loção pós-barba. Você tropeçava e tocava nas frias paredes de terra; você estava numa sepultura e um cadáver poderia agarrá-lo e arrastá-lo cada vez mais para o fundo da terra. Não havia marcos, então você não sabia a que distância estava dentro do Túnel; só se tinha noção da pessoa que ia à sua frente. Você perdia toda a noção de tempo, você perdia o ar – os mais velhos costumavam desmaiar – e quando parecia que ia parar de respirar, sentia a mais leve brisa, um fiozinho de ar, e a mais tênue modulação da luz, e daí você estava fora, no que pareciam todas as luzes do mundo acesas ao mesmo tempo. Eu já li sobre gente que morreu e depois voltou. Eles descrevem essa quase-morte como a passagem por um túnel. Bem, o túnel por onde passaram ficava sob a pista do aeroporto de Sarajevo.

A morte deve ser agradável, apesar da dor e do choque que impõe. Uma bala atravessando seus pulmões, uma faca cortando sua garganta, uma roda de aço esmigalhando a sua cabeça – concordo que são coisas realmente desagradáveis. Mas essa dor faz parte da vida, o corpo tem de estar vivo para senti-la. Eu imagino se o corpo vivo de George e suas dores se desvanecerão quando ele morrer, pois ele sentiria, se experimentasse a felicidade, a bênção da libertação e do alívio, o prazer da completude e da transformação, de desfazer-se de vez do lixo da existência. Não importa o circo escatológico do sr. Cristo – deve haver um momento pós-orgásmico de paz absoluta, de uma volta ao lar, o momento em que as brumas da vida se desprendem como fumaça de revólver e tudo por fim é o nada.

Talvez tenha sido isto que o sr. Cristo não permitiu que Lázaro tivesse. Ele podia estar feliz morto; tudo havia acabado, ele estava em casa. Talvez o sr. Cristo estivesse querendo se exibir para conquistar – no sentido espiritual, claro – as irmãs de Lázaro; talvez quisesse demonstrar que era ele que mandava na morte, como já mandava na vida. De qualquer forma, ele bem que poderia ter deixado Lázaro em paz. Uma vez arrancado do seu corfortável leito da eternidade, ele ficou vagando pelo mundo, eternamente sem lar, eternamente com medo de dormir, sonhando que sonhava. Isso me deixava extremamente revoltado. Mas não comentei nada com Rora.

Em vez disso falei, A Moldávia é um lugar estranho. Quando fazia parte da URSS, produzia vinhos que eram vendidos por toda a pátria. Eles têm milhares de adegas, túneis e mais túneis, onde costumavam estocar vinho e champanhe. Agora não têm para quem vender. Eu li que há regiões da Moldávia em que as pessoas usam estrume para o aquecimento porque a Rússia cortou o fornecimento de carvão e gás. Todo mundo quer sair de lá e um quarto da população já foi embora. O resto tenta inventar formas de usar o vinho como combustível.

Conhece a história da equipe de hóquei subaquático da Moldávia?, Rora perguntou.

E que diabo é isso de hóquei subaquático?

Duas equipes ficam empurrando o disco no fundo da piscina.

E por quê?

Porque o jogo é assim. Enfim, houve um campeonato de hóquei subaquático feminino em Calgary e a equipe da Moldávia iria participar, mas no dia da cerimônia de abertura nenhuma das jogadoras apareceu. No momento em que desembarcaram no Canadá, todas se dispersaram e desapareceram sem deixar rastro. Descobriu-se que algum empresário moldávio muito do esperto ouvira falar desse esporte idiota, cobrou 1.500 dólares das meninas para formarem uma equipe nacional de hóquei subaquático para elas poderem conseguir os vistos e fugir da Moldávia para o Canadá. Algumas nem sabiam nadar, quanto mais acertar no disco.

Como você fica sabendo dessas histórias?

Eu conheci um cara que conhecia o empresário, Rora disse. Tudo é uma questão de conhecer as pessoas certas.

LEVOU UMA ETERNIDADE para atravessarmos a fronteira da Ucrânia com a Moldávia. Primeiro tínhamos de sair da Ucrânia, o que não era muito fácil. Descemos do ônibus e entregamos nossos documentos aos guardas de fronteira ucranianos. Depois de verificarem rapidamente a identidade local dos outros, eles dispensaram toda a atenção aos nossos passaportes, lendo-os como se fossem livros. Devia fazer algum tempo que um americano não cruzava aquela fronteira – nós nem nos preocupamos em brandir nossos patrióticos porém inúteis passaportes bósnios. O farto passaporte americano de Rora era de fato uma leitura difícil de largar: os guardas o passavam entre si, com reverência, prestando especial atenção aos carimbos manchados. Eles apontaram para duas páginas borradas e eu traduzi a resposta de Rora: ele uma vez pegou uma chuva daquelas. Até eu sabia que aquilo era um velho truque: molhar o passaporte para encobrir a falta de vistos de entrada. Mas os ucranianos ficaram satisfeitos com a resposta e deixaram que saíssemos de lá para sermos agora um problema da Moldávia.

Enquanto Rora e eu cruzávamos a terra de ninguém rumo à Moldávia, temi que nos jogassem numa masmorra moldávia – uma ex-adega de vinho, sem dúvida – e fôssemos retirados de lá, encapuzados, por nossos compatriotas americanos. Nossos companheiros de viagem, já liberados pelos moldávios, estavam de pé perto do ônibus como um coro, fumando e suando, discutindo qual seria o nosso grau de importância no mundo do crime internacional. O rapaz de camiseta regata afastou-se do grupo e seguiu até a rampa que marcava a entrada da Moldávia. Ele parecia suspeito, talvez nem tivesse passaporte, mas conversava destemidamente com o guarda da rampa.

Os moldávios também ficaram impressionados com nossos passaportes. Eles os levaram até uma cabine distante da terra de ninguém e pegaram o telefone. O coro ficou impaciente; eles voltaram para o ônibus e ficaram com as caras grudadas nas janelas de olho em nós dois. Eu vi o jovem e esquelético motorista entrar no ônibus, dar de ombros e dizer, "*Amerikantsy*", a título de explicação.

O rapaz de camiseta regata estava agora se agachando debaixo da rampa, sob a linha de visão do guarda; todos os outros olhavam para os guardas na cabine, onde eles relatavam a emocionante história dos nossos passaportes a autoridades remotas.

Pode tirar uma foto daquele rapaz?, pedi a Rora, que olhou a distância um pouco desinteressado e disse, É proibido fotografar as fronteiras. Eles podem confiscar a minha câmera.

Quando Lazarus atravessou a fronteira entre os impérios russo e austro-húngaro, uma longa coluna de refugiados seguia por quilômetros de estrada. Ele levava uma mochila de couro que o pai lhe dera; dentro dela havia um cachecol que Chaia tricotara para ele, um aparelho de barbear (presente de Olga), meias, cuecas e alguns livros que não lhe seria permitido trazer para o império do bem. Após cruzar a fronteira, ele olhou para trás e percebeu, sem tristeza ou alegria, que nunca mais voltaria. Ele só poderia ir em frente, cada vez mais para dentro do túnel do futuro.

O rapaz de camiseta regata andava agachado sob a rampa, o topo da cabeça roçando-a. Ele ficou abaixado o suficiente para o guarda não vê-lo, depois se ergueu e andou calmamente por uns dez metros da estrada. Acendeu um cigarro, puxou um pente do bolso de trás da calça e penteou os cabelos rebeldes, como se apagasse vestígios do contrabando de si mesmo.

Era realmente fascinante e encorajador o seu desrespeito às leis internacionais – na verdade a todas as leis –, o seu destemor diante do poder armado e uniformizado. Eu não podia nem pensar em fazer o mesmo, pois tinha lugares para ir e precisava voltar. Na minha vida havia a casa e o longe-de-casa, e o espaço entre os dois era coberto de fronteiras. E se eu violasse as leis que regiam as transições entre a casa e o longe-de-casa, eles me manteriam longe de casa. Simples assim.

Uma vez, numa fase da minha vida em que bebia muito por haver perdido o emprego de professor, eu voltei de manhã para casa e descobri, para minha inebriada surpresa, que havia uma corrente na porta barrando o meu acesso ao nosso leito nupcial. Naturalmente eu chutei a porta algumas vezes para arrombá-la, mas tudo que consegui foi deixar na porta manchas escuras que tive de limpar mais tarde. Eu continuei chutando até os olhos furiosos de Mary queimarem minha testa pela porta entreaberta. Sem dizer uma palavra, ela fechou a porta e trancou-a, deixando a chave na fechadura. Eu chutei a porta mais umas duas vezes e depois fui embora, determinado a não voltar nunca mais. Lá fora, um furioso temporal de primavera começou a desabar – eu segui debaixo de chuva, me ensopando com meus pensamentos bêbados. Eu não tinha para onde ir: subia e descia as ruas do bairro ucraniano em que morávamos na época. As castanheiras brotavam e o amanhecer rescendia a cascas de árvore. Não volto para casa nunca mais, eu continuava jurando e caminhando, até ser dominado pelo cansaço e me sentar em um banco de um playground coalhado de minúsculas poças. Se eu tivesse um emprego, iria direto para o trabalho, depois procuraria um hotel. Mas enquanto a minha cueca fria entrava pelo rego e filetes de chuva desciam pela minha testa, eu compreendi um fato simples: se você não pode ir para casa, não há lugar algum para ir, e o lugar algum é o maior lugar do mundo, na verdade, é o próprio mundo. Eu voltei para casa, cheio de remorso, toquei a campainha humildemente e implorei para entrar.

O guarda de fronteira moldávio devolveu por fim nossos passaportes e subimos no ônibus. Eu ofereci aos nossos companheiros de viagem uns débeis sorrisos americanos de desculpas, que foram unanimemente ignorados. O guarda subiu a rampa e o ônibus partiu, parando logo depois para pegar o rapaz de camiseta regata e sem passaporte, que inexplicavelmente piscou para mim ao passar com seu sovaco sobre minha cabeça.

Rambo gostava de aparecer nas fotos e Rora tinha de fotografá-lo o tempo todo. Suponho que imaginava ser um herói, alguém que devia ser lembrado para sempre. Ele fornecia os filmes para Rora e no seu quartel havia um quarto escuro para as revelações; ele roubava tudo de uma loja de máquinas fotográficas só para abastecer o seu fotógrafo. Adorava ver a si mesmo nas fotos: aqui é Rambo de peito nu, apontando seu revólver de prata para a câmera; aqui ele está com um rifle automático na mão, a coronha apoiada em sua coxa; aqui ele está arrastando uma garota pelos cabelos de brincadeira, a jovem sorri para ele dolorosamente; aqui ele está sentado no corpo de um dos nossos soldados mortos, um pobre sapador que o desafiou na frente da plateia errada – os olhos do rapaz estavam vidrados e arregalados de surpresa, Rambo posava com um cigarro na boca, como se estivesse em um anúncio de férias no Iraque.

Rambo achava que a guerra não acabaria nunca porque simplesmente não podia acabar; achava que ele seria sempre o cara com o maior pau da cidade. Mas acabou se tornando inconveniente aos seus aliados políticos. Ora, ele negociava com os sérvios do outro lado; resgatava os corpos dos sérvios mortos na Sarajevo sitiada e depois os transportava pelo rio para os seus aliados chetniks, que eram pagos pelas famílias dos mortos e dividiam a grana com Rambo. Os homens de Rambo pegavam os corpos do necrotério, ou das ruas, e os contrabandeavam pelo

Túnel dos Ratos, um gigantesco cano de esgoto que passava pelo museu, depois os carregavam para o outro lado do rio. A negociação era toda rápida, e por um preço exorbitante ele levaria até alguns sérvios vivos. Durante a trégua, os negócios diminuíram e Rambo enviava Beno para procurar por corpos de sérvios mais lucrativos, então as pessoas começaram a desaparecer. Mas mataram as pessoas erradas e todo mundo começou a falar, os jornalistas começaram a fazer perguntas. Rambo teve de repreender uma equipe de TV francesa muito curiosa – ele confiscou seus coletes à prova de bala, suas câmeras e carros, e ainda por cima deu-lhes uma surra. Até Miller andou fazendo perguntas impertinentes e Rora teve de levá-lo a Mostar para que ele ficasse fazendo suas reportagens lá, sem enfiar o nariz na merda.

Mas Miller escapou de Rora em Mostar e voltou a Sarajevo. Explicar esse descuido a Rambo seria um problema, um problemão – Rambo era descontrolado e, quando entrava numa espiral de fúria, era bom não estar por perto. Fosse amigo, irmão, ninguém se safava da cólera de Rambo, e ele nunca esquecia: aqueles que falhavam com ele jamais seriam esquecidos ou perdoados. Rora tinha uma opção: se voltasse a Sarajevo, Rambo poderia matá-lo; ele poderia tentar escapar por Mostar até Medjugorje, dali seguiria para a Alemanha ou outro lugar qualquer, mas ele não tinha dinheiro, não conhecia ninguém lá. Foi aí que soube que Rambo havia sofrido uma tentativa de assassinato. Alguém de tocaia o esperava perto do restaurante chinês; o carro de Rambo foi pelos ares ao ser atingido por um míssil. Por algum motivo ele estava no banco de trás e deixara que outra pessoa conduzisse o carro, só o motorista morreu. A versão oficial disse ter sido um atentado perpetrado pelos chetniks, mas Rambo sabia que não. Para ele era alguém bem próximo. Se eu não voltasse, Rora disse, Rambo ia achar que eu estava envolvido e me caçaria até os confins da terra.

E você estava envolvido?, perguntei.

Ficou maluco, porra?

E quem foi então?

Por que quer saber? Você não sabe nada dessa gente, Brik. Não sabe nada da guerra. Você é um cara legal que só entende de livros. Então aproveite a história.

Quem foi? Você não pode me contar uma história dessa sem me dizer quem foi.

Ele ficou me olhando por um longo tempo, como se estivesse decidindo se deveria me iniciar, se eu de fato estava pronto para ingressar no universo paralelo da iniquidade e do crime.

Conta aí, vai, eu disse.

Bem, foi Beno, claro. Alguém do alto escalão do governo prometera a ele que ele seria o chefe se tirasse Rambo do caminho, e ele sinceramente tentou. E se fodeu.

Por que o governo queria se livrar de Rambo?

Porque ele era maluco. Não podiam controlá-lo. Pensavam que estavam usando o cara, até que perceberam que Rambo é que os usava. Julgaram que Beno seria mais maleável, prometeram-lhe amizade e parceria constante nos negócios, e Beno correu atrás.

O que aconteceu com Beno?

Por que tantas perguntas? Você não vai escrever sobre isso, vai?

Não, claro que não. Eu tenho outro livro para escrever.

Rambo o pegou. Espancou-o por dias, depois enfiou o revólver no rabo dele e atirou. Daí ficou se vangloriando por toda a cidade de que a bala entrou pelo cu e saiu na testa.

Meu Deus.

Ele iria pegar também quem convenceu Beno a isso. Iria matá-lo e governo nenhum poderia detê-lo. Era louco. Os próprios homens de Rambo se esconderam dele, pois sabiam que se ele os achasse, poderia acusá-los de serem cúmplices de Beno.

E quanto a você?

Eu tive de voltar de Mostar. Não adiantaria fugir, ele acabaria me achando. Eu precisava encontrar Miller antes que Rambo topasse com ele, tinha de convencê-lo a me fornecer um álibi, a dizer a Rambo que ficamos juntos o tempo todo. Tive de tomar muito cuidado para não dar de cara com Rambo. Ele estava evitando os assassinos do governo e caçava o seu inimigo feito um louco. Foi uma época louca. No começo toda guerra tem uma lógica clara: eles querem nos matar, nós não queremos morrer. Mas com o tempo ela se transforma em outra coisa, a guerra vira o espaço onde se mata qualquer um a qualquer hora, onde todos querem que todo mundo morra, porque a única forma de você ficar vivo é quando todo mundo está morto.

E você encontrou Miller?

Acabei encontrando.

Ah, Moldávia! (Como fui parar na Moldávia?) Colinas ondulantes plenas de girassóis; cidades desertas, as entradas das casas cobertas de mato; os camponeses se acotovelando para fazer sinal para o ônibus; a cidade chamada Balta, que bem poderia servir de cenário cinematográfico pós-cataclisma; uma turba tentando subir em nosso ônibus lotado. À Moldávia agora só restou a independência, sua população inteira topando tudo para participar da equipe nacional de hóquei subaquático.

Eu nunca temi tanto pela minha vida, disse Rora, nunca fui tão estimulado pelo movimento. Eu não conseguia encontrar Miller. Achava que todo mundo estava atrás de mim – os sérvios nas montanhas, o governo bósnio, o próprio Rambo. Ele enlouqueceu de vez: o governo, ingenuamente, mandou dois jovens policiais para prendê-lo e ele matou-os na hora, depois enviou suas bolas num envelope endereçado aos seus superiores. Ele queria o protetor de Beno no governo, e iria pegá-lo.

E pegou?

Não. Rambo foi baleado por um atirador de elite. O sujeito deve ter esperado dias até Rambo passar por Djul-bašta. A bala pegou a poucos centímetros do coração. Ele precisava de uma cirurgia de emergência, mas sabia que se fosse para o hospital controlado pelo governo, certamente morreria na mesa de operação, para alívio de todos. Sob a mira de uma arma, obrigou que um cirurgião o operasse secretamente. Ele foi internado clandestinamente no hospital, com um nome diferente; a bala foi retirada e logo em seguida ele foi removido do hospital. Depois o tiraram da cidade e levaram para Viena.

Quem era o médico?

Outra pergunta inútil, Brik. Ninguém que você conheça.

E como ele conseguiu sair de Sarajevo?

Dá um tempo. Já não é o bastante?

Você é cheio de merda. Começa a me contar uma história, me provoca, me deixa curioso e depois finge surpresa quando quero saber o final.

Rora nada disse, claro. Eu tinha razão. Ele olhou pela janela; eu quase dormi enquanto ele ponderava se devia ou não responder.

Bem, o contrabando de corpos com os sérvios não foi interrompido nunca, nem por um segundo – o negócio era lucrativo demais e havia gente do governo pronta para assumir o controle. Rambo saiu pelo Túnel dos Ratos, como se fosse o corpo de um sérvio. Eles o envolveram em uma mortalha, puseram uma perna amputada podre junto para simular que ele estava fedendo e dois policiais o levaram para o outro lado do rio. Seus amigos chetniks deram conta do resto. Assim que cruzou o rio ele foi reanimado e o levaram de carro direto para Viena.

Vez por outra a polícia parava o nosso ônibus e o copiloto adolescente falava com os policiais em russo ou romeno; eles se mostravam severos e determinados, examinavam os documentos e balançavam a cabeça. Depois o garoto anunciava que havíamos infringido alguma lei do trânsito ou outra qualquer e que devíamos pagar uma multa; ou pagávamos ou não seguiríamos viagem. Nós entregávamos o dinheiro, não havia escolha: eu desembolsava umas notas amassadas dos dólares de Susie. O garoto então dava o dinheiro aos policiais, que contavam tudo e devolviam um pouco ao garoto que por sua vez embolsava a grana na frente de quem quisesse ver. Rora parava de falar toda vez que essa rotina chantagista era encenada, acompanhando a transação com desinteresse. Para ele aquilo era café-pequeno, um suborno motivado pelo instinto de sobrevivência; era como ver crianças numa brincadeira incomum. Para mim, no entanto, era repulsivo, pois tudo se fundia em um só todo abjeto: os sovacos, as colinas ondulantes, o revólver no cu, as cidades vazias, a bala a centímetros do coração, Rambo sentado em cima de um soldado bósnio morto, a minha boca seca, o cansaço do mundo de Rora, o adolescente precocemente nefando, o cheiro nauseabundo e doloroso de tudo isso.

Lembrei-me de Mary, de sua forçada inocência católica de meia-tigela, de sua crença de que as pessoas eram más porque foram criadas assim, por ausência de afeto. Ela simplesmente não podia compreender o mal, assim como eu não podia compreender o funcionamento da máquina de lavar ou por que o universo se expandia ao infinito. Para ela, as boas intenções norteiam cada ação e o mal só acontece se uma boa intenção foi inadvertidamente traída ou esquecida. Os seres humanos não podiam ser em essência ruins, pois eles sempre foram infundidos pela bondade e o amor infinitos de Deus. Nós tivemos longas e brochantes discussões a esse respeito. Eu também ouvia isso da boca do maioral, do próprio George, o *Mortinho*, que no passado cogitara ser padre. Eu me dignei a dizer a ele que isso era típico da América – sem boas intenções a América não seria nada. Aí você tá certo, disse George. Por um tempo eu acreditei nela; era gratificante entender tudo à minha volta – Chicago, a vida americana, a educação de nossos vizinhos, a bondade de Mary – como resultado geralmente da bondade bem-intencionada. Acreditei nela e que as nossas boas intenções dariam frutos, que alcançaríamos o longínquo horizonte do casamento imaculado.

É engraçado o casamento, o que mantém duas pessoas juntas, o que faz com que se separem. Mary e eu, por exemplo, tivemos uma briga sem propósito e funesta por causa das fotos da prisão de Abu Ghraib. Botando de lado todos os insultos gratuitos e as insuportáveis acusações, o fundamental da discussão foi que o que ela via nas fotos eram jovens americanos essencialmente decentes mas que estavam imbuídos de uma crença equivocada de que protegiam a liberdade, suas boas intenções se perdendo no caminho. O que eu via eram jovens americanos expressando o seu prazer ilimitado de um poder ilimitado sobre a vida e morte de outra pessoa. Eles adoravam estar vivos e exibir a virtude de possuírem as boas intenções americanas; na verdade isto os excitava; eles gostavam de se ver nas fotos enfiando um cassetete no cu de um árabe. No final, eu acabei perdendo a cabeça; quebrei o jogo de porcelana da família que herdamos de George e Rachel – a gota d'água foi quando Mary disse que eu entenderia melhor a América se eu saísse para trabalhar e conhecesse gente normal. Eu disse a ela que odiava gente normal, que odiava a terra da porra dos livros e o lar da porra dos bravos, que odiava Deus, George e tudo o mais. Disse que para ser americano bastava não saber nada e entender ainda menos, e que eu não queria ser americano. Jamais, eu disse. Ela berrou que se eu arrumasse um emprego, estaria livre para ser o que bem quisesse. Eu disse que ela não era diferente daqueles jovens americanos angelicais que ligaram pessoas de cabelo encaracolado na tomada após uma relaxante sessão de afogamento. Levamos semanas para fazer as pazes, mas nosso casamento ficou mais difícil depois disso. A bagagem que eu arrastara comigo das terras do leste continha os corpos torturados de nossas boas intenções.

Rambo gostava principalmente que eu tirasse fotos dele com os mortos para depois ficar olhando para elas, Rora disse. Ele ficava excitado – aquilo era o pau duro dele, o seu poder absoluto: estar vivo em meio à morte. Tudo se reduzia a isso: os mortos estavam errados, os vivos estavam certos. Todo mundo que já foi fotografado ou está morto ou estará. É por isso que ninguém tira foto de mim. Quero ficar do lado de cá da foto.

Isador, Olga sussurra. Isador, você está aí?

Isador está sob uma pilha de trapos dentro do guarda-roupa abafado, as pernas paralisadas e doloridas. Durante toda a noite ele ouviu o desassossego de Olga: a cama rangendo, o colchão estalando, o corpo dela se remexendo, a música dos seus pesadelos. Desde o dia anterior ele estava naquele guarda-roupa, enquanto Olga estava fora: ele ficava procurando pelos sons de sua presença. Não conseguia sentir o próprio corpo; tinha medo de se mexer e o seu corpo estava rígido como um cadáver. Depois de sentir algo escorrer por seus pés, ele pensou em sair dali, ou pelo menos colocar os panos e a mala de lado, abrir um pouco a porta para deixar a luz entrar, mas nesse momento o *politsyant* entrou furtivamente no apartamento e ficou por ali fuçando. Isador sentia o peso do homem se deslocando pelo chão, chegando até o guarda-roupa para abri-lo e pegando as coisas de Olga nas prateleiras, rindo e resmungando consigo mesmo. Isador teve medo de respirar ou de até pensar em mover um músculo. O *politsyant* roubou alguma coisa e saiu, esquecendo de fechar a porta completamente. Quando Olga voltou, Isador pôde ver seus pequenos calcanhares e delicados tornozelos quando ela tirou os sapatos e sentou na cama.

Isador, diga alguma coisa. Você está aí?

Ela ainda podia sentir o cheiro de merda que o corpo dele exalava. O quarto absorvia a presença dele; havia uma outra respiração tocando as coisas ali dentro, uma outra vida, como quando Lazarus estava vivo – estar sozinha é ouvir a própria respiração e depois não. Não sabia como o *politsyant* não conseguia sentir o cheiro de Isador; talvez estivesse ocupado demais em procurar as calcinhas dela, roubando um par de dentro das gavetas. Pode-se sempre contar com a burrice nojenta da lei e da ordem, e pela primeira vez ela sentiu-se grata por isso. A *politsey*, como o tempo, é indiferente ao mundo e ao seu sofrimento. Hoje será mais um dia marcado pela ausência mortal de seu irmão, outro dia em que tudo será o mesmo para todos, pois ninguém mais se importa com a ausência dele. Lá fora, nasce a manhã cinzenta.

Eu estou morrendo, Olga, Isador sussurra. O que quer que eu diga? Que adoro o seu guarda-roupa?

Fale-me de Lazarus. Diga alguma coisa que eu não saiba. Do que ele gostava, o que detestava, o que o fazia rir. Você o conhecia melhor do que eu.

Ele dá um gemido, pode ouvi-lo se mexendo. Deve estar cheio de dor, desesperado e com fome. Sua voz é abafada, desincorpada, a voz de um fantasma. Ele diz:

Nós costumávamos passear pelo lago. Aquela imensidão era como um território selvagem para nós. Dávamos as costas para a sujeira, a imundície, os bairros miseráveis. Ficávamos olhando para as ondas e o horizonte, às vezes podíamos ver a outra margem. Ele queria escrever um poema sobre o que via.

E o que ele via?

Ele via muita água, talvez visse Indiana, talvez não visse nada. Como posso saber? Posso sair?

Você leu o poema?

Ele nunca me mostrou, se é que chegou a escrevê-lo. Ele nunca me mostrava o que escrevia. Deixe-me sair daqui. Não posso sentir o meu corpo, estou com frio.

Você tem de me contar o que ele foi fazer na casa de Shippy. Por que ele estava lá? Por que não estava comigo? Por que você o envolveu nessa loucura anarquista?

Eu não fiz nada disso. Não fiz nada. Fomos ouvir Ben Reitman uma vez. Fomos a uma ou duas palestras sobre literatura em Edelstadt, mas porque queríamos escrever. E lá eles falavam também sobre desemprego, injustiça e pobreza. É só olhar onde a gente mora, pelo amor de Deus. Posso sair agora?

Você está mentindo para mim, Isador. Você precisa me contar a verdade. Eu preciso saber. Eu posso aceitar. Tenho consciência de que não sabia tudo a respeito dele. Só não consigo entender o que ele estava fazendo com George Shippy.

Eu não sei. Talvez estivesse querendo uma carta de recomendação. Ele falava que queria estudar na Universidade Valparaiso. Talvez quisesse fazer uma entrevista exclusiva com Shippy pois queria trabalhar com jornalismo. Ou talvez quisesse discutir com ele sobre injustiça. Como eu posso saber, meu Deus? Eu não estava lá. Ou você me deixa sair daqui ou me entrega à polícia.

Onde você estava naquela manhã?, Olga pergunta.

Eu estava com um amigo.

Que amigo?

Um amigo meu.

Que amigo?

Posso sair, Olga? Eu imploro.

Que amigo?

Eu tenho amigos.

Que amigo?

Eu fiquei jogando cartas na casa de Stadlwelser, a noite toda, até de manhã. Posso sair?

Stadlwelser. Eu o conheço. Eu sei quem é.

Ele é um amigo.

Bons amigos que você tem.

Um bom amigo é um tesouro que trazemos no peito.

Seu bobalhão, Olga diz. Saia daí.

Ele se espreme por entre os panos, como se saísse da casca: ela vê primeiro a cabeça, depois o peito magro envolto numa camiseta de mangas compridas; ele se estica para sair do guarda-roupa. De joelhos, ele vai até a cama, gemendo; ela ergue o cobertor e ele deita ao seu lado. Ela ainda está de vestido e com meias de lã, havia dormido com elas, mas ela pode sentir que os pés dele estão frios. Ele está usando uma camiseta de Lazarus, com furos nos cotovelos. Ela chorava ao pegar cada par de meias surradas: Lazarus morreu com os pés frios; a *politsey* o exibiu e todos puderam ver suas meias rasgadas. A mãe nunca iria perdoá-la por isso, se chegasse a descobrir. Isador está tremendo perto dela e ela aproxima-se dele.

O que vai fazer, Olga? Eles vão me prender. Nunca mais verei a luz do dia. Até o meu próprio povo quer me ver preso. Você é tudo que eu tenho.

Pensaremos em alguma coisa, Olga diz, dando um tapinha no rosto dele. Alguma coisa vai acontecer. Não existe esta de que nada acontece.

Ela não acredita no que está dizendo. Ele coloca a mão na sua coxa e pressiona a pélvis na dela.

Pare com isso, ela diz, ou eu entrego você.

Patife ordinário. Ele recua, mas deixa a mão na sua coxa. Ela sente o frio através do tecido.

Eu preciso perguntar uma coisa, Olga diz. Ele era um verdadeiro anarquista? Você o transformou num anarquista?

Meu Deus, Olga, quer parar com as perguntas? Eu sei tanto quanto você. Ele era revoltado como qualquer um de nós. Embalar ovos não era bem o sonho da vida dele, sabia?

O que ele queria?

Ele queria escrever. Queria conhecer garotas, se divertir. Queria que gostassem dele. Queria ser como todo mundo. Queria comprar um sapato novo para você. Eu achava que você podia usar um chapeuzinho.

Por que um chapéu?

Eu gosto de chapéus.

Você é um bobalhão, Isador.

Eles ouvem o som de algo arranhando a parede. Os ratos acordaram e estão correndo. Eles podiam se banquetear com o *politsyant* no café da manhã, Olga pensa.

Eu fico pra morrer, ela diz, por não saber o que ele foi fazer na casa do delegado. Os jornais disseram que ele tinha uma faca e um revólver. Eu o protegia dos outros garotos. Ele nem sabia usar um pedaço de pau pra brigar. Onde ele conseguiu uma faca e um revólver? Foi você que arrumou um revólver pra ele?

Eu não fiz nada disso, Olga. Eles estão mentindo. Shippy o matou porque ele foi lá. Agora eles querem prender todos de quem não gostam. Vão querer limpar tudo que acham que é sujeira. E os que eles não prenderem ficarão agradecidos, vão rastejar e lamber as botas deles.

Quando vocês iam a essas reuniões no Edelstadt, a essas palestras, vocês conversavam com outros, com anarquistas de verdade? Eles conversavam com vocês?

O que quer dizer com anarquistas de verdade? Os ricos estão sugando o nosso sangue. O *politsyant* entrou aqui e remexeu nas suas coisas como se pertencessem a ele. Eles só sabem conversar com a gente usando a força. As pessoas estão revoltadas. Todo mundo é anarquista.

Eu não sou anarquista. Quem tem um emprego e trabalha não fica tão revoltado. Pessoas normais não têm tempo para ser anarquistas.

Eu era normal também, não faz muito tempo. Não foi culpa minha ser demitido. Eu não roubava ovos. Não precisava dos ovos deles. Heller mentiu sobre mim quando foi falar com Eichgreen. Eu trabalhava direito como qualquer um, mas embalar ovos é um serviço estúpido, degradante. Como alguém pode esperar que eu me sinta feliz com isso?

Quem é essa gente? Eu conheço algum anarquista? O sr. Eichgreen é anarquista? Kaplan é anarquista?

Quem é Kaplan? Seu amante?

Não.

Eu não conheço nenhum Kaplan. Quem é? Seu amante?

Esqueça o Kaplan. Isaac Lubel é anarquista?

Isaac só seria anarquista se Pinya fosse a Rainha Vermelha.

Vocês falavam com alguém do Edelstadt? Emma Goldman falava com vocês?

Emma Goldman não iria falar comigo só por causa dos meus belos olhos, Olga. E os caras do Edelstadt são cheios de soberba e vaidosos, eles se acham mais inteligentes do que todos.

Eu achava que ele ia trabalhar naquela manhã. Ele disse que ia trabalhar. Deu-me um beijo antes de sair. Ele mentiu para mim. Você está mentindo para mim, Isador?

Mentindo como?

Mentindo sobre tudo.

Não.

Tudo está desmoronando. Eu não sei de nada agora. Estou me sentindo como se estivesse morta.

Você não pode se sentir morta. Se consegue sentir alguma coisa, não está morta. Eu posso sentir que está viva. Você é quente demais para estar morta.

Estou morta, Isador. Morta. E você não está me dizendo a verdade. Você jogou cartas com o Stadlwelser a noite toda. Quer que eu acredite nisso?

Isador nada diz. Aninha-se a ela e encosta o rosto no seu ombro. A respiração dele vai e vem no seu pescoço.

Isador, ela diz. O que vamos fazer?

Eu não sei. Vamos dormir agora. Vamos sonhar com o que fazer.

Eu não consigo dormir.

Você precisa dormir.

Isaac Lubel está morrendo, ela diz.

Eu sei, ele diz. Eu ouvi Pinya o xingando.

O que vamos fazer?

Ele não diz nada, apenas suspira e estala os lábios. O fedor no seu corpo está ficando azedo. Ela o abraça e se aninha em seu peito. Se você me quer, ele pergunta, por que não diz?
Como você é bobo, Isador.

LAZARUS VEM ANDANDO na direção de Olga com suas roupas rotas e um sorriso atrevido nos lábios, como se estivesse vestindo um terno elegante e pronto para um compromisso importante. Pelos furos em suas meias, ela pode ver ovos em vez de dedos. Ele passa por ela, cumprimenta-a com uma piscadinha, como se estivesse flertando, e diz, Não queremos czar, rei, presidente, polícia ou patrão, mas eu te amo. Depois ele está nadando de costas em um campo de girassóis em flor, vasto como um lago, como ele costumava fazer no Dniester. Isador está na margem, nu e excitado, pronto para pular na água, Lazarus o vê de baixo. No momento seguinte, Isador está caindo e continua caindo; ela vê a sua queda lá de cima, ele está prestes a bater no fundo arenoso, pois os girassóis desapareceram, quando ela desperta repentinamente com uma batida na porta.

Já amanheceu há muito tempo, mas ela não tem ideia das horas. Por um instante se pergunta por que não está no trabalho mas não consegue se lembrar em que trabalha; ela olha em volta e não reconhece nada: o lampião apagado, a mesinha em desordem, os sapatos sem saltos e cobertos de lama, um pé ao lado do outro. Mas Isador dorme um sono inquieto e ela sabe quem ele é – ele é o não-Lazarus, como todos os outros.

A batida na porta é cada vez mais forte e rápida.

– Srta. Averbuch, abra a porta.

Descalça, os pés direto no chão gelado, ela corre até a porta antes que a derrubem, mas então se lembra do corpo e da presença dele. Isador, indistinto como nunca, havia sentado na cama, o cabelo de alguma forma ainda penteado, e agora esfregava os olhos. Ela acena para ele, nervosa e sem dar uma palavra, implorando para que se esconda embaixo da cama, mas ele fica lá sentado com uma expressão de inocência idiota.

– Srta. Averbuch, sou William P. Miller, do *Tribune* – uma voz grave grita. Isador por fim some de vista, se escondendo embaixo da cama, e ela volta até a porta e a destranca. Ela abre a porta lentamente, como para obstruir o fluxo do tempo. William P. Miller entra com um sorriso largo, seguido por Hammond, o fotógrafo, e o *politsyant* de barba por fazer.

– Bom-dia, srta. Averbuch – Miller diz. – Perdoe-me o incômodo da hora. – O fotógrafo segue direto até a janela e começa imediatamente a preparar sua câmera. O *politsyant* contorna a mesa, pega um garfo e solta-o dentro de uma tigela de latão só para ouvir o ruído. Ele vai até o quarto (o coração de Olga fica em suspenso), abre o guarda-roupa e deixa-o aberto, ergue o véu que cobre o espelho e fica olhando para o seu reflexo, esfregando o queixo.

– Não tem nada aí – Olga diz. – O senhor já andou mexendo em tudo.

O *politsyant* volta e se posta ao lado dela. Ela abraça os ombros e sente os fios lisos de seu cabelo enroscarem-se no pescoço. Franze os olhos para ver melhor Miller, pois seus óculos ficaram no chão, perto da cama, perto de Isador. O *politsyant* ofega como um cão de caça, batendo no tampo da mesa várias vezes, como para constatar se era real. William P. Miller está elegantemente vestido com um terno escuro, camisa branca impecavelmente engomada e gravata azul-marinho estampada de estrelinhas. O fotógrafo briga com o tripé, xingando-o em voz baixa.

Miller olha para o *politsyant* com um sorriso caloroso e diz:

– O senhor podia fazer o favor de nos dar licença, sr. Patterson?

– Como quiser, senhor – diz o *politsyant*. – Eu estarei no corredor se precisar de mim.

Ele não fecha a porta ao sair e assim eles podem ouvir seus passos pesados e desajeitados no corredor, e depois a cadeira guinchando sob o seu peso.

– Suponho que não esteja escondendo o corpo do seu irmão aqui – Miller diz, tirando o chapéu-coco.

– O corpo do meu irmão? Eles pegaram o corpo do meu irmão e o jogaram numa vala. Como posso estar com o corpo do meu irmão?

– Estou pronto – diz o fotógrafo, a mão esquerda acariciando a máquina.

– Ontem à noite eu recebi uma informação confidencial dando conta de que o corpo do seu irmão não se encontra onde deveria estar – diz Miller. – Então fui até o local onde foi enterrado e na verdade o corpo não está mais lá. Eu vim procurá-la antes de divulgar esta notícia a qualquer outra pessoa, pois creio que a senhorita deve saber em primeiro lugar.

Os joelhos de Olga cedem e ela desmorona na cadeira.

– Trata-se de uma flagrante profanação, um pecado grave. Talvez os amigos anarquistas do seu irmão, liderados pelo fugitivo Maron, tenham roubado o corpo do túmulo.

Olga mal consegue respirar. Um espasmo de dor sobe por seus calcanhares, atravessa a espinha e se aloja em seu crânio. O flash dispara e uma nuvem de fumaça ácida se dispersa na direção do quarto.

– Mas que droga! – diz Hammond. – Esta não ficou boa. Será que ela podia ficar mais perto da janela?

– Ou talvez os agentes empregados pela Rainha Vermelha, Emma Goldman em pessoa, tenham sumido com ele – Miller continua. – Qual sua opinião, srta. Averbuch?

A dor cavava cada vez mais fundo em sua cabeça, mas em meio a tudo ela lembrou da imagem de Isador sentado na cama, esfregando os olhos. William P. Miller abaixa o queixo até o nó da gravata e olha para ela avuncularmente. Ela fecha os olhos para fazer com que Miller desaparecesse.

— A senhorita por acaso não sabe onde Maron está?
— Debaixo da minha cama — ela diz automaticamente. — E meu irmão está debaixo da mesinha. Pergunte ao homem no corredor.

Miller dá uma sonora gargalhada e puxa uma caneta e um bloquinho de anotações do bolso. *Seu espírito indomável não se intimidou na presença da lei*, ele escreve.

— Tem outra coisa — diz Miller. — A senhorita sabia que há alguns cristãos devotos para quem a ressurreição do seu irmão seria uma possibilidade auspiciosa? Algum deles já falou com a senhorita? Eles estão rezando por sua alma também.

— O senhor tem pena? — Olga lamuriou-se.

— Eu desejo a paz eterna ao seu irmão, do mesmo jeito que a senhorita. Gostaria que entendesse que temos um propósito comum na presente circunstância. Nós dois queremos saber o que aconteceu. Se me ajudar a descobrir a verdade que todos querem saber sobre o seu irmão, eu a ajudo no que quiser.

— O que eu quero do senhor? O que o senhor quer de mim? Eu não tenho nada. Eu quero o meu irmão, quero poder sepultá-lo como um homem.

— A senhorita já foi procurada por seus distintos correligionários? Eles chegaram a discutir os preparativos do funeral com a senhorita?

— Não — Olga diz. — Eles nem chegam perto de mim. Devem achar que tenho uma doença contagiosa.

Ela considera as ofertas de ajuda e apoio com extremo desdém, Miller anota.

— Com licença, sr. Miller — Hammond diz. — Aqui tem uma luz boa pra burro. Será que ela poderia ficar mais perto da janela?

O chão do quarto range e Olga resiste ao impulso de se virar e olhar. Hammond olha na direção do quarto, mas Miller parece não ter percebido, ou não se importou.

— Algum dos seus camaradas anarquistas a procurou?

— Vá embora, sr. Miller. Deixe-me em paz.

Ao tomar conhecimento da notícia, a judia chorou: "Deixe-me em paz para morrer com a minha dor. Tudo que eu tinha no mundo era o meu irmão Lazarus e agora o perdi para sempre – não posso nem conversar com ele em seu túmulo. Estou sozinha para a eternidade."

— Eu não posso fotografar nada daqui de longe – diz Hammond. – E a luz aqui é perfeita. Poderia vir até aqui, srta. Averbuch?

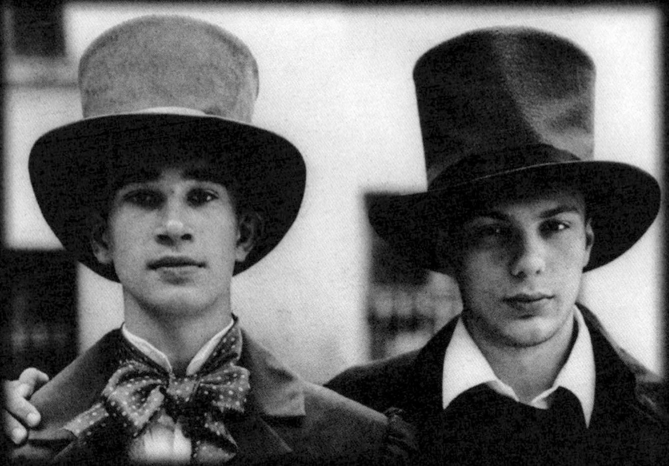

O nosso quarto no hotel – que tinha o pouco inspirado nome de Chisinau – dava para uma imensa praça com duas estátuas de bronze de soldados soviéticos esculpidas para a eternidade vitoriosa. Um supermercado 24 horas brilhava com suas luzes do outro lado da praça. Atraído pelo brilho do néon como uma mariposa, assim que chegamos eu me aventurei naquela direção para comprar algo que pudéssemos comer e beber. Tinha de tudo lá, o *tudo* sendo todas as tranqueiras de marca que se pode achar nos supermercados americanos e europeus: generosas barras de chocolate, nutritivos sucos Tropicana, Johnnie Walker e Duracell, pasta de dente branqueadora Vademecum, sabonete líquido Dial, Wrigley e Marlboro. Eu comprei vários rolos de papel higiênico e umas garrafas de vinho moldávio com a palavra *sangue* no nome. Atrás da jovem caixa, postava-se um brutamontes com um enorme crachá pendurado no peito e um revólver preto no quadril. Ele ficou me encarando enquanto a caixa, da brancura virginal de um anjo, evitava o meu olhar, não dizia uma palavra e só apontava para o total na tela da caixa registradora – ela me identificara como um estrangeiro. Se eu tivesse saído daquela loja em Chisinau direto para o limbo, carregando papel higiênico e uma garrafa de vinho de sangue, se tivesse logo depois sido engolido do nada pelo vulto onipresente, a virgem ou o brutamontes jamais se dariam ao trabalho de dedicar um ínfimo pensamento a minha pessoa, as suas vidas continuariam sendo exatamente as mesmas. Estar em casa é quando alguém nota a sua ausência.

De volta ao quarto do hotel, descobrimos que não tínhamos copos para beber o vinho, então eu liguei para a recepção e fiz a burrice de falar em inglês.
– Será que poderiam nos arrumar umas taças? – eu perguntei.
– Como? – a mulher perguntou. Sua voz era surpreendentemente agradável.
– Taças, para beber vinho – eu disse.
– Moças? Sim. Quer moças?
– Não, moças não. Taças.
– Quantas moças?
– Eu quero duas taças. Dois copos, o que for.
– Quer louras?

Eu por fim apelei para o bom senso e resgatei a palavra russa para copo – *stakan* – do meu dicionário, o que fez com que ela me informasse de que não havia *stakani*, mas poderiam nos arrumar *dyevushki*. Eu desliguei.

Você quer umas moças?, perguntei a Rora. Todas as que sonham ser da equipe nacional de hóquei subaquático.

Não, agora não, ele disse. Você arrumou as taças afinal?

NA MANHÃ SEGUINTE nos preparamos para explorar as paisagens de Chisinau, espantosamente diferentes do cenário rural deserto. Fomos andando pela Stefan Cel Mare, uma avenida larga e arborizada com antigas castanheiras e vitrines de lojas que nos prometiam reluzentes celulares e recordações instantâneas da Kodak. Havia lojas vendendo bombons, chocolates e vinho moldávio, que no passado era o vinho mais popular da URSS e hoje ninguém no mundo se arriscaria a beber – nem mesmo nós dois depois daquela garrafa de sangue ácido que tomamos na noite anterior. Havia, naturalmente, lojas de câmbio, todas elas com um vigarista imbecil de moletom italiano lavando dinheiro à vontade. As pessoas passeavam pelo resto do dia, os passarinhos nas árvores colaborando com aquela manhã razoavelmente boa: sol, calor e silêncio. Senti uma pontada de alegria ao ver um jovem casal de mãos dadas, os dois animados e flexíveis em seus espalhafatosos moletons vermelhos. Por algum motivo achei que pudessem estar indo jogar tênis de mesa; o que me inspirava era imaginar suas almas como duas bolas de pingue-pongue levitando em seus respectivos centros. Ah, a leveza do amor jovem! Mary e eu de vez em quando jogávamos boliche com os amigos dela do hospital; os jovens médicos rolavam as bolas como se fossem de pingue-pongue, enquanto eu deixava que caíssem nos meus pés.

No final da Stefan Cel Mare, à vista atroz do que parecia um prédio de arquitetura soviética, erguia-se um irreal McDonald's, brilhante, soberano e estruturalmente otimista. Era uma visão reconhecidamente fantástica, embora reconfortante demais.

O que eu gosto na América, eu disse, é que não há espaço sobrando para questões metafísicas inúteis. Não há universos paralelos lá. Tudo é o que é, fica fácil ver e entender tudo.

O quê? Não é um rio?, Rora disse.

Vá se foder, eu disse.

Eu não sou a sua mulher. Não tenho que ficar te ouvindo, Rora disse. Essa atitude desagradável foi totalmente gratuita. Talvez fosse a ressaca do vinho de sangue.

Eu raramente conversava com Mary (ou outra pessoa qualquer) sobre essas coisas, sobre metafísica, solidão existencial, as formas da existência. Ela salvava vidas; trabalhava com a vida, como outra pessoa trabalha com carros – ela era uma mecânica da vida. Eu me envolvia em monólogos ponderados sobre, digamos, a ineluctável finitude da existência e os olhos dela adquiriam um brilho remoto; ela não tinha uma única fibra filosófica em seu corpo, por isso eu evitava aborrecê-la.

Mas gostava quando eu lia para ela. Em geral, antes de dormir, eu lia em voz alta um livro pousado em nosso peito ou, raramente, um artigo de minha coluna de imigrante. Cansada de abrir crânios e mexer com massa cinzenta, ela pegava no sono e, quando eu parava de ler, acordava e me implorava para continuar lendo. Eu gostava de ver a calma estampada em seu rosto, o ventilador de teto girando, o som distante dos carros, os uivos do malamute do nosso vizinho, a lógica serena de tudo que por um momento dava forma ao meu universo. Mesmo assim, quando eu desligava a luz e escutava o som de sua respiração, uma infinidade de dúvidas e pensamentos atormentava o meu coração. Eu não conseguia embarcar em minhas recordações; não conseguia contar com meus sonhos para livrar-me da dor. E Mary estava longe, além do meu alcance; havia léguas e léguas de distância entre nós e eu não poderia nunca dizer isso a ela. Se o dissesse, desfiguraria tudo que havíamos construído juntos, tudo que chamávamos de amor.

Anda, vamos comer, disse Rora. Este é o único problema existencial que me interessa neste exato momento.

Eu tinha um tio cego que se chamava Mikhal. Sempre que tirávamos fotos da família reunida, ele ficava na posição central – de pé ou sentado, com as crianças enfileiradas na frente, seus irmãos e irmãs e respectivos cônjuges atrás dele ou ao lado – como se a cegueira o tivesse transformado no patriarca da família. Quando passávamos as fotos entre nós, ele sempre dizia, Deixe-me ver. Ele virava as folhas do álbum enquanto alguém lhe descrevia: aqui é a tia Olga, sorrindo... aqui é você... e aqui sou eu. Ele sempre olhava para as fotos e ninguém achava estranho. Depois percebi que podíamos dar qualquer foto para ele olhar e descrevermos qualquer coisa que ele estivesse a fim de ver.

Às vezes eu lia para o tio Mikhal. Ele gostava das histórias de exploradores e grandes descobertas científicas, de grandes batalhas navais e invasões fracassadas. De vez em quando eu simplesmente inventava: que um outro navio afundou na Batalha de Guadalcanal; que um quarto explorador percorria a duras penas as regiões árticas; que partículas subatômicas recém-descobertas iriam mudar toda a nossa ideia de universo.

Eu me sentia nas alturas porque estava construindo um mundo particular só para ele, porque eu o tinha sob o meu poder desde que ele continuasse me escutando. E eu pensava que, caso ele me acusasse de estar mudando a história ou inventando fatos científicos falsos, eu poderia sempre alegar que ele havia me entendido mal. No entanto, eu ficava apavorado com esta possibilidade, pois achava que se fosse pego numa única mentira – se ele descobrisse que não havia uma partícula subatômica chamada pronek, ou que os 375 marinheiros do USS Chicago na verdade não morreram – todo o edifício da realidade que eu criei desmoronaria e nada do que eu tivesse lido para ele seria verdade. Nunca passou pela minha cabeça que meu tio soubesse das minhas mentiras, que ele pudesse ser cúmplice na criação deste edifício, até aquele momento em que me descobri confessando tudo a Rora na fila do McDonald's de Chisinau. A ideia se apresentou como uma clara possibilidade. Se na época eu fosse capaz de imaginar o tio Mikhal como cúmplice em minhas invenções, nós teríamos criado batalhas mais gigantescas, explorado continentes mais inexistentes e construído universos mais estranhos de partículas mais estranhas ainda. Isso aconteceu há muito tempo, eu era um garoto.

Será que você podia calar a boca enquanto a gente come?, sugeriu Rora.

Eu havia pedido um Big Mac com fritas grandes e uma Coca grande. Rora pedira McEggs e um milk-shake. Sentamos lá fora e comemos rápido e vorazmente. Não era uma comida reconfortante; era uma comida com todas as implicações de que nunca houve nem haverá qualquer necessidade de reconforto. Os passantes nos olhavam com exagerado interesse: um casal de idosos, cada um carregando uma sacola xadrez, chegou a parar para nos ver comer. Não entendi direito se esperavam que oferecêssemos alguma coisa ou se haviam percebido que éramos estrangeiros. O que podia revelar nossa condição de estrangeiros era a câmera de Rora no meio da mesa: grande, preta e visualmente atraente. Eu diminuí o ritmo da mastigação e mal pude engolir até o casal se afastar.

Imaginei então Lazarus comendo ovos o tempo todo, todos os dias – ele detestava ovos. Ele tinha de comprar do sr. Eichgreen todos os ovos que quebrasse na hora de embalar; em suas primeiras semanas no emprego, Olga e ele só comiam ovos: ovos fritos, ovos cozidos, ovos crus, ovos batidos com açúcar. Isador não precisava comprar os ovos porque ele sabia embalar bem, mas os roubava para vender até que um dia foi descoberto e demitido.

Um pai corpulento e com a barba por fazer vigiava as duas filhas chupando o canudinho – tudo que elas pareciam ter eram aquelas Cocas. Uma mulher de meia-idade com ar professoral mastigava batatas fritas. Um homem louro, com óculos tipo John Lennon e que não tinha cara de alguém do Leste Europeu, segurava a mão de uma bela morena, sem dúvida local, que ficava olhando em torno, alheia ao toque amoroso. Quando começamos a tomar nossos McCafés, eu já não podia mais ficar calado.

Quando fui a Sarajevo uns dois anos atrás, eu disse, descobri que se eu olhasse na cara das pessoas, poderia ver como seus rostos foram – eu via seus rostos antigos, não os novos. E quando andava entre as ruínas embelezadas e as fachadas cravejadas de balas, eu via o que eram no passado, não o que eram agora. Meu olhar atravessava o visível como raios X e o que via era a versão original do passado. Eu não conseguia ver o presente, só o passado. E eu tinha a sensação de que se pudesse ver realmente como tudo era agora, esqueceria de como era antes.

Puta merda, Brik, você gosta mesmo de ouvir a si mesmo. Como é que a tua mulher aguenta?

Dessa última vez que fui a Sarajevo, Mary não foi comigo, eu continuei, inabalável. Então eu tive uma sensação louca e reveladora de que a minha vida era impecavelmente dividida: todo o meu presente na América, todo o meu passado em Sarajevo. Porque não existe o agora em Sarajevo, nem o McDonald's.

Não é verdade, Rora disse.

O que não é verdade? Eu esperava pelo silêncio dele no final do meu discurso.

O que você está dizendo não é verdade. O fato de você não poder ver, não significa que não existe.

O que não existe? Mary?, eu perguntei. Devo confessar que eu já não lembrava direito da minha linha de raciocínio.

O que a gente vê é uma coisa, mas nunca é tudo. Sarajevo é Sarajevo, não importa o que você veja ou deixe de ver. A América é a América. O passado e o futuro existem independente de você. E o que você não sabe de mim ainda assim é a minha vida. O que eu não sei de você é a sua vida. Nada depende do fato de você ver ou não ver. Quer dizer, quem é você? Você não precisa ver ou saber tudo.

Mas então como eu poderia ver? Como eu poderia saber? Eu preciso saber de algumas coisas.

Saber o quê? Todo mundo sabe uma coisa ou outra. Você não precisa saber de tudo. Você precisa é calar a boca e parar de fazer tantas perguntas. Precisa relaxar.

Depois disso um gigantesco Toyota Cherokee, ou Toyota Apache, ou Outro Povo Exterminado Qualquer da Toyota, subiu na calçada com suas janelas escuras reverberando uma violenta *fuck-music*. As portas traseiras se abriram e de lá emergiu um par de longas pernas alojadas entre o salto alto e a cintilante curva da virilha, sobre a qual duas mãos cheias de joias pousaram, puxando para baixo a saia insuficiente. Em algum lugar acima das pernas surgiram duas protuberâncias bulbosas siliconadas e depois uma cabeça com uma farta cabeleira de anúncio de xampu. As duas garotinhas olharam fixamente para a mulher, suas bocas segurando lascivamente os canudinhos; a senhora de meia-idade se remexeu em sua cadeira de plástico; só o homem louro não deu atenção. Um homem de negócios saiu do Toyota, com um corpo e aparência de astro pornô, de botas de bico fino, o volume estufado dentro da calça jeans apertada e um tronco triangular parcialmente coberto por uma camisa aberta. O homem desfilou com a mulher-troféu pela área externa e depois entrou no McDonald's. O motorista desceu do carro e parecia, como era de se prever, uma versão de segunda classe do patrão. Todos eles devem ter sido produzidos na mesma fábrica, em uma adega de vinho convertida em linha de montagem de indivíduos independentes projetados para os desafios do livre mercado e da democracia. Talvez eu use um pouco do dinheiro de Susie e compre um guarda-costas moldávio baratinho; uma de suas tarefas seria servir de ouvido aos meus assédios metafísicos. O guarda-costas ficou de pé com as pernas abertas – um volume púbico menor – e vigiando a multidão, as mãos sob as axilas: se nós decidíssemos foder com o rei ou desrespeitar a cortesã, uma rajada mortal sairia de seus sovacos suados. Aquelas pessoas todas só tinham a ver com o presente, não havia nelas qualquer traço do passado, qualquer interesse no passado. Rora, talvez querendo provar que estava certo, tirou uma foto das duas garotinhas com o pai.

E então, como você acabou achando o Miller?, eu perguntei a ele.

Caralho, meu Deus, Rora disse. Quer calar a boca e me deixar comer?

Eu só preciso saber, qual é o problema?

Deixa eu te dizer qual é o problema, Brik. Mesmo que você soubesse o que quer saber, ainda assim não saberia nada. Cada vez que faz uma pergunta, mais você quer saber. Não importa o quanto eu te conte, você nunca saberá nada. Este é o problema.

Ele se levantou e saiu, desaparecendo rapidamente pela rua. Eu fiquei com raiva e atribuí tudo ao seu trauma de guerra; esse tipo de comportamento errático era obviamente outro sintoma de seu transtorno de estresse pós-traumático, além da incapacidade de comunicar suas emoções (sem falar no seu relacionamento com a irmã), a insônia (sempre que eu acordava ele já estava acordado), o comportamento compulsivo (não parava de fotografar), o sentimento de revolta em relação àqueles que não passaram pelo mesmo trauma (eu). Conclusão: os problemas de cabeça dele não eram problema meu.

Eu terminei meu McLanche e fui flanar sozinho feito uma nuvem pelo mercado das pulgas e sua fartura de roupas íntimas horrorosas, revólveres de plástico, cabides de roupa, chaves de fenda, raspadeiras e alicates chineses, louça de barro, desodorantes, sabonetes, vestidos de noiva, pássaros engaiolados que não cantavam, coelhos, camisetas velhas com a imagem de Michael Jordan ou do Exterminador, líquidos misteriosos em garrafinhas e uma série infindável de flores desconhecidas. O lixo de uns é produto primário de outros. Cachorros vadios dormiam debaixo das barracas. Nas esquinas homens me ofereceram com voz baixa alguma coisa bem barata que eu me recusei a comprar, embora não tivesse a menor ideia do que fosse. Eu passava por tudo como se estivesse em um sonho e acabei dando em uma rua coberta de folhas com cortinas de renda e ícones nas janelas das casas.

Sentei em um banco de um parque com árvores de copas altas que se entrelaçavam. Um pouco mais adiante do gramado maltratado, em uma quadra de tênis cimentada, rachada e iluminada pelo sol, havia um grupo de pessoas no que pareciam trajes típicos do século XIX; as mulheres com vestidos longos cônicos e toucas; os homens de casaca, cartola de aba larga e gravatinha fina. Pareciam estar ensaiando uma peça: enquanto os outros assistiam, dois homens andavam erraticamente pela quadra, se encaravam, diziam suas falas e depois se afastavam. Eles discutiam e arengavam; suas vozes altas ecoando pelo parque; eles falavam em russo. O homem mais baixo fez um longo e inflamado discurso; embora eu não pudesse ouvir o que dizia, percebia-se nitidamente que aquele era um momento importante da peça, pois ele agitava as mãos e erguia o dedo enquanto o outro escutava, imóvel e passivo. Quando o mais alto concluiu sua fala, todos aplaudiram. Parece que ele ganhou a discussão.

Lazarus e Isador sentavam no fundo da sala para ouvir o candente orador do Edelstadt que sacudia os braços e balançava a cabeleira ruiva encaracolada com uma fúria cada vez maior, apontando o dedo para o inocente teto. "O exterior de prisões, igrejas e casas", ele arengava em russo, "por si só já mostra que é lá que corpos e almas são subjugados. A família e o casamento preparam o homem para isso. Eles o entregam algemado e de olhos vendados ao Estado, mesmo assim suas algemas brilham. Força e mais força, isto é tudo que há. O escritor não ousa sonhar em dar o melhor de sua individualidade. Não, ele não deve nunca expressar a sua revolta. As oscilantes exigências da mediocridade devem ser cumpridas. Divertir o povo, servir-lhe de palhaço, dar-lhe banalidades para que possa rir e sombras da verdade para que possa absorver como verdades."

De repente avistei Rora fotografando os atores, encostado em uma árvore perto da quadra, sua camisa branca refletindo a luz do sol. Os dois homens que representavam não deram atenção, mas três mulheres de touca olhavam para ele com interesse sedutor. Elas se aproximaram dele, disseram alguma coisa e riram; logo depois fizeram uma pose graciosa e ele apontou a Canon para elas. Os dois homens por fim interromperam a cena para observar Rora circulando ao redor das mulheres. Imaginei que estivessem com ciúmes ou irritados; eu esperava que partissem para cima de Rora aos socos, assim eu poderia correr até lá e salvá-lo, ele ficaria me devendo uma e nunca mais agiria como um babaca comigo. Mas os homens foram até Rora e o cumprimentaram com um aperto de mão. Eu fiquei assistindo àquela pantomima sem a menor vontade de ir até lá participar daquele mútuo congraçamento e das negociações que pareciam estar ocorrendo entre os novos amigos. Os dois homens, com o braço no ombro um do outro, olhavam para Rora sorrindo.

Rora era uma puta mesmo, não se importava com ninguém, nem comigo, nem com a irmã; ele nunca falou dos amigos, da família, parecia não precisar de ninguém. Fiquei louco para me levantar e sair dali, ir embora sem ele – não precisava mais dele. Além de tudo, eu não precisava mais de ninguém. Rora tirou uma série de fotos a uma certa distância dos homens. Eu não queria que me vissem sentado ali, ainda assim não podia me levantar.

Lazarus fazia anotações apressadas, como se o discurso fosse um ditado, enquanto Isador sonhava acordado sem prestar atenção, comendo com os olhos a estenógrafa de óculos. "Mas o que dizer da vida que poderíamos viver, da vida que deixa de ser esse trabalho escravo enlouquecedor e interminável, essas batalhas repulsivas?", o orador continuou. "O que dizer da vida que vale a pena ser vivida? Precisamos de novas histórias, meus amigos, de contadores de histórias mais competentes. Estamos cansados dessa preponderância de mentiras." Quando a palestra acabou, Lazarus permaneceu no seu lugar enquanto a sala esvaziava, ainda impactado pela intensidade do discurso, pelas ideias que cruzavam sua mente enquanto tomava notas. Eu quero escrever um livro, ele disse a Isador. Todos nós queremos, disse Isador. Mas eu vou escrevê-lo, Lazarus disse. Anote isso. Eu vou escrevê-lo.

Finalmente Rora me viu. Ele apertou a mão de todos, despediu-se dos atores e andou na minha direção, atravessando o gramado e mexendo na sua câmera para não olhar para mim. Sentou ao meu lado sem dar uma palavra. Os homens agora dançavam com as mulheres, a terceira mulher ficou olhando com os braços cruzados. Os casais valsavam alegremente, tropeçando de vez em quando nas rachaduras, mas sem parar de circular pela quadra.

Rora colocou outro filme na máquina e disse, Eu não tenho a menor ideia do que eles estavam me dizendo.

Eu fiquei quieto. Os homens cumprimentaram as damas com uma inclinação de cabeça e voltaram a suas posições imaginárias.

Rambo matou Miller, disse Rora.

Vá se foder, eu disse.

Miller levou um tiro na nuca. Ele era um idiota, achou que se livraria da dívida com Rambo se aliando com Beno. E Nova York queria a matéria sobre a briga de poder entre Rambo e o cara do governo.

Não quero saber, eu disse, embora fosse mentira.

Então Miller começou a fazer perguntas e, pior, apostou errado que Beno seria o novo mandachuva. Ele foi visto seguindo e puxando o saco de Beno, disseram que entrevistou o cara do governo mais de uma vez. Rambo percebeu tudo, não era burro. Ele topou com Miller procurando por Beno no Duran Duran. Deu-lhe uma coronhada e chutou-o até desmaiar. Rambo queria que Miller falasse, mas ele estava enlouquecido, cego de raiva, então acabou dando um tiro na cabeça de Miller. Bang! Atrás da cabeça. Quando chegamos, Rambo já tinha ido embora, Miller estava morto, seu cérebro se espalhando pelo chão. Duran me contou o que aconteceu. Ele também estava morto de medo. Duran havia passado décadas na cadeia, mas mesmo assim tremia. Mais tarde, ele esqueceu do que havia acontecido, só se lembrava de que alguém atirou em Miller.

Acho difícil acreditar nisso, eu disse.

Rambo podia enfrentar o cara do governo, Rora continuou, quanto mais Beno. Mas ele sabia que o cara do governo usaria contra ele o fato de haver matado um repórter americano. Sabia que o homem podia fomentar o medo entre o pessoal do governo, tentando convencê-los de que estava na hora de se livrarem de Rambo. Ele procurava o sujeito por toda a cidade, queria matá-lo. Foi quando levou um tiro perto do coração, trabalho de atirador de elite, sem dúvida coisa do governo.

O que aconteceu com o cara do governo?

Ele depois desapareceu. Encontraram sua cabeça numa vala, mas nunca acharam o corpo. As pessoas achavam que aquilo tinha a assinatura de Rambo, pois ele havia jurado que cortaria a cabeça do cara. Os americanos fizeram muitas perguntas sobre a morte de Miller, mas depois desistiram. Acho que foram levados a crer que o cara do governo colocou a cabeça de Miller a prêmio porque havia descoberto alguma coisa. Rambo voltou a Sarajevo depois da guerra. Os amigos de Rambo no governo o protegeram. Ele agora devia a eles; era uma forma de controlá-lo. Ele ainda tinha a bala alojada perto do coração, por isso passou a evitar emoções fortes. Descobriu o islã e hoje vive com suas contas de oração na mão. Ainda comanda as extorsões na cidade e trafica drogas, também para os seus amigos do governo. Duran também foi morto.

Você tirou uma foto de Miller no bordel de Duran?

Sim.

Não tem medo de voltar a Sarajevo?

Rambo venceu. Hoje em dia ele é intocável, por isso não se importa. E eu não me importo. Ninguém se importa. Rambo agora faz parte do governo, os negócios correm tranquilos: ele dá dinheiro a eles, mantém-se na linha e eles o tratam como herói de guerra. Não importa o que eu possa dizer. Mesmo assim isso não significa que eu possa sair por aí falando dele.

Quem mais sabe dessa história?

Ninguém. Só você agora.

Os atores estavam em círculo e fumavam. Os homens tiraram suas cartolas e secaram o suor da testa com a manga da camisa em perfeita sincronia, como se tivessem ensaiado isso também.

Puta que pariu, eu disse.

Viu o que acontece, Brik? Entende agora onde estamos? Será que nunca pensou em ninguém além de você mesmo?

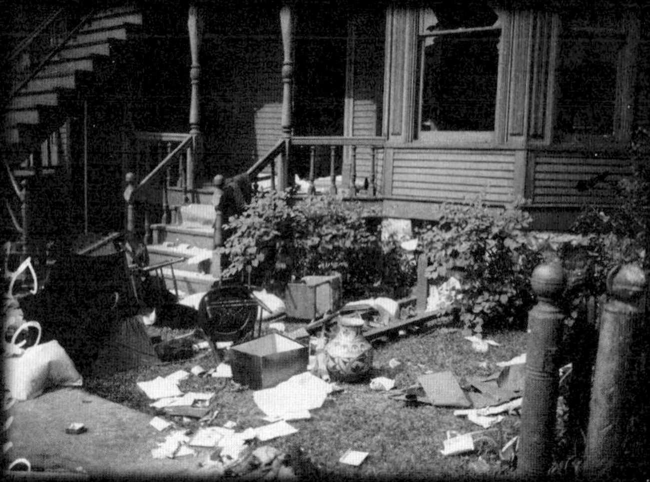

O subdelegado Schuettler abre a porta de sua sala e os Fitz entram, segurando Olga pelo braço. William P. Miller vem logo atrás deles, o terno desalinhado por suas aventuras noturnas. Os Fitz colocam Olga em uma cadeira no canto e, quando ela tenta se levantar, eles a empurram de volta.

– Se fizer a gentileza de ficar quieta, srta. Averbuch, talvez possamos ter uma conversa civilizada – diz o subdelegado.

– Vá pro diabo!

– Ora, ora. Estas palavras não ficam bem na boca de uma senhorita.

Olga sibila de raiva. Fitzgerald põe a mão sobre a cabeça dela. A mão de Fitzpatrick está no ombro dela, seus dedos pressionando a carne.

– Assim é bem melhor – diz Schuettler.

– Vá pro diabo – Olga sussurra, mas Schuettler a ignora.

– Sr. Miller, poderia vir comigo lá fora? O senhor também, sr. Fitzgerald.

O subdelegado abre a porta para Miller e Fitzgerald. Antes de sair atrás deles, ele se vira para Olga:

– As coisas não são o que parecem ser, srta. Averbuch. Elas nunca são o que parecem ser.

Quando a porta se fecha, Fitzpatrick tira a mão de cima dela, mas de alguma forma o peso parece aumentar em seus ombros. Ela está coberta de suor e sujeira, uma espessa película de revolta e humilhação, da ausência de Lazarus. O pesadelo tomou o seu próprio rumo aleatório, como um cavalo assustado. Ela não consegue lembrar-se da sua vida antes da morte de Lazarus, aquela vida aconteceu em um mundo diferente.

— As coisas estão meio loucas hoje, não é? — disse Fitzpatrick. Ele acende um charuto e senta em uma cadeira perto dela, colocando a mão em seu joelho. — Está na hora de ficarmos todos juntos.

Olga empurra a mão dele e se levanta.

— Fique sentada aí, mocinha. Não me faça levantar.

Ela vai até a porta e antes que possa agarrar a maçaneta, Fitzpatrick está torcendo o seu braço, fazendo-a se curvar. Ele a leva de volta para a cadeira e ela não diz uma palavra.

— Fique sentada aí agora — ele diz, girando-a e plantando seu corpo na cadeira. — Fique sentada quietinha. Não queremos machucar ninguém aqui. Nada de dor.

A dor que ela sente solidificou-se em sua cabeça, onde o amor vívido por seu irmão vivo — a sua alma — costumava residir. Lágrimas escorrem por seu rosto. A porta abre abruptamente e, ao lado de Taube, Schuettler entra dizendo:

— Talvez consiga controlar essa raiva e rebeldia dela e acalmá-la, *Herr* Taube. Espero que possa esclarecer a ela a gravidade da situação.

— *Naturlich* — Taube diz, batendo os calcanhares. — Por favor, dê-me um momento para eu poder falar com *Fräulein* Averbuch.

O subdelegado concorda com ar sério e se retira. Antes de fechar a porta, ele grita para o corredor:

— Fitzgerald, traga aqui o Stadlwelser! Quero que ele se levante e ande.

Com o chapéu na mão, Taube puxa uma cadeira para se sentar na frente de Olga. Ela se recusa a olhar para ele. Ele fica calado por um tempo, esperando que ela erga os olhos. Quando ela não o faz, ele diz, em alemão:

— Eu acho que gostaria de saber que aparentemente o motivo da visita de seu irmão ao delegado Shippy era para entregar-lhe um recado. Segundo o subdelegado, o sr. Eichgreen queria avisar o delegado de que Emma Goldman estaria vindo para a cidade e planejava ficar no gueto com seus amigos anarquistas.

Olga olhou para Taube. Por um instante ela considerou a possibilidade de que ele estivesse dizendo a verdade. Lazarus era um bom rapaz, ele queria melhorar de vida. O sr. Eichgreen gostava dele.

– O sr. Eichgreen é um americano leal – Taube prosseguiu, a expressão calma no rosto de tuberculoso. – Ele não tolera o anarquismo, como todos nós. Estou convencido de que ele estava tentando ajudar o seu irmão.

Havia um excesso de sinceridade em suas palavras e caretas, Olga pensou. Ele penava para contar a verdade.

– Eu não o conheço direito, *Herr* Taube – ela diz –, mas o senhor só piora as coisas com essas mentiras, o senhor e os seus amigos da *politsey*. Como pode mentir assim? E talvez Lazarus tenha atirado em si mesmo sete vezes depois de dar o recado? Em que mais o senhor quer que eu acredite?

– Permita-me aconselhá-la de que a senhorita deve reconhecer que temos uma certa vantagem nesta situação. Eles têm uma dívida para conosco.

– Temos uma vantagem? Eles devem alguma coisa para nós? Nós? E desde quando nós somos o mesmo povo? Eu não sei quem é o senhor. O senhor está brincando comigo e com a minha dor. Vá pro diabo.

– A senhorita já deve saber – ele continua, não se deixando perturbar pela hostilidade dela e brincando com seu chapéu-coco – que o corpo do seu irmão desapareceu. Temos razões para acreditar que foi roubado por estudantes de medicina muito interessados nas particularidades de sua anatomia. Existem jovens, infelizmente serão nossos futuros cirurgiões, que julgam servir à ciência ao violarem túmulos sagrados.

Ela coloca as mãos no rosto e solta um gemido.

— Felizmente, o subdelegado colocou seus melhores homens para procurar pelo corpo de Lazarus. Para eles isso era uma questão de máxima urgência, e havia poucas dúvidas de que se sairiam bem. Na verdade eles conseguiram. Acharam o corpo de Lazarus.

Olga chegou em um ponto que ultrapassava a descrença – ela reprimiu uma risadinha. Ele a torturava a pedido de Schuettler. Taube inclinou-se e tocou o seu braço.

— Infelizmente, ele não está inteiro.

— Não está inteiro? O que quer dizer com não está inteiro?

— Receio que faltem alguns órgãos. Lamento ter de lhe contar isso.

— Que órgãos? Enlouqueceu?

— O baço. Os rins. O coração. E pelo visto não poderão ser recuperados.

Olga engoliu o ar e desmaiou, caindo da cadeira. Taube ajoelhou-se perto dela, tocou suas faces, como se quisesse ver se ainda estava viva. Abanando o chapéu sobre o rosto dela, ele grita pedindo ajuda. Fitzgerald abre a porta:

— Sim?

— Poderia pegar um pouco de água com açúcar para a srta. Averbuch, por favor?

— O que houve, ela desmaiou? – diz Fitzgerald, rindo.

— Pode se apressar, por favor? – diz Taube com impaciente urgência. Ele continua abanando o chapéu no rosto de Olga até ela voltar a si. Ela abre os olhos e o encara com tamanho ódio que ele recua de volta à cadeira.

— O senhor é um monstro, *Herr* Taube. É igualzinho a eles – Olga rosna enquanto volta a se sentar. – O que quer de mim?

Taube acaricia a aba do chapéu, como se a resposta estivesse ali dentro. De volta à cadeira, ela espana a bainha do seu vestido. Taube morde os lábios e continua:

— O corpo do seu irmão ficou desaparecido por quase dois dias. Parece que foi desenterrado logo após o sepultamento.

Eles deviam ter lhe contado antes, mas o subdelegado não queria agravar o seu sofrimento. Rapidamente ficou se sabendo que não conseguiriam achar o corpo. Os anarquistas e outros fanáticos estavam fazendo reuniões especiais, agitando suas bandeiras pretas. Emma Goldman agora chegou à cidade, mas ela já estava mexendo os seus pauzinhos antes. Eles estão preparando algo grande e o gueto está em clima de revolta. Os comunistas alegam que o delegado Shippy matou Averbuch só porque ele era imigrante e judeu. Eles acham que o seu irmão tem todos os ingredientes de um mártir atormentado tanto na morte quanto na vida. A revolução é uma religião e, como qualquer outra religião, ela fabrica santos e mártires. E o martírio contagia. A qualquer momento um anarquista ignorante e cabeça-quente pode atacar um policial com uma faca, ou lançar uma bomba em uma multidão de cidadãos inocentes cumpridores da lei. Se isso acontecer, ficaremos entre a revolução e a baderna.

– Será que podia calar a boca, *Herr* Taube? Por favor? Como pode mentir tanto a essa hora da manhã?

Fitzgerald entra com o copo de água e dois cubinhos de açúcar em um pires. Ele os oferece a Olga, que não lhe dá atenção.

– Por favor, deixe sobre a mesa, sr. Fitzgerald – diz Taube.

Fitzgerald coloca o copo e o pires na mesa, mas um dos cubinhos escorrega do pires e cai no chão. Ele o pega, coloca na água e sai sem dizer uma palavra. Taube coloca o chapéu na mesa e em seguida o levanta, como se quisesse ver se havia algo embaixo. Não há nada ali. Nada em lugar nenhum.

– Além do mais, *Fräulein* Averbuch, existem alguns membros da fé cristã atribuindo um significado exagerado à coincidência do sumiço indevido do corpo do seu irmão do túmulo e o fato de chamar-se Lazarus.

– Eu não sei o que o senhor quer dizer. Do que está falando? O corpo do meu irmão foi roubado e retalhado. Pare de falar, eu imploro.

– Há cristãos que acreditam que a história da Bíblia está se repetindo, alguns deles já se preparam para a vinda do messias em forma de Cristo. Essas pessoas anseiam pelo Apocalipse. E eu não preciso lhe dizer o que uma turba de cristãos descontrolados é capaz de fazer. A senhorita já passou por isso. Tudo está prestes a pegar fogo, só falta uma centelha. E quando o fogo começar, seremos os primeiros a virar cinzas. Até o sr. Miller se dispõe a nos ajudar.

– O que quer de mim?

– Isso pode ser muito difícil de se ouvir. Muito difícil. – Ele pega o copo na mesa e o aproxima do rosto de Olga. Bolhas sobem do cubinho de açúcar. Ela desvia o rosto do copo. Taube suspira. – Por favor, escute. Precisamos sufocar os boatos sobre o desaparecimento do corpo do seu irmão o mais rápido possível.

– Mas ele desapareceu. O corpo do meu irmão desapareceu.

– Escute, por favor. Precisamos enterrá-lo novamente segundo os nossos costumes, à vista do público, antes que seja tarde demais. Precisamos acabar com isso e continuar com nossas vidas.

– O senhor quer sepultá-lo sem o coração? Como tem coragem de até mesmo dizer uma coisa dessas?

– Há líderes religiosos hebraicos que ficariam satisfeitos em aprovar o funeral, na verdade eles até compareceriam. E o subdelegado ficaria feliz de permitir ao seu irmão um funeral decente. No fundo ele é um homem de bem, apesar de aferrado demais ao poder. Ele percebeu que a desordem e o caos não o ajudarão em seus objetivos.

Ele recosta na cadeira, olha para a esquerda e para a direita, assentindo com a cabeça. Ela sacode a cabeça, a princípio lentamente, depois mais rápido, até os grampos se soltarem e o seu cabelo se desmanchar no ar. O copo escapa da mão de Taube e rola para debaixo da cadeira, mas ele não se importa.

– Não temos outra saída, *Fräulein* Averbuch. É uma questão de vida ou morte.

– O que o faz pensar que eu quero viver? O senhores mataram meu irmão. Os senhores mentem para mim. Os senhores o enterraram sem observar a *shivá*, sem rezar o *Kadish*. Não me levaram um alimento. E agora querem enterrar pedaços do meu irmão como se fosse o meu irmão? Não tem vergonha disso, *Herr* Taube? O senhor não tem alma?

– Eu posso entender a sua dor, eu realmente posso. Eu perdi um parente próximo há pouco tempo. Eu sei bem como qualquer um como é difícil viver após uma perda grave. Mas a vida precisa seguir em frente, não pode parar. É nosso dever fazer com que a vida siga em frente.

– O senhor é um louco. O que quer que eu faça? Ele nunca terá paz. Sua alma ficará vagando eternamente. Meu Deus!

Ela afunda o rosto nas mãos e chora. Taube vê as lágrimas saindo por entre seus dedos.

– Seja paciente comigo, por favor. Não temos outra saída. – Ele respira fundo e fecha os olhos como se prestes a mergulhar em águas profundas. Suas faces estão pegando fogo, vermelhas. Ele expira e diz:

– O messias saberá o que devemos fazer. Prestaremos todo o devido respeito, tudo de acordo com nossas antigas tradições. Enterraremos tanto o ódio anarquista como as superstições cristãs. Faremos com que todos os rituais apropriados sejam cumpridos, rezaremos o *Kadish*, a morte será subjugada. E observaremos a *shivá* juntos, em paz, finalmente.

– O senhor é um monstro, *Herr* Taube. Acha que eu seria capaz de viver comigo mesma se fizesse uma coisa dessas?

– Eu falei com o rabino Klopstock – Taube diz. – Ele disse que o corpo espiritual de Lazarus estará presente por inteiro. O nosso amor em Deus completará as partes que faltam. O rabino Klopstock se dispõe a conceder-lhe uma dispensação especial e ficará ao seu lado, consolando-a.

– O senhor é um *monkalb*, e o seu bom rabino também é. Isso vai contra tudo em que acreditamos. Eu não quero uma dispensação. Já foi ruim o bastante não poder sepultá-lo depois que foi assassinado. Agora querem que eu sepulte pedaços de sua carne cortada por cirurgiões malucos? E o senhor é um idiota se acha que os anarquistas, os cristãos e o subdelegado voltarão para suas esposas e jantarão em paz porque eu menti para mim mesma e para Deus.

– Deus sabe do nosso desespero. Deus quer que o Seu povo eleito viva em paz. Deus ama a vida e não se importa com a morte. Nós precisamos viver. Eu quero viver, quero que meus filhos vivam. Todos que eu conheço desejam viver. A senhorita tem de perguntar a si mesma o que considera mais importante, a vida ou a morte. E para que estamos neste mundo, para a vida ou para a morte?

Olga fica olhando fixamente para ele enquanto ele espreita o copo debaixo da cadeira e depois volta a olhar para ela. Ela abaixa o tom de voz e fala devagar, para garantir que ele entenda cada palavra:

– Que o seu corpo desmembrado apodreça em uma vala, *Herr* Taube, e os vermes se aninhem nas órbitas de seus olhos. Que o senhor não tenha paz nunca, nem na vida, nem na morte. Que as suas cinzas sejam espalhadas em terrenos baldios.

Ela tem vontade de se levantar e sair, mas suas pernas não respondem, o peso em seus ombros é imenso e sente na cabeça uma dor sólida. Eu não sou nada, ela pensa. Estou acabada.

– Por que o senhor e os seus amigos ricos não enfrentam Schuettler, os anarquistas, os cristãos e outro qualquer que ameace lhes tirar a vida que tanto prezam? Por que eu tenho de cuspir no túmulo do meu irmão só porque o senhor e seus amigos *negidim* têm pavor da morte? Me diga, *Herr* Taube.

– Eu posso compreender a sua consternação, *Fräulein* Averbuch. Posso sim. Eu não sei se eu seria capaz de tomar essa decisão que estou pedindo que tome. Eu ficaria atormentado, angustiado. Ficaria revoltado com aqueles que me pedissem uma decisão. Mas eu não sou a senhorita, ninguém pode ser outra pessoa. Temos a nossa vida e ficamos nela o quanto for possível, ela é a nossa casa. Nós precisamos da vida. Já temos mortes demais, e provavelmente teremos mais à nossa frente.

— Que vida? Isso não é vida. Quem deseja uma vida dessa?

— Os mortos deixam a vida para que nós lutemos neste mundo. Eles vão para outro lugar, qualquer lugar, e ficam nas mãos de Deus. Mas nós temos de ficar aqui, temos de estar aqui, não importa o quanto seja difícil. Ninguém existe sozinho. A vida é a vida dos outros. A minha vida, a sua vida, isto não é nada.

— Maldito seja, *Herr* Taube. Que o senhor um dia alcance o fundo do meu sofrimento e morra lá.

— Pense na vida, eu imploro. Vamos viver. Nós precisamos viver.

פ‍נ

החשוב
משה
שמוא[ל]
אידלסא[...]
נפ[טר] כ[...]
ת ר [...]

הח[ש]וב ר'
יוסף לוב
בר שמוא[ל]
נפ[טר] ט' אייר
א תרלג

Mary e eu, nós costumávamos ver nossas fotos juntos; era um dos nossos rituais de marido e mulher. Mas só nos aprofundávamos no passado em comum: o alicerce dele era uma foto tirada por um fotógrafo do Art Institute na noite em que nos conhecemos. Nós ficamos lado a lado, sorrindo para a câmera, próximos o bastante para insinuar nossa atração mútua, distantes o bastante para nos protegermos dela e nos olhando com o rabo do olho. Olhávamos para aquela foto e medíamos a distância que havíamos percorrido desde o começo, cada passo da jornada marcado por outra imagem: aqui estávamos na nossa lua de mel em Paris, radiantes na frente da Notre Dame; aqui estávamos na ceia de Natal, eu com a boca cheia de peito de peru; aqui estávamos em Viena, em nossa viagem de aniversário, de rosto coladinho; aqui estávamos felizes, rindo, nossos olhos diabolicamente vermelhos; aqui não estávamos nos olhando com o rabo do olho, mas direto para a câmera, como esquecidos da presença um do outro. Na minha carteira eu trazia a foto de passaporte de Mary. Não olhei uma só vez para ela durante esta viagem.

E eu não notava mais quando Rora tirava fotos. A presença de sua Canon costumava transformar tudo em uma possível imagem para mim. Eu olhava para as coisas e os rostos na nossa frente e tentava imaginar como ficariam nas fotos. O perfil de Andriy; a *baba* enrugada do Bukovina Business Center; as mãos inchadas de Chaim; os passageiros encardidos do ônibus para Chisinau – eu imaginava como os veria num futuro próximo, quando as fotos fossem reveladas. Um dia eu fiquei tão curioso que cheguei a sugerir timidamente que ele as revelasse em uma dessas lojas da Kodak, Fuji ou Agfa que se veem em toda cidade e que oferecem revelações em uma hora. (Por que tanta pressa?, eu me perguntava. Será que era por medo de que tudo pudesse desaparecer em um futuro sombrio depois de uma hora?) Rora recusou-se até a pensar na possibilidade de outra pessoa revelando suas fotos, embora tenha mandado revelar alguns filmes e me mostrado os negativos, nos quais eu pude discernir algo próximo de zero.

Agora eu não me importava mais com o futuro que procurava nas fotos de Rora. As fotos não me fariam nenhuma revelação. Eu já tinha visto tudo que interessava, pois estive presente no momento de sua criação – Andriy me dando um sorriso sem graça, a *baba* me passando um rolo de papel higiênico cor-de-rosa, Chaim colocando a mão no meu ombro, os passageiros do ônibus me agraciando com seus sovacos. Eu não achava que no futuro saberia de alguma coisa que já não soubesse agora. Não me importava com o que aconteceria, com o que aconteceu, porque estive presente quando estava acontecendo. Talvez isso fosse consequência do nosso rápido deslocamento para o leste: seguíamos displicentemente de um lugar para outro, sem ao menos saber exatamente para onde estávamos indo. Antes de seguir para a próxima parada, tudo que eu podia ver era o que estava bem à minha frente.

A *yeshivá* de Chisinau, por exemplo, estava bem à minha frente. Por ter sido bombardeada e incendiada na Segunda Guerra Mundial, assim como o resto da cidade, tudo que restava da *yeshivá* eram as paredes altas e o jardim esburacado. Aqui e ali via-se uma estrela de Davi desbotada ao longo das paredes. A *yeshivá* estava ali, mas eu não tinha nada a ver com ela; estava ali há sessenta anos e eu simplesmente continuava o mesmo que era antes de vê-la, desvinculado dela e de sua realidade. Era um alívio olhá-la com indiferença tão profunda – dali a pouco iríamos embora e nunca mais voltaríamos, a *yeshivá* e tudo que a cercava ficariam exatamente do mesmo jeito. Eu me sentia como se tivesse enfim conseguido a liberdade de me reconfortar com o contínuo desaparecimento do mundo. Eu era finalmente um índio em seu cavalo com um galho amarrado no rabo. Mesmo assim, tínhamos de seguir em frente. Como nós dois nunca passamos pela experiência de um pogrom, fomos até o Centro da Comunidade Judaica de Chisinau para encontrar alguém que houvesse passado e pudesse nos contar como foi.

Iuliana tinha um rosto pálido, olhos tristes e sobrancelhas escuras. O seu cabelo era amarrado num rabo de cavalo que parecia puxado quase até o ponto da dor. Ela nos cumprimentou em inglês e apertou firmemente nossas mãos, embora nos olhasse com pesar, como se nossa presença ali a fizesse querer chorar. Eu ligara para ela do hotel dizendo que éramos de Chicago e que eu estava fazendo uma pesquisa para escrever um livro. Não dissera que éramos bósnios ou que nenhum de nós dois era judeu. Quando nos encontramos no Centro, ela não fez nenhuma pergunta, mas eu sim: Iuliana tinha 25 anos, estudava história, trabalhava como voluntária no Centro, era casada e era linda.

Eu tive de ficar ouvindo a sua sonolenta conversa sobre a história da comunidade judaica no país: sua presença antiga, as leis restritivas do Império Russo, os muitos pogroms, a ocupação romena, o holocausto, a ocupação soviética, uma merda atrás da outra – e ali estávamos nós agora. Ela descansava as mãos na frente da virilha, como as pessoas fazem nos funerais. De vez em quando lambia os lábios entre uma frase e outra e eles brilhavam sob a forte luz do teto. Rora seguiu em frente, mas eu a acompanhei até uma exposição de fotografias preto e brancas que documentava a presença, o sofrimento e algumas figuras notáveis.

— Estou particularmente interessado no pogrom de 1903 — eu disse. Ela havia penteado o cabelo naquela manhã. O seu rabo de cavalo estava benfeito e sem pontas.

— Vamos até outra sala — Iuliana disse.

A outra sala era toda dedicada ao pogrom. Rora já estava lá, examinando as fotografias na parede: corpos de homens barbudos e espancados enfileirados no chão de um hospital, os olhos vidrados voltados para o teto; uma pilha de corpos surrados; uma criança com a boca entreaberta; uma multidão de sobreviventes enfaixados e aterrorizados; Krushevan, o fanático antissemita, com sua barba pontuda, o bigode enrolado e a atitude confiante e tranquila de alguém que detinha o poder sobre a vida e a morte. No mostruário de vidro abaixo das fotos, havia um fac-símile da primeira página do jornal de Krushevan, *Bessarabets*, e ao lado um manto de orações esfarrapado.

— Os cem anos que se passaram desde o pogrom que devastou Kishinev pouco fizeram para curar nossas feridas ou aplacar nossa dor — disse Iuliana. — O pogrom de Kishinev, longe de ser o primeiro ou o último ataque à nossa comunidade indefesa, está indelevelmente marcado em nossa consciência.

Ela sem dúvida sabia sua fala de cor e parecia indiferente ao fato de Rora tirar fotos suas ou ficar fuçando as fotos da mostra. Na curva do seu maxilar, havia uma marca de nascença, um discreto sinal cuja cor combinava com o tom dos seus olhos. Ela prosseguiu:

— Teria sido uma explosão de antissemitismo animalesco ou um ataque cuidadosamente planejado? Como é possível que um dia antes pessoas que conviviam respeitosa e pacificamente com seus vizinhos esquecessem de sua condição humana e passassem a massacrá-los? E por que aqueles que se consideravam esclarecidos fizeram vista grossa e a polícia nada fez?

Ela calou-se e tocou o lábio superior com o dedo indicador. Não parecia esperar respostas de nós, na verdade não esperava de ninguém – era tarde demais para respostas. Eu me perguntei quantas vezes ela já fizera esse mesmo discurso em seu inglês quase fluente. Quantos visitantes falantes de língua inglesa passaram por ali? Como ela aprendeu tão bem o idioma? Eu não podia imaginar como era a sua vida.

– Os desordeiros se reuniram na praça Chuflinskiy em um domingo de Páscoa, no dia 6 de abril. Foram incitados por uma notícia falsa publicada no *Bessarabets*, dando conta de que um garoto cristão fora assassinado em um ritual judeu em Dubassary, a velha calúnia sanguinária de sempre. Mas há indicações de que os desordeiros estavam acompanhados por outras pessoas, muitos eram garotos adolescentes que os incitavam com uma lista de estabelecimentos e casas de judeus. Muitos cristãos do lugar, ansiosos para proteger suas casas e lojas da violência, desenharam com giz cruzes enormes em suas portas ou exibiam suas imagens de santos nas janelas.

Rora estava agora no fundo da sala – eu podia ouvi-lo clicando sua máquina – e eu portanto não podia deixar Iuliana falando sozinha. Eu de fato queria prestar atenção nela, queria saber mais das histórias que contava, embora já houvesse lido muita coisa a respeito. Mas a sala estava iluminada demais, o rosto dela, pálido demais; e as fotos, restauradas com uma perfeição excessiva. Eu assentia de vez em quando para sugerir que entendia o que ela me dizia e que podia assim parar com o relato, mas ela estava fixada em um ponto aleatório no ar e obviamente não interromperia sua palestra. A tristeza em seus olhos nunca esmorecia.

– Quando um grupo de judeus se reuniu no novo mercado na segunda-feira de manhã, armados de estacas, pedaços de pau e algumas armas de fogo, determinados a evitar os atos de vandalismo do dia anterior, a polícia os dispersou e levou alguns presos.

Rora estava em um nicho atrás de um painel com a lista dos nomes das vítimas. Eu dei alguns passos para o lado para ver o que ele estava fotografando: havia um casal de bonecos com trajes de judeus ortodoxos posicionados em volta de uma mesa vazia. Seus olhos estavam arregalados e as mãos, pousadas na ponta da mesa. Eles não podiam se curvar o suficiente para ficarem sentados, então pareciam estar escorregando para baixo da mesa. Tudo naquele museu parecia solidificado, como aqueles modelos de cérebro que Mary tinha pela casa e com os quais às vezes brincava distraída enquanto assistia televisão.

– Esta é uma família judia do tempo do pogrom – disse Iuliana, tentando explicar os bonecos. – Antes de essa violência acabar, 43 pessoas perderam a vida. Os mortos eram uma amostra representativa da população judia de Kishinev. – Ela inspirou profundamente e depois continuou. – As vítimas foram um proprietário de apartamentos, um comerciante de aves, um criador de gado, um padeiro, um dono de padaria, um vidreiro, um marceneiro, um ferreiro, um antigo contador, um sapateiro, um carpinteiro, um estudante, um proprietário de uma loja de vinhos e muitos outros comerciantes, assim como muitas mães e esposas, e até algumas crianças.

Eu por fim a interrompi.

– Havia alguém chamado Averbuch? – perguntei. O corpo dela abandonou a pose de oratória. Ela hesitou, temerosa.

– Por que quer saber?

– Bem, estou escrevendo um livro... – eu disse, percebendo que o verbo era otimista demais. – Estou pesquisando sobre alguém chamado Lazarus Averbuch. Ele sobreviveu ao pogrom, fugiu de Kishinev e foi parar em Chicago. E lá acabou sendo morto pelo chefe de polícia.

Os olhos de Iuliana se agitaram. Ela cobriu a boca com a mão, como se chocada com a notícia de um crime ocorrido em 1908. Ela cheirava a limpeza acolhedora, seu cabelo preso brilhava. Eu queria abraçá-la e confortá-la, como eu abraçava e confortava Mary quando ela chorava depois de brigarmos.

— Isto aconteceu alguns anos depois do pogrom, em 1908. Lazarus tinha uma irmã, Olga. Ela deixou Chicago poucos anos após a morte do irmão e estabeleceu-se em Viena.

— O nome de solteira de minha avó era Averbuch — disse Iuliana. Eu queria muito que Rora tirasse uma foto de Iuliana em sua dor indelével e permanente, não só para lembrar-me deste momento especial, pois nunca conseguiria esquecê-lo, mas porque ela era de uma beleza comovente. Mas Rora mantinha-se afastado e trocava o filme da câmera.

— Não há registros históricos de Olga após seu retorno à Europa — eu disse. — Ela pode ter morrido no Holocausto.

— Minha avó foi morta pelos romenos em 1942 — disse Iuliana. — Tinha uns trinta anos ou pouco mais quando morreu.

— Já ouviu falar de Lazarus Averbuch? Ouviu alguma história de família sobre alguém com este nome?

— Não. O meu pai era criança quando sua mãe foi morta. E seus avós foram mortos também. Temos poucas histórias de família.

— Há outros Averbuch aqui? Conhece algum?

— Não. Não há nenhum Averbuch vivo aqui.

— Tem certeza?

— Somos uma comunidade pequena. Todo mundo se conhece. Não há nenhum Averbuch. Mas você pode ir até o cemitério. Deve haver muitos Averbuch lá.

O CEMITÉRIO FICAVA atrás de um muro caindo aos pedaços sem nenhuma inscrição. Tivemos dificuldade para achar o portão, pesado e enferrujado. Na frente dele, havia um Dacia antigo negligentemente estacionado; dentro do carro um homem fumava, observando atentamente o portão como se fosse o motorista de um carro de fuga. Iuliana teve de tocar uma campainha e um homem alto de botas de borracha apareceu para destrancar o portão, voltando em seguida para o banco de onde deve ter saído. Era um lindo dia ensolarado, havia um agradável e abundante perfume de verão no ar limpo e os passarinhos cantavam freneticamente. Seguimos por um caminho estreito até adentrarmos uma abóbada verdejante e silenciosa, à luz difusa de árvores frondosas. O caminho se bifurcava, estreitava e abria, e nós seguíamos sempre em frente, adentrando cada vez mais. Algumas lápides estavam cobertas de mato e de arbustos de formas rebuscadas. Outras estavam em ruínas e muitas haviam sido profanadas, com pedaços faltando e quebrados a martelo, as fotos dos mortos amassadas ou rasgadas. Outras lápides estavam limpas e bem conservadas, o que as fazia parecer irreais, como se fossem réplicas inferiores das originais invioladas. Algumas delas tinham inscrições em russo que eu não pude decifrar.

– O que está escrito? – perguntei a Iuliana.

– Está escrito: "Não destrua. Ainda é uma família" – disse Iuliana.

Os passarinhos de repente pararam de cantar e não havia som nenhum vindo lá de fora, na verdade não havia lá fora. As folhas não se moviam ao passarmos por elas, os galhos não se quebravam sob nossos pés, não havia sol, embora houvesse uma luz pesada e viscosa. Era tudo que havia ali, o mundo dos mortos: Rozenberg, Mandelbaum, Berger, Mandelstam, Rosenfeld, Spivak, Urrman, Weinstein. Eu não conseguia lembrar por quanto tempo ficara longe, como cheguei a esse ponto. Olará, olerê, tudo que eu faço é morrer. Rora ficara para trás, fotografando sem parar. Eu não podia entender o que ele via, o que havia para fotografar, como ele podia não se sentir impotente e perdido.

– A sua família está enterrada aqui? – perguntei a Iuliana.

– Alguns sim. Mas a maior parte dos túmulos foi retirada pelos soviéticos para construírem um parque.

Rora gritou de algum ponto dentro da mata, chamando por nós. Iuliana e eu nos perdemos tentando procurar por ele, depois perdi-me de Iuliana também e me vi repentinamente cercado por inúmeros mausoléus, seus pequenos portões entreabertos, tombando das dobradiças, a escuridão cavernosa assomando por uma parede quebrada. As vozes de Rora e Iuliana estavam distantes, depois sumiram. Tudo que eu fui estava agora muito longe, eu chegara em outro lugar. Eu não conseguia me lembrar há quanto tempo deixara Chicago e Mary. Não conseguia me lembrar do seu rosto, da nossa casa, daquilo que chamávamos de nossa vida.

Por que deixou que eu me perdesse nesta selva, Mary? Eu amei você porque não havia outro lugar para onde ir. Nós nos casamos porque não sabíamos o que fazer um com o outro. Você nunca me conheceu, não sabe nada de mim, do que morreu dentro de mim, do que viveu imperceptível.

Parte da minha vida acabou ali, entre aqueles túmulos vazios. E eu comecei a prantear. E eu posso lhes dizer isso agora, agora que o pouco que resta é o luto.

IULIANA GRITOU, com um tom de voz agudo que sugeria pânico, e em seguida Rora gritou também, e depois foi a minha vez. Eu temia que os gritos pudessem despertar os mortos e pisava levemente no chão. Nós acabamos nos encontrando perto de um grande monumento em que a inscrição em hebraico havia sido violentamente raspada, mas embaixo dela podia-se ler em russo: *Isaac Averbuch 1901-1913*. Ali estava alguém de quem eu não saberia nada, ali estava uma vida inteiramente absorvida na morte. Ali estava. Iuliana estava aturdida, vermelha, uma gota de suor escorrendo por sua orelha até a curva do maxilar. Ela sorriu para mim – eu poderia tê-la beijado ali mesmo, aqueles lábios cheios de vida, aqueles olhos melancólicos, aquele rosto pálido. Sou eu, pensei. Aquela mulher sou eu. Em algum lugar além da fechada copa das árvores, o céu retumbou, anunciando a tempestade. Rora tirou uma foto dela, depois de mim e de nós dois.

Levou um tempo para acharmos a saída. O cabelo de Rora estava grudado de suor, da cabeça até o pescoço. Uma mancha oval de transpiração crescia nas suas costas – quanto mais nos aproximávamos da saída, maior ela ficava. E novamente pensei: aquele sou eu. Este pensamento ficava circulando em minha mente como um delírio, sem que eu pudesse chegar ao seu fim, sem que pudesse atribuir-lhe um significado. Iuliana seguia mais atrás, eu podia ouvir a sua respiração acelerada e suave. Eu sou Iuliana, eu sou Rora, e depois chegamos até o homem em seu banco, tirando um cochilo, a boca aberta o suficiente para vermos um cemitério de dentes, a mão enfiada na cintura da calça – e eu sou ele também. Eu só não sou eu mesmo.

Eu praticamente saí fugido do cemitério. Lá fora, o carro ainda estava estacionado, agora vazio, com seus bancos de couro falso pontilhado de queimaduras de cigarro. Nós descemos a colina, passando por casas que eu não havia reparado antes, os cachorros latindo agora para nós agressivamente. Passamos por um parque onde crianças que não estavam ali antes agora brincavam nos balanços e desciam nos escorregas.

– Diga-me, Iuliana – eu disse, nos imaginando de mãos dadas. – Diga-me uma coisa, este mundo é o quê? Vida ou morte?

Rora olhou para mim com um sorriso de quem sabe, mas eu não sabia o que ele sabia.

– É uma pergunta muito estranha – ela disse. – O que quer dizer?

– Este mundo é para os mortos ou para os vivos? Você acha que há mais mortos do que vivos?

– Por que se preocupa com isso? – Ela olhou para Rora, que balançou a cabeça. Eles ficaram preocupados comigo, eu percebi. Eles se solidarizaram na preocupação com a minha sanidade. No meu país, a morte faz parte da bandeira nacional.

– Se há mais gente morta do que viva, então o mundo tem a ver com a morte e a pergunta é: o que devemos fazer com tanta morte? Quem se lembrará de todos os mortos?

Ela ficou pensando nisso enquanto coçava a cabeça. Ela um dia morreria, Rora também, e eu também. Eles eram eu. Vivíamos a mesma vida: desapareceríamos na mesma morte. Nós éramos como todo mundo, porque ninguém era como nós.

– Acho que tem a ver com a vida. Há sempre mais vida do que morte – Iuliana disse. – Os que viveram estão sempre vivos em alguém. Os que estão vivos se lembram da vida, não da morte. E quando você está morto, nada acontece. A morte é o nada.

Mary sempre achou que eu era sombrio, e eu estava ficando cada vez mais pesado nesta viagem. Tanto peso poderia me manter ali para sempre. Iuliana e eu poderíamos alimentar a tristeza um do outro e vivermos de sardinhas pelo resto de nossas vidas e ainda mais além do nada. Eu passaria a minha mão pesada em seus cabelos, escreveria um livro e o leria para ela bem devagar, depois beijaria a covinha do seu rosto antes de cair em um sono profundo.

O céu trovejava, roncava como o estômago do vazio. Quando chegamos no pé da colina, gotas isoladas e oleosas nos atingiam em cheio para depois se multiplicarem em um dilúvio. Rora e Iuliana correram até a varanda de um restaurante do outro lado da praça, enquanto eu mantinha filosoficamente o mesmo ritmo lento. Eles pularam as poças que se formavam rapidamente e atravessaram a rua correndo para evitar um ônibus e um bonde. Quando encontraram abrigo sob a cobertura da varanda, eu tive a impressão de que estavam de mãos dadas. Eu cheguei na varanda ensopado até o cérebro. Iuliana estava no banheiro e Rora esfregava meticulosamente suas lentes, secando a câmera. Não havia ninguém no restaurante, nem garçons, nem clientes. O céu se abriu e um rio verteu do telhado, as goteiras viraram ondas e a rua ficou cor de prata com a chuva torrencial. Iuliana voltou e ficou na varanda, observando o dilúvio, pensativa e calmamente, como se soubesse que viria. Eu me imaginava de pé ao lado dela, minha mão tocando a sua nuca. Mas claro que eu fiquei ali parado. Então eu me lembrei de uma piada que Rora havia me contado:

Mujo deixou Sarajevo e foi para a América, para Chicago. Ele escrevia regularmente para Suljo, tentando convencê-lo a vir, mas Suljo não queria, relutava em deixar seus amigos e sua *kafana*. Por fim, depois de alguns anos, Mujo acabou convencendo Suljo e ele cruzou o oceano. Mujo o esperava no aeroporto com um enorme Cadillac. Do aeroporto eles foram até o centro da cidade e Mujo disse:

Está vendo aquele prédio ali de cem andares?
Estou vendo, disse Suljo.
Bem, o prédio é meu.
Que bom, disse Suljo.
Está vendo agora o banco no andar térreo?
Sim.
É o meu banco. Vê o Rolls-Royce estacionado na frente?
Vejo sim.
O Rolls-Royce é meu.
Parabéns, disse Suljo. Vejo que você conseguiu se dar bem.

Eles seguem para uma área residencial e Mujo aponta para uma casa, enorme e branca como um hospital.

Está vendo aquela casa? É a minha casa, disse Mujo. E aquela piscina olímpica ao lado da casa? É a minha piscina.

Ao lado da piscina havia uma mulher deslumbrante e curvilínea tomando banho de sol enquanto três crianças saudáveis nadavam alegremente.

Está vendo aquela mulher? É a minha esposa. E as crianças são meus filhos.

Muito bem, disse Suljo. Mas quem é aquele rapaz musculoso e queimado de sol que está massageando a sua esposa?

Bem, Mujo disse, aquele sou eu.

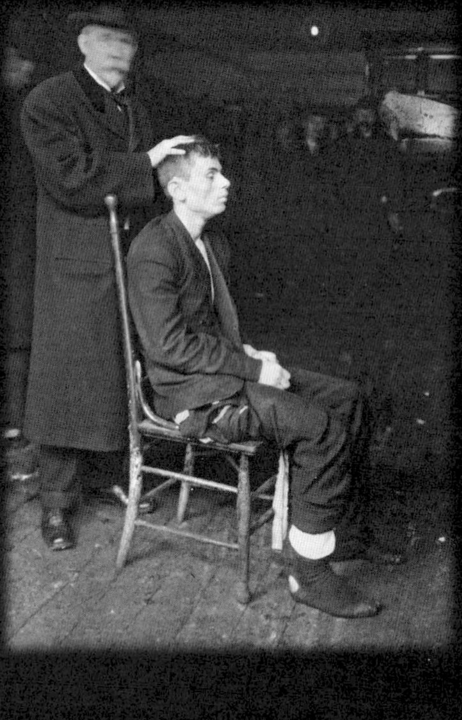

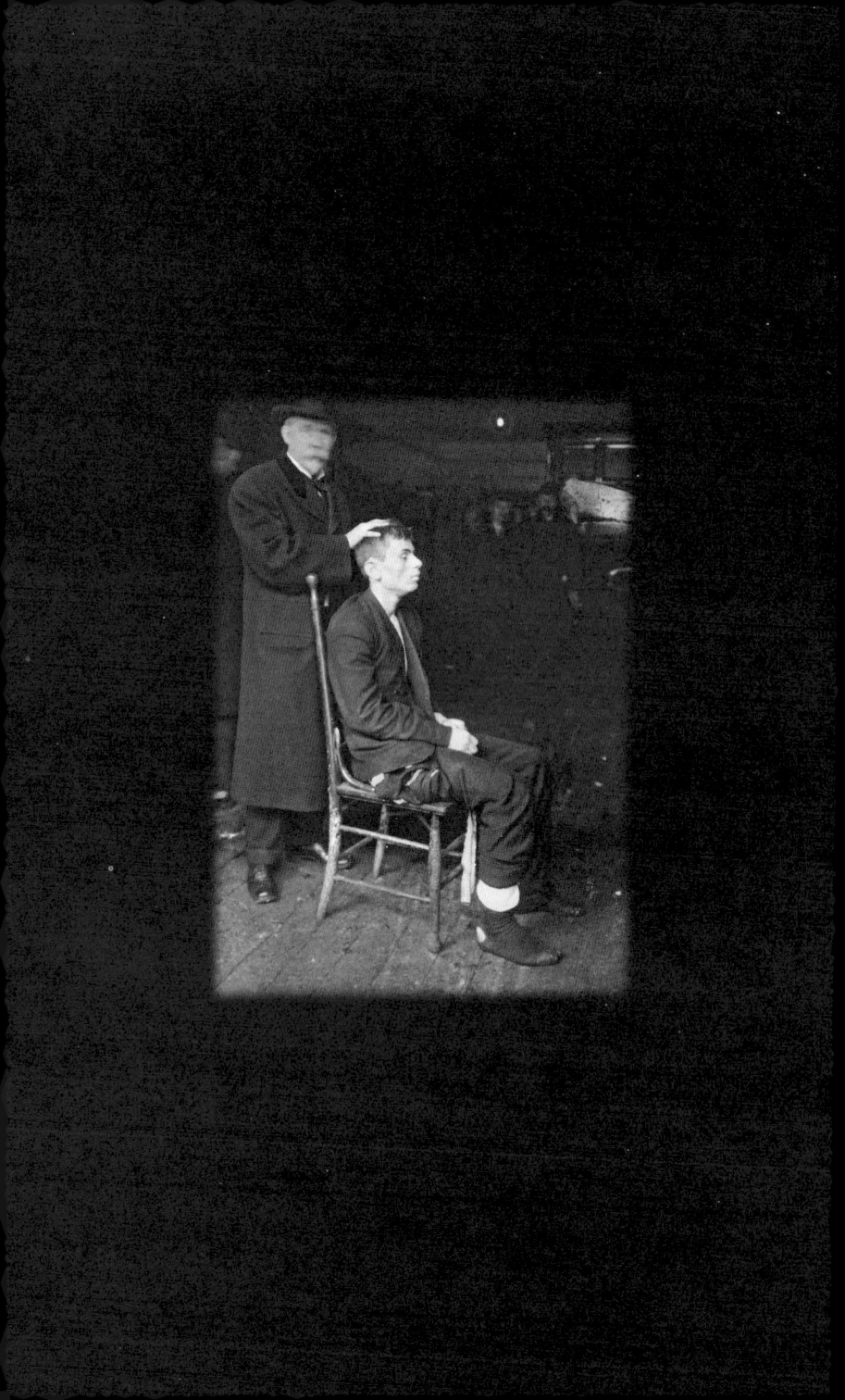

Eles arrancaram a barba do sr. Mandelbaum, arrancaram tudo do rosto dele, disse Lazarus, choramingando e tremendo em meus braços. Seriojka Shipkin segurava na mão um tufo da barba pingando sangue do sr. Mandelbaum. Bateram no sr. Mandelbaum com pedaços de pau e barras de ferro. Ele implorou por misericórdia. Eu ouvi os ossos dele quebrando. Seriojka pisou na cara dele com a bota e quebrou a cabeça do sr. Mandelbaum. Eu ouvi o barulho, disse Lazarus. O pé esquerdo do sr. Mandelbaum ficava balançando no ar, feito uma carpa, e o sapato caiu. Ele tinha um furo na meia. Ele está morto. Eu vi.

Chaia mordia o nó dos dedos enquanto escutava, as lágrimas descendo por seu rosto e se reunindo no queixo.

Roza, sentada à mesa, aparentemente esperava pelo almoço com um prato vazio à sua frente. Ela sempre estava com fome.

A mãe estava ocupada no fogão, mexendo nas panelas, preparando o *kasha*, cozinhando os ovos, mas podíamos ver que ela não sabia o que estava fazendo.

Nós todos pensávamos, Talvez eles esqueçam da nossa casa. Mas sabíamos que não esqueceriam. O medo fermentava em meu estômago.

Eles saquearam a loja do sr. Mandelbaum, Lazarus disse. Roubaram tudo. Viraram os barris de batatas. Quebraram os potes de sardinha. As balas estavam todas espalhadas pelo chão, junto com as batatas. Eles carregaram a balança e a escada. Quase me pegaram. Dois *politsyanten* assistiam a tudo. Um deles pegou uma caixa de biscoitos. Eu fiquei escondido atrás do balcão, depois fugi correndo. Havia muito sangue pelo chão. Um *pogromchik* correu atrás de mim mas escorregou numa poça de sangue e caiu. Eu estava apavorado. Vim direto para cá.

Papai alisava a barba, suspirando profundamente. Ninguém dizia nada.

Quando parou de soluçar, Lazarus tirou um saquinho de papel do bolso e colocou uma bala na boca, recompensando a si mesmo por haver contado a história. Ele fungava e chupava a bala, como se tudo tivesse acontecido com outra pessoa. Ele sempre foi um garoto e tanto. Patinara em uma poça de sangue para salvar a própria vida.

Eles virão aqui, disse papai. Virão sim, tenho certeza.

E como se fosse uma deixa, um tijolo quebrou a janela do quintal. Depois outro, vindo da rua. Aterrissou no prato de Roza, fazendo-o em pedaços. Ela gritou mas não se mexeu. O resto de nós já estava no chão, gritando. O som de um grito. Você quer falar, quer ouvir o que os outros estão falando, mas tudo que sai da sua boca é um grito. Nós gritávamos.

Os *pogromchiks* socaram a porta, berrando nossos nomes, a sede de sangue em suas vozes roucas. Como sabiam nossos nomes?

Eu pensei, Esta é a nossa casa. Eles não podem entrar assim. Não é a casa deles. Estão do lado de fora.

Chaia chorava sem parar.

Mamãe sentara no chão encostada no fogão. Eu temia que o seu vestido pegasse fogo.

Papai se esticava no chão para alcançar o solidéu, como se alguma coisa dependesse disso.

Eu segurava Lazarus bem apertado junto ao peito. Eu não podia sentir a sua respiração. Oh, não vá, eu pensei. Por favor, não vá. Mas então ele fungou novamente. Era um garoto e tanto.

Roza ainda estava sentada à mesa e agora segurava um garfo e uma faca, parecendo furiosa. Ela deve estar cheia de fome. Ela estava naquela idade. Sempre com fome.

Os *pogromchiks* subitamente invadiram a casa, preenchendo toda a sala. Começaram a quebrar tudo: candelabros, vasos, a louça de porcelana. Jogaram os livros da estante no chão. Nossa vida indo pelos ares, os estilhaços voando pela sala.

Com as mangas da camisa dobradas de quem trabalha muito, um *pogromchik* puxou Roza pelos cabelos e arrancou-a da cadeira. Ela se segurou na ponta da mesa e arrastou consigo, ao cair, a toalha de mesa. Todas as xícaras, pratos, frutas e flores se espatifaram no chão.

Eu vi o rosto dele. Um rosto jovem e febril, sombreado pela barba, com orelhas vermelhas. Tinha um olho de vidro que permaneceu impassível enquanto ele jogava Roza no chão e se atirava em suas costas. Ela protegia o rosto com as mãos.

Papai saltou do chão como um sapo e agarrou o homem pelo pescoço. Ele começou a estrangular o homem, o vermelho das orelhas se espalhando para o rosto. Um *politsyant* veio não se sabe de onde e deu um soco atrás da orelha de papai, o sangue esguichando de sua boca. O *politsyant* puxou o homem de cima de Roza e esbofeteou-o. Eu queria que ele o matasse. Eu queria ver sangue.

Alguém arrancou Lazarus dos meus braços e se atirou em cima de mim. O porco levantou o meu vestido até em cima, para cobrir o meu rosto. Ele procurava a minha calcinha. O seu bafo cheirava a *kvass* e alho.

Lazarus pulou nas costas dele e cravou as unhas em seu rosto. O porco se levantou gritando e xingando. Lazarus estava grudado no rosto do porco, seus pés balançando no ar. O porco agarrou as mãos de Lazarus, virou-o e esmurrou-o uma vez, depois outra. O nariz de Lazarus começou a sangrar. Ele segurou Lazarus pelo pescoço enquanto o esmurrava com a outra mão, sem parar.

Eu gritei. Lazarus já não se mexia, mas o porco continuava batendo. Só parou quando sentiu a mão doer. Ele soltou Lazarus no chão e chutou-o na barriga com fúria. Já ia pisar em seu rosto quando um *politsyant* empurrou-o para longe de Lazarus. O porco recuou. Encarava o *politsyant*, decidindo se devia ou não atacá-lo. Mas depois ele empurrou Lazarus, inconsciente, para fora do tapete, que enrolou com uma só mão e colocou debaixo do braço.

Lazarus costumava fingir que aquele era um tapete mágico. Sentava-se sobre ele no meio da sala e se imaginava voando para lugares distantes: Moscou, Paris, Grécia, América. Era um garoto e tanto.

O *politsyant* chutou a cabeça de Lazarus para mostrar ao porco sedento de sangue e ódio que eles estavam do mesmo lado. O porco cuspiu no chão e foi embora.

Alguém sentou em meu peito. Eu desmaiei. Quando voltei a mim, todos os *pogromchiks* não estavam mais lá. O *politsyant* estava carregando a poltrona de veludo vermelho. Ele estava com dificuldade para passá-la pela porta e teve de recuar dois passos até achar o ângulo certo. Ele disse para alguém lá fora: "O serviço acabou aqui. Estão todos mortos. Vá revistar a casa dos Rozenberg."

E depois houve o silêncio. A eletricidade da violência e do medo na sala. As penas dos travesseiros rasgados flutuando feito almas na névoa do que acabara de acontecer. O ar cheirava a sangue e suor, a móveis quebrados e cacos de vidro, a comida derramada e medo. Havia uma luva de couro preta em uma poça de *kasha* no chão.

A mãe soluçava e chorava. Papai gemia.

Manicheiev era o nome do *politsyant*. Ele costumava patrulhar o novo mercado, subornava os comerciantes e sempre sorria e inclinava o chapéu para cumprimentar as senhoras.

Um cavalo relinchou do lado de fora. O vento entrava pelas janelas, mas nada se mexia no interior da casa.

Ninguém se mexia: o rosto de papai estava caído sobre uma poça de sangue. Mamãe, deitada de lado, de cara para a parede perto da porta da cozinha. Chaia estava toda enroscada, os joelhos junto ao peito, a bainha do vestido tocando a orelha. Roza ainda estava de costas. O sangue escorria do nariz e das órbitas de Lazarus, se espalhando por seu rosto e boca, indo até o pescoço.

Ele está morto, todos estão mortos, eu pensei. Um medo terrível subiu do meu estômago para a cabeça. Eles mataram todos. Aí está.

Mas então Roza se ergueu, tirou as mechas de cabelo do rosto, abaixou a saia e, ainda sentada, começou a catar os garfos, as facas, as xícaras e os pires que restavam intactos. Ela arrumou a mesa com o que pegara, colocou a cadeira no lugar e se sentou à mesa vazia.

Eu não conseguia entender o que Roza estava fazendo. Por que fazia aquilo? Por que ela se mexia? Era como um sonho, tudo acontecia lentamente e sem fazer o menor sentido.

Roza olhava para a cozinha, como se esperasse o café da manhã ser servido.

Nada seria como antes. Era simplesmente impossível lembrar de como costumava ser.

No fogão, a panela de *kasha* estava virada, a comida se derramando constante e determinadamente na chapa quente, queimando, a fumaça se espalhando pela sala.

Era assim que esses homens separavam o joio do trigo.

— Olga — disse Taube. — Diga alguma coisa.

Ela olhou-o surpresa de que pudesse ouvi-lo, de que ele pudesse falar.

— Deixe-me trazer-lhe outro copo de água para — Taube disse, se levantando. — A senhorita está pálida.

O senhor não me falou dos pogroms, *Herr* Taube, Olga disse em iídiche. O senhor tem o seu diploma de Viena, tem os seus amigos ricos, as suas boas intenções, o seu alemão perfeito, o seu inglês encantador. Como pode saber o que é um pogrom? O que sabe da vida e da morte?

– É verdade – diz Taube. – Eu não quero aprender nada sobre a morte. – O rosto dele irradia tuberculose. Olga pode ver que ele vai morrer.

O senhor não sabe nada, Olga diz.

– Eu não quero aprender, Olga. Garanto à senhorita.

Taube volta a sentar de frente para ela e pega em suas mãos. Ela recua, mas não o suficiente para escapar dele.

– Por favor, eu imploro à senhorita. Nós faremos tudo o que pedir.

Farão mesmo?

– Sim – diz Taube. – Tudo que estiver ao nosso alcance.

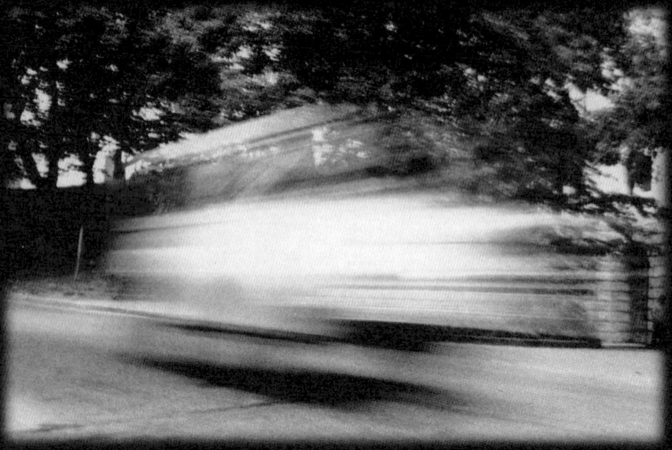

Iuliana ajudou-me a encontrar um motorista que nos levasse de Chisinau a Bucareste, onde poderíamos pegar um trem para Belgrado e de lá a Sarajevo. Na estação de ônibus, vimos um bando de taxistas à toa, fumando, bebendo, dormindo dentro dos seus carros, querendo uma corrida ocasional. Escolhi o que me pareceu mais honesto: um gordo baixinho e grisalho com óculos de lentes grossas sugerindo que, antes de reconquistar sua liberdade e a Moldávia a independência, ele deve ter sido um renomado crítico literário. Ele pediu cem euros e eu teria pechinchado até o nunca se Iuliana não estivesse lá. O gordinho se chamava Vasiliy; ele pareceu suficientemente agradecido e disse que nos pegaria às seis da manhã.

Estava anoitecendo e o sol mergulhara por trás das copas das árvores. O aroma das tílias conseguia encobrir o cheiro de poeira e diesel; Chisinau parecia um lugar agradável de se estar. A perambulação pelo cemitério criara uma estranha intimidade entre mim e Iuliana, e assim fomos até uma cafeteria onde vi estacionado o mesmo gangstermóvel que costumava parar na frente do McDonald's, só que o homem de negócios não estava por lá. Contei a Iuliana sobre o espetáculo que ele e sua mulher-troféu nos ofereceram, mas embora escutasse a história com interesse, ela não disse nada. Eu gostava do jeito tranquilo e confiante que ela demonstrava quando não dizia nada. Ela parecia Rora nesse aspecto – ele não interrompia suas frases no meio, elas não embolavam umas nas outras. Como Rora, ela era soberana em seu silêncio. Seu silêncio não era uma falta do que falar, era uma coisa em si, criada por ela. Como eles conse-

guiam isso? O silêncio me apavorava – toda vez que eu parava de falar, a terrível possibilidade de nunca mais dizer alguma coisa estava sempre presente. No entanto, eu perguntei:
– Você gosta de Chisinau?
– Aqui é legal.
– Nunca pensou em ir embora?
– Já.
– E por que não foi?
– Ir para onde?
– América.
– Eu precisaria de um visto.
– Talvez eu possa ajudá-la a conseguir um visto.
– Minha família está aqui, toda ela. Meu marido tem um emprego.

Ela tomou um gole do café. Iuliana tinha um marido. Ela ficou entortando a colherzinha de plástico com a mão. Eu tentava preencher a mim mesmo com palavras. Era um projeto inútil.
– O que você acha do pogrom? – perguntei.
– O que eu acho?
– É. O que sente em relação ao pogrom?
Silêncio. Depois ela disse:
– Aquela explosão de antissemitismo animalesco está indelevelmente marcada em nossa consciência nacional.

Eu dei uma gargalhada, mas ela não estava brincando. Então eu disse:
– Não, sério. O que você, Iuliana, acha disso? O que sente quando pensa nisso? Revolta? Desespero? Ódio?

Ela balançou a cabeça para mostrar que não havia gostado da pergunta.
– Veja bem, na verdade eu sou bósnio – eu disse. Ela não demonstrou nenhuma reação à notícia. – E quando penso no que aconteceu na Bósnia, eu sinto uma fúria louca, sinto raiva do mundo. Às vezes me imagino quebrando os joelhos de

Karadžić, o criminoso de guerra. Ou me vejo esmagando o maxilar de alguém com um martelo.

Eu não tinha ideia se ela sabia o que aconteceu na Bósnia. Mary não gostava de escutar as minhas conversas sobre guerra, genocídio, covas coletivas ou sobre a minha culpa acumulada em relação a tudo isso. No entanto, Iuliana parou de balançar a cabeça e ficou me escutando. Agora eu percebo que devo tê-la assustado.

– Eu imagino o sujeito caído no chão gritando de dor, depois eu esmago os seus cotovelos também. Você já quis um dia arrebentar o maxilar de alguém?

– Você é um cara estranho – ela disse. – Pensei que fosse da América.

– É, mas agora eu sou americano também. E lá eu gostaria de quebrar a cara de muita gente.

O homem de negócios saiu de uma loja ao lado onde se vendia celulares. Ele caminhava a passos largos, jogando os ombros para trás. Desta vez eu pude ver seus olhos: eram de um azul desbotado. Se eu tivesse um martelo, eu o amassaria bem no meio dos seus olhos pornográficos, arrebentaria a sua testa e desfiguraria o seu nariz. E então, na mesma hora, eu pensei: *aquele sou eu*. Eu poderia ser ele. Eu poderia arrebentar a minha própria testa. Seria engraçado.

– O meu avô – disse Iuliana – era do Exército Vermelho. Era do pelotão que ergueu a bandeira soviética no Reichstag. Ele era o único judeu do batalhão.

E não disse mais nada – aparentemente era o fim do relato. O gângster pulou no banco do motorista do seu gangstermóvel e saiu acelerado. Graças a Deus foi embora.

– Quando penso no pogrom – disse Iuliana – sinto amor por aquelas pessoas. Quando penso no meu avô, penso em como deve ter sido difícil para ele, como deve ter se sentido sozinho e feliz no alto do Reichstag. Quando penso nessas coisas, sinto amor por ele.

– Sei como é.

Uma vez Mary perdeu um paciente na mesa de operação. O sujeito era de uma gangue e fora atingido em um tiroteio. A bala se alojara no lobo frontal e ele estava consciente quando deu entrada no hospital. Ele conversou com ela, perguntou o seu nome e disse o dele – que era, por incrível que pareça, Lincoln. Mas não havia nada que ela pudesse fazer, ele morreu sob o bisturi. Naquela noite, ela sentou na poltrona da sala como se sentasse no trono, ficou olhando por 15 minutos para a mesma página da *People* e apagou, o rosto caído no ombro. Quando acordou, teve de enfrentar minhas incansáveis perguntas: "Como se sentiu depois que ele morreu? O que pensou?" Diante disso, Mary se levantou, arrastou consigo seu cobertor para o quarto como se fosse um vestido de cauda e fechou a porta na minha cara inquisitiva. Eu fiquei furioso, bati tanto na porta que ela acabou abrindo, como se eu a tivesse arrombado, e encontrei-a na cama, virada para a parede, o cobertor erguido até a têmpora. "Você nunca sente raiva?", gritei. "Você precisa sentir raiva. Precisa odiar alguém. O que faz você tão diferente dos outros, merda?" Mais tarde eu pediria desculpas meio contra a vontade, e ela pediu também. "Quando um paciente morre", ela explicou, irritada, "eu sinto que ele está morto."

Quando Iuliana e eu nos despedimos para sempre, eu beijei o seu rosto. Era macio como a face interna da coxa. Mais tarde, no quarto do Hotel Chisinau, Rora me perguntou, Você trepou com ela? Ela tem marido, eu respondi. Você tem esposa, disse Rora. Ignorei o comentário e falei que arrumara um táxi para nós para o dia seguinte. Eu me virei e fiquei de cara para a parede, olhando as rachaduras para ver se pegava no sono, mas não consegui. Rora zapeava a TV silenciosa. Ouvi um carro contornando os heróis de bronze na praça.

Não se preocupa com o fato de Rambo poder ir atrás de você em Sarajevo?, perguntei finalmente.

Rora continuou zapeando os canais.

Você escondeu as fotos de Miller em algum lugar? Elas são a sua garantia?

Não se preocupe comigo, ele disse. Vou ficar bem. Ninguém se importa mais. Eu só quero ver Azra e depois me mandar.

Quantos anos tem Azra?

Sempre a porra das perguntas, disse Rora.

Ela estava em Sarajevo durante o cerco?

Estava.

O que ela fazia?

Amputava membros. Ela é cirurgiã.

Mary é cirurgiã também, mas ela corta cérebros.

Rora não disse nada.

Ela é casada?, eu continuei.

Não é mais.

Por que não?

Você não para nunca?

Não.

Ela foi casada antes da guerra, por sete anos. Mas quando a guerra começou, o marido sérvio subiu lealmente as montanhas para atirar nela com seus irmãos chetniks. Ele lhe mandou uma carta exigindo que se juntasse a ele. Disse que esse era o seu dever como esposa.

E o que ela disse?

Que tipo de pergunta é essa? Ela disse a ele que o dever dele como marido era ir tomar no cu.

TUDO QUE NOS RESTAVA fazer juntos, Rora e eu, era voltar a Sarajevo. Ficamos acordados e conversamos a noite inteira. Eu não podia parar de ouvir e, depois de ouvir, eu tinha de falar, e assim a conversa seguia em frente. Falávamos lentamente, sussurrando, conscientes de que precisávamos dormir.

Quando estava na linha de frente uma vez, disse Rora, eu vi um tapete mágico cruzando o rio. Era algo de náilon azul e branco da ONU, mas mesmo assim eu não conseguia deixar de achar que era um tapete mágico. Era sinistro, parecendo ter vindo de um outro mundo para nos provocar. Um mundo onde as pessoas ainda acreditavam em contos de fadas. Ele desceu pela superfície do rio, adernou e ondulou seguindo a corrente até afundar. Os chetniks ficavam atirando nele, eles tinham muita munição.

Eu contei a ele que Mary queria muito ter filhos, ao contrário de mim – eu me opunha à ideia e dizia a ela que não queria que meus filhos vivessem no mundo como ele era, mas a verdade é que eu tinha medo de que eles se tornassem americanos demais para mim. Tinha medo de não compreendê-los, eu odiaria se fossem americanos demais. Eles viveriam na terra da liberdade e eu viveria com medo de ser abandonado. A ideia de Mary me abandonar passava sempre pela minha cabeça, principalmente depois que perdi o emprego de professor, depois que fiquei mais carente dela ainda. Viajar foi bom porque fui eu quem se afastou, ela foi quem ficou para trás.

Quando minha irmã e eu éramos pequenos, Rora disse, nós adotamos um cachorro de rua. Demos a ele o nome de Lux, como o cachorro de Tito. Ele nos seguia por toda parte. Nós o ensinamos a obedecer e o exibíamos diante das outras crianças. Lux carregava as nossas mochilas do colégio. Ele ficava sentado lá fora esperando por nós enquanto assistíamos à aula, temendo que ele fosse embora antes de a aula acabar. Um dia o encontramos apavorado, pendurado no alto de uma árvore – alguém o colocara lá em cima. Lux gania, com medo de se mexer, as patas grudadas na casca da árvore. Azra gritou para ele pular em seus braços, ela era maior e mais forte do que eu. O cachorro pulou, ele confiava nela. Ela o pegou e caiu, ele estava assustado demais. Ela o carregou nos braços até em casa. Mas um dia ele foi embora e nunca mais voltou.

Eu sabia que Mary um dia me deixaria porque ela gostava de ficar longe de mim: ela dormia de costas para mim, trocava de turnos constantemente ou trabalhava dois turnos direto – o trabalho a mantinha longe de mim. Quando conversávamos, ela em geral não olhava nos meus olhos. Quando viajava para alguma conferência, só me ligava depois de chegar e pouco antes de voltar. Nossos filhos seriam mestiços infelizes renegando o pai imigrante fracassado em si mesmos, este era o meu medo.

Uma vez em Paris, disse Rora, eu estava transando com uma mulher casada que trancou o filho pequeno no guarda-roupa enquanto a gente ficava na cama. O marido dela voltou para casa antes do esperado e eu tive de me esconder junto com o garoto no guarda-roupa cheio de casacos de mink e vestidos de seda. O engraçado é que o garoto parecia acostumado à situação. Nós ficamos lá dentro brincando de par ou ímpar, sempre brincadeiras mudas, com os dedos, esse tipo de coisa, e o moleque ganhava sempre. O marido nem perguntou ou procurou por ele.

Mary levava sempre na carteira uma foto do seu sobrinho de sete anos. Ela falava nele o tempo todo: como ele achava que o objetivo de jogar lacrosse era para pegar uma borboleta; como ele desenhava Deus com vários olhos enormes; como aos cinco anos ele já sabia dançar aquelas danças irlandesas. Ele era o carneirinho de Mary: quando dormia lá em casa, ela lhe contava histórias de fadas.

Uma vez na guerra, Rora disse, eu fiquei preso em um arranha-céu pegando fogo. Tive de subir as escadas porque o fogo estava vindo de baixo. No último andar, eu arrombei o apartamento de alguém para entrar. Quem quer que morasse lá já tinha se mandado, mas sobre a mesa encontrei uma *džezva* de café, uma xícara pequena e uma pilha de fotos. O café ainda estava quente, a pessoa devia ter saído há pouco tempo. Então eu me servi e fiquei olhando as fotos. A maioria delas era de um garoto, um adolescente magrelo cheio de espinhas, sorrindo sedutoramente para a câmera com seus olhos vermelhos. Havia algumas fotos dos pais com o garoto, eles obviamente viviam em algum lugar no exterior. Você podia ver a limpeza e arrumação dos aposentos onde as fotos foram tiradas. Fosse lá onde estivessem, na Suécia ou algo do gênero, eles não precisavam queimar os móveis para sobreviver ao inverno. Em uma das fotos, havia um aparelho de TV passando um jogo de futebol, mas o garoto na foto não prestava atenção. A vida do garoto era boa, ele tinha tudo à sua frente. Veria ainda muitos jogos de futebol, não precisava assistir àquele especificamente.

Sabe que uma vez, Rora continuou, Miller mandou que eu ficasse fotografando as crianças fugindo dos atiradores, se jogando no chão e se escondendo atrás de caçambas de lixo, mesmo que estivéssemos sob fogo cruzado? Ele pagava alguns garotos para ficarem correndo para lá e para cá durante o tiroteio para que eu pudesse tirar uma foto perfeita. Mesmo assim, eu fiquei mal quando Rambo matou Miller. Ele merecia uma boa surra, não a morte. Ninguém merece a morte, mas é o que todo mundo recebe.

Assim que amanheceu saímos do hotel depois de dormirmos umas duas horas de um sono sem sonhos. O crítico literário estava lá, mas não sozinho – um sujeito mais jovem e mais magro chamado Serioja fumava encostado em um Lada, vestindo uma calça de moletom enfiada por dentro de botas de caubói de bico fino e um casaco onde se lia *New York*. Ele nos levaria a Bucareste, disse o crítico literário, com uma voz fraca. Ficou evidente que ele fora forçado a fazer tal concessão. Serioja nos ofereceu um sorrisinho de lado e estendeu a mão para um cumprimento. Eu já ia cancelar a viagem toda quando Rora se adiantou e apertou a mão dele, então pensei, Que se dane, vamos nessa.

Eu sentei na frente, como sempre o capitão, e Rora atrás. Serioja tinha santinhos enfiados no espelho retrovisor e um pinheirinho pendurado que não aromatizava nada. O carro cheirava a suor, cigarro e esperma – o coito devia ter acontecido algumas horas atrás. Eu não coloquei o cinto, não queria ofender ninguém.

Seguimos viagem em um silêncio tenso e pesado a uma velocidade de perseguição policial. Serioja desviava dos buracos aos trancos e passava a toda sobre as chapas onduladas da estrada vazia. Tentei me convencer de que ele sabia o que estava fazendo, de que, por ter nascido ali, ele tinha uma ligação especial com as estradas nativas, de que, ao ultrapassar um caminhão traiçoeiro, ele seria capaz de sentir um carro vindo na contramão em uma perigosa curva de noventa graus. Na terra dele, os automóveis eram tão inteligentes quanto os cavalos e ninguém morria em acidentes de estrada.

Campos de tímidos girassóis, morros reticulados com vinhedos malcuidados, aglomeração de cabanas nos vales cobertos de névoa – tudo passava por nós como em um sonho, ao som de uma dançante *disco music* russa que Serioja encontrou no seu rádio. Passamos voando por camponeses andando ao lado de carros de bois e todos pareciam parados. O transe de seguir sempre em frente, a pastosa sonolência da manhã – eu acabei dormindo. E sonhei.

Normalmente eu só me lembro de fragmentos de sonhos que acabo esquecendo também, embora quase sempre lembrasse abstratamente de sua intensidade. Em geral eles tinham alguma relação com a guerra: Milošević, Mladić, Karadžić, e ultimamente Bush, Rumsfeld e Rambo apareciam também. Havia facas, pernas e braços decepados, estupros aqui e ali e objetos perfurocortantes. Às vezes, eu tinha sonhos coletivos: nós – o que incluía Mary (sempre Mary), a família, amigos e completos desconhecidos que pareciam familiares e próximos – fazíamos alguma coisa juntos, por exemplo, brincar de esconder, assar um carneiro na brasa ou posar para uma foto. Isso acontecia em Chicago, embora uma vez ou outra nos encontrássemos em Sarajevo. Tudo acontecia sempre antes da guerra, mas sabíamos que ela estava por vir. Eu acordava deprimido desses sonhos, pois esse *nós* – qualquer que fosse – só poderia estar reunido mesmo em um sonho.

Mas no sonho que aconteceu no carro de Serioja, o único *nós* presente era Mary e eu: estávamos em uma floresta sombria levando um pato pela coleira. George jogava golfe com um guarda-chuva no meio das árvores e a bola ficava ricocheteando nos troncos. Depois estávamos em um navio e parecia que atravessávamos um lago do tamanho de um oceano; só que não era um mar de água salgada, mas de girassóis. Havia um garoto nadando no lago, o seu cabelo encaracolado despontava em meio aos girassóis. Mary disse: "Nós podemos colhê-lo quando estiver maduro." Mas o capitão do navio atirou no garoto com um rifle de mira telescópica, o garoto explodiu como um balão e, no sonho, eu pensei: aquele garoto sou eu. Não é Mary. Sou eu.

No carro de Serioja eu acordei com um calafrio de desespero que pesava feito tijolo no meu peito. Não ajudou nada ver que o Lada estava prestes a desmoronar naquela estrada poeirenta, assim como as casas dilapidadas e obedientemente enfileiradas por onde passávamos. Havia macieiras entre uma casa e outra, seus galhos pesados de frutas vergando e quebrando – tudo parecia abandonado. Eu não sabia onde estava nem quem era o motorista. Voltei subitamente à realidade quando Rora disse atrás de mim com aquele seu ar indolente: eu acho que esse cara planeja nos matar. Olhei para o rosto impassível e amarfanhado de Serioja – ele podia mesmo ser um assassino. Eu então perguntei a ele em ucraniano: "Onde nós estamos?" Ele pareceu entender, mas me ignorou até eu perguntar outra vez. Daí ele respondeu em russo algo que decifrei como: "Nós estamos indo pegar a minha namorada."

A namorada era uma bela jovem com uma minissaia de tecido brilhante que não combinava nada com a catástrofe idílica do vilarejo. Serioja pegou-a pelo bíceps em uma casinha de telhado imundo de onde saía uma fina faixa de fumaça por uma chaminé. Ele abriu a porta traseira do carro e jogou-a no banco. Rora afastou-se para a outra ponta. "Elena", disse Serioja. Elena cheirava a leite fresco e sabonete de glicerina. Tinha as faces coradas de camponesa cobertas parcialmente por longos cabelos lisos e pretos. Serioja então começou a árdua subida. Elena olhava pela janela. Um coelho saiu correndo em pânico de uma cerca viva coberta de mato, não havia seres humanos por perto. Talvez todo mundo ali morasse debaixo da terra, se escondendo de um perigo que me era invisível. Quando chegamos no alto de um morro e na pista de asfalto, o carro estava fervendo: a pele de Elena agora já emanava um cheiro azedo de estrume. Controlando – se esta é a palavra certa – o volante com o joelho, Serioja tirou o casaco e tufos de pelos saltaram de suas axilas cebolescas. Namorada bonitinha, Rora disse. Elena fechou os olhos e recostou a cabeça no banco, fingindo dormir. Pelo visto ela ia a Bucareste conosco.

As estradas eram estreitas e sinuosas, cheias de curvas sem lógica alguma entre colinas de suave inclinação. Serioja acendia um cigarro no outro, largando o volante toda vez que o fazia. Ele ultrapassou um raro caminhão e um automóvel mais raro ainda sem se preocupar com o que pudesse vir na contramão. Uma hora quase pulverizamos uma matilha de cães. Eu devia ter lhe pedido para ir mais devagar, mas não pedi. A velocidade me paralisava, o medo agitava o fundo da minha mente, mas ainda estava longe da superfície. Para falar a verdade, a passividade era inebriante: parecia que essa loucura sairia impune. Mas eu me curvei e fiquei quieto. Toda vez que Serioja fazia uma curva, eu sentia a mão de Elena agarrando o encosto do meu banco. Nós compartilhávamos a liberdade de sermos perfeitamente indefesos.

Lazarus se curvou para a frente quando o delegado Shippy torceu o seu braço até as costas. Shippy chamava pela esposa. Por um momento Lazarus não reagiu, não gritou, não tentou se livrar das mãos do delegado que continuavam apertando o seu braço, tentando imobilizá-lo. Lazarus sentiu o seu ombro tensionar-se e a dor chegando. "Mãe! Mãe!", Shippy gritava.

Nós chegamos à fronteira romena vivos. A fila de carros era pequena e os guardas de fronteira, preguiçosos. Senti-me dominar pelo familiar medo de fronteiras, mas não lhe dei atenção, tratei-o como a um resfriado, e entreguei obedientemente meu passaporte – e minha alma – a Serioja. Rora olhou para mim com o que julguei ser um ar de desprezo, mas acabou entregando também seu passaporte sem reclamar. Serioja parecia já estar de posse do de Elena e ele entregou tudo ao guarda. Enquanto ele jogava conversa fora, o guarda folheou os passaportes, depois pegou o telefone, evitando olhar para nós, e ligou para alguém. Serioja virou-se para Elena e ficou olhando para ela com ar de desdém.

Naquele momento eu entendi que a jovem Elena não estava viajando para Bucareste por vontade própria. Rora, eu e nossos passaportes americanos estávamos lá para dar credibilidade, para servir como um disfarce respeitável – Serioja provavelmente disse ao guarda que éramos todos grandes amigos, quiçá uma família. Rora deve ter percebido isso também. Elena parecia aterrorizada. No final das contas, o nosso ilustre e insano motorista poderia até estar mancomunado com o guarda de fronteira, que ajudava na cena diante de possíveis olhos vigilantes. Estávamos em uma cilada. Mesmo que o guarda fosse honesto e pudéssemos avisá-lo, Serioja alegaria que fomos nós que trouxemos a garota. Ficaríamos presos no meio do nada entre a Moldávia e a Romênia e possivelmente acusados de tráfico humano. O guarda de fronteira – e aqui seria útil dar-lhe um rosto: pálido, de bigode, espremido entre duas orelhas enormes – me perguntou algo em romeno. A única palavra que entendi foi "América" e, assim, inclinado sobre o colo de Serioja, eu disse, "Chicago". Ele apontou para a garota e falou outra vez algo que não entendi. "Elena", eu disse. "Bucareste." Serioja olhava para frente, como se nada daquilo fosse com ele. Eu me imaginei arrebentando a cara dele com um martelo. O guarda devolveu os passaportes a Serioja – os dois sem dúvida estavam mancomunados – e ele desafiadoramente entregou-os a Rora em vez de para mim. Elena provavelmente acabaria virando prostituta em um bordel de Kosovo, em um hotel na Bósnia ou nas ruas de Milão. Serioja a entregaria a alguém em Bucareste. Não tínhamos escolha, o jeito era ir com ele.

A Romênia era plana e a estrada, assustadoramente reta. Serioja atingiu rapidamente a marca de 190 por hora, colocou o pé esquerdo no painel e recostou a cabeça no banco. Elena dormia. Eu dormitava um sono cheio de culpa, inventando justificativas para estar naquela situação. Não havia nada que pudéssemos fazer. Na certa Serioja devia estar trazendo uma faca, ou um revólver, e eu não queria ser esfaqueado ou levar um tiro na cabeça. Não havia outro jeito de chegarmos a Bucareste, o melhor a fazer era não se envolver. Elena talvez soubesse para onde ia, talvez aquilo fosse a forma que encontrou para sair daquele buraco, para, quem sabe, conseguir fazer uma faculdade. A escolha era dela. Quem sou eu para julgá-la? Cada vida é legitimada por seu dono de direito.

Eu estava no trem elevado uma vez, de volta do trabalho, quando uma passageira ao meu lado, uma senhora com uma gola de pele de raposa e grossos lábios vermelhos, começou a ter um ataque epiléptico: ela espumava pela boca, o rosto se contorcia numa careta monstruosa e o pé esquerdo adejava como as barbatanas de um peixe. Todos dentro do trem ficaram estupefatos, dois adolescentes riam baixinho e eu não sabia o que fazer porque não era médico. Esperei que alguém fizesse alguma coisa, mas ninguém fez. Não havia médicos ali. A mulher continuava babando e se contorcendo e uma boa alma retirou-a do trem. Quando o trem deixou a estação, ainda pude ver alguém se agachando perto dela, puxando sua língua, dando um tapinha no seu rosto e mostrando aos observadores o que devia ser feito. Se Mary estivesse lá, ela saberia o que fazer e não demoraria nada para resolver a situação. Mas eu não contei nada sobre o incidente no metrô quando mais tarde ela chegou em casa do trabalho.

Eu sabia, é claro, que se Mary estivesse no carro de Serioja, ela exigiria que ele diminuísse a velocidade, teria dito alguma coisa sobre Elena ao guarda, teria achado uma outra forma de ir a Bucareste. Ela teria feito tudo certinho. Ainda bem que ela não estava ali, pois sua presença teria me envergonhado, como sempre acontecia. O Lada sacolejava com uma velocidade que me embalava.

Ele está dormindo, Rora disse, me assustando. Eu olhei de lado e vi as pálpebras de Serioja fechando, o seu queixo despencando seguidas vezes no peito cabeludo e o carro saindo da pista. Ele vai nos matar, eu não conseguia pensar numa forma de não morrer, pois Mary não estava ali. Elena pingava de suor, o suor rançoso da angústia mortal. Ela tossia e choramingava. Ela não disse nada. Rora não disse nada. Pelo visto eu estava no comando, só que era Serioja que tinha nossa vida em suas mãos. Quem sabe então, eu pensei, uma morte rápida resolva esta situação desagradável.

Na época em que bebia, eu logicamente dirigia bêbado. E, às vezes, sair de um bar tarde da noite e dirigir me fazia com que me sentisse em casa. Eu enfiava o pé no acelerador e voava pelas ruas desertas, desafiando a mim mesmo para saber por quanto tempo seria capaz de dirigir com o pé embaixo sem me acovardar. Uma vez ultrapassei todos os sinais – alguns vermelhos – sem parar. O perigo e a indiferença diante da morte clareavam a minha mente. Eu estacionava o carro na frente de casa e me sentia intensamente vivo, tremendo com o pico de adrenalina. Eu me sentia como se tivesse ganho mais crédito de vida, que eu gastaria em um futuro melhor. Eu me deitava ao lado de Mary inundado pela sensação de que era digno do seu amor. Ela nunca soube de como estava perto de me perder nessas horas.

Serioja enfiava o pé no acelerador como se não houvesse amanhã. O que fazer?, eu disse em bósnio. Acho que disse a Elena. Serioja continuava batendo cabeça e às vezes se estapeava – ele queria viver, o idiota, estava apenas hipnotizado pela velocidade e pelo seu poder sobre nós. A *disco music* russa bombava no rádio. Eu tinha medo de morrer, mas não o bastante. Talvez sobrevivesse empregando a lei do menor esforço. A vida devia ser isso afinal, viver sem ligar para a morte, aquilo era um teste. Olhei para a cara sonolenta de Serioja e pensei: sou eu. Eu sou todo mundo e todo mundo sou eu, e no final não importa se eu morrer.

Mas Rora era ele mesmo. Ele deu um tapinha no ombro do maldito motorista sonolento e disse: *Polako, jarane, polako*. Milagrosamente, Serioja diminuiu a velocidade e depois parou em um posto de gasolina para jogar água no rosto e no peito. Rora saiu do carro atrás dele e cheguei a achar que ia estapeá-lo no banheiro, mas em vez disso ele acendeu um cigarro. Fiquei vendo a fumaça sair de sua boca e entrar por suas narinas. Eu não me sentia intensamente vivo; eu não sentia intensamente nada.

Chegamos em Bucareste à tardinha. Entramos lentamente na cidade confusa e ininteligível por ruas estreitas que se abriam em largas avenidas levando a um prédio insanamente gigantesco. Serioja contornou um prédio oval emplastrado de outdoors: Sony, Toshiba, Adidas, McDonald's, Dolce & Gabbana. As belas, jovens e pálidas supermodelos olhavam com desprezo para as ruas do alto dos seus mundos inimagináveis, sugerindo ostensivamente uma vida melhor aos pobres mortais agora intimidados pelo destemido veículo de Serioja.

Inesperadamente chegamos à estação de trem. Serioja tentou nos dar a volta, alegando que o combinado era cem euros por pessoa – que filho da puta abusado –, mas ignorei a exigência dele, enquanto Rora ria debochadamente. Sobrevivemos à viagem e ele não poderia mais nos assustar. Pegamos nossa bagagem na mala do carro: Elena ainda estava em seu banco, desamparada, sem sequer se mexer ou olhar para nós, quanto mais nos dar um adeusinho. O que vamos fazer?, perguntei a Rora. Fica frio, disse Rora, e não diga nada.

Nós nos afastamos, mas, antes de entrarmos na decrépita estação, Rora acendeu um cigarro e assumiu uma posição estratégica atrás de uma pilastra para ficar monitorando Serioja. O nosso amigo vasculhava o carro, olhando dentro do porta-luvas, debaixo do banco e gritando com Elena. Ele saiu do carro e ficou fuçando a mala. Depois bateu a porta da mala e fez com que ela passasse para o banco da frente, empurrando sua cabeça para baixo na hora de ela entrar no carro. Ela ficou sentada lá, olhando para frente. O seu corpo curvado, os cabelos cobrindo as maçãs do rosto feito um véu, o seu visível desespero – tudo isso me deixou revoltado e eu queria mais era sumir dali. Serioja trancou o carro, deixando Elena lá dentro, e seguiu a pé até o outro lado da estação.

Venha comigo, Rora disse. Nós então seguimos Serioja a distância.

As paredes do banheiro eram focos de todo tipo de doença venérea, as linhas entre os azulejos cobertas de inenarráveis ecossistemas. No momento em que entramos no banheiro, Rora jogou sua mochila no chão e colocou o reservado de Serioja em sua alça de mira – até hoje eu não sei como ele sabia qual era. Ele chutou a porta, imprudentemente destrancada, e lá estava o nosso motorista de calça arriada. Rora deu-lhe um murro sem pestanejar, entrou no reservado e trancou a porta. Eu permaneci do lado de fora como um cúmplice e guarda-costas experiente (exceto por minha mala de rodinhas) e fiquei escutando com um prazer agudo e indecente os sons de socos, gemidos e da descarga da privada. Não havia mais ninguém no banheiro e tudo durou um minuto, pois Rora era bom nessas coisas. Ele abriu a porta e Serioja estava sentado na privada ofegando, com a cabeça encostada na parede. Rora foi lavar as mãos e eu entrei no reservado para bater na cara de Serioja. Ele recuou amedrontado e eu o esmurrei várias vezes, abrindo um corte em seu rosto. Eu sentia os ossos quebrando sob o meu punho, mas continuei esmurrando o seu maxilar até esmagá-lo, até a minha própria mão finalmente quebrar. Eu gostaria que Mary me visse naquele momento, visse a combinação letal de ira e boas intenções. Gostaria que ela tomasse minha mão quebrada nas suas, que a colocasse em uma tala de amor incondicional. Serioja escorregou da privada, o sangue jorrava por cima do seu casaco de moletom, empapando o *New York*. Um dos seus olhos era de vidro, pois ele pulou da órbita e caiu no chão coberto de sangue. A vida é cheia de surpresas.

Espero que você não o tenha matado, disse Rora, enquanto seguíamos pelo corredor da estação. Acho que quebrei a mão, eu disse. Ponha a mão no bolso, ele disse. E tire esse risinho da cara. Eu não tinha ideia do nosso destino, só me arrastava atrás dele e acabamos saindo da estação bem na frente do carro de Serioja. Elena olhou para ele sem acreditar, Rora destrancou a porta do carro e, sem dizer uma palavra, fez um sinal para ela sair. Ela se encolheu, com medo de levar uns tapas, mas Rora entregou-lhe o passaporte e um maço de dinheiro, enquanto eu via apavorado Serioja correndo na nossa direção com o rosto ensanguentado, as calças arriadas e um revólver na mão. Eu não podia acreditar e minha mão latejava de dor. Rora a sacudiu, segurando-a pelos braços. *Idi*, ele disse. *Bježi*. Ela entendeu, mas ainda hesitava. E se ela quisesse vir conosco? E se pudéssemos levá-la? Havia tantas vidas que ela poderia viver.

Mas ela livrou-se lentamente das mãos de Rora, pegou a bolsa no carro, colocou lá dentro o passaporte e o dinheiro, e foi embora, tudo muito lentamente. Enquanto ela atravessava a rua sem olhar para trás, vi que usava chuteiras prateadas e meiões brancos. Rora tirou uma foto dela indo embora.

Lazarus saiu do trem de Nova York e se deparou com a multidão envolta em uma nuvem de vapor. Ele abriu caminho e se sentiu sendo puxado e empurrado para os lados. Isso era a América, essa paixão pela aglomeração, essa luta para se proteger a alma da massa voraz. Alguém tentou arrancar a mala da sua mão, mas ele puxou-a de volta, fazendo com que batesse no seu joelho. Ele ficou na ponta dos pés para procurar por Olga naquele mar de cabeças. Ela estava embaixo de um grande relógio que mais parecia a lua cheia, a sua irmãzinha pálida e baixinha. Ele acelerou o passo, sempre em frente, mas tropeçou e quase caiu de cara no chão. Olga procurava-o em meio à multidão quando o avistou de longe – alto, esquelético, descabelado – ainda sem ter certeza de que era ele até ele tropeçar. O medo de que pudesse se machucar dava-lhe a forma do seu irmão mais novo, enchendo o seu peito de amor. Lazarus, ela gritou, Lazarus, estou aqui. Lazarus.

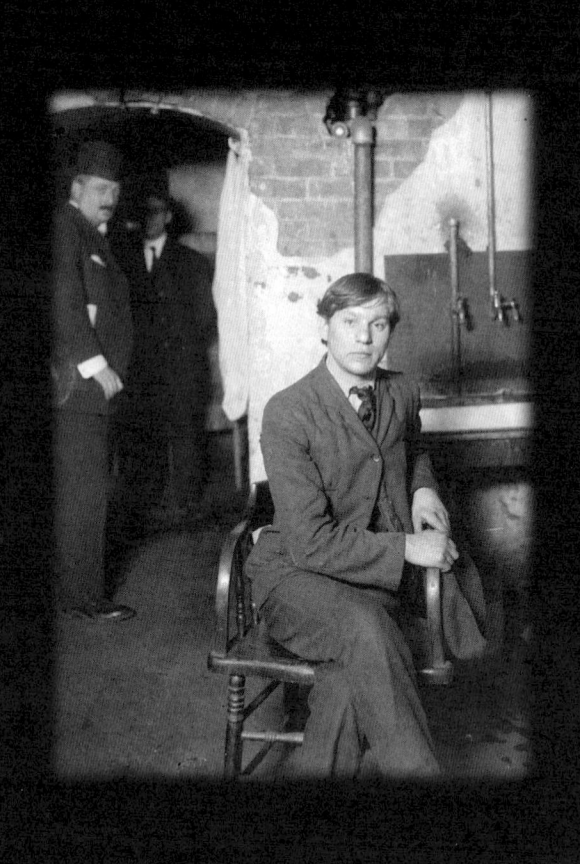

Sonhos intranquilos formigavam na cabeça de Isador, mas ao acordar já não podia lembrar-se deles. A ponta da mala espetava o seu rim, as roupas cobriam o seu rosto e, mesmo quando as retirava para o lado, o guarda-roupa continuava abafado e escuro. Sentia-se desconfortável demais para voltar a sonhar e já não tinha mais em que pensar: já pensara em Olga, na morte de Lazarus, no jogo na casa de Stadlwelser, quando devia ter esperado que Stadlwelser fizesse as apostas, pensara na dívida que teria de pagar. Devia sair de Chicago sem deixar um rastro. Recusava-se a pensar na possibilidade de ser preso. Se não imaginasse a *politsey*, ela não existiria. Ficava sonhando acordado com o corpo esguio de Olga e o livro que gostaria de escrever, um romance sobre as aventuras de um imigrante talentoso intitulado *As aventuras de um imigrante talentoso*. Imaginava-se rico, indo a todas as festas, andando de carro conduzido por chofer. Ele se virava, procurando por uma posição confortável, as costelas pressionadas pela ponta da mala. Os bancos seriam de um couro tão macio que seria capaz de ouvir os suspiros dos bezerros mortos ao reclinar-se neles. Ele recostaria a cabeça e diria ao motorista aonde queria ir: "Ao hipódromo. E rápido."

A porta do guarda-roupa se abre num rompante, os panos são retirados de cima dele e, antes que Isador possa dizer ou pensar alguma coisa, a mão de alguém o pega pela nuca enquanto outra cobre rapidamente sua boca e ele é arrancado de lá. A luz o cega, dois homens o seguram pelas axilas e o arrastam porta afora, seus pés deslizando pelo chão. As mãos deles são enormes, a palma que cobre o seu rosto vai de uma orelha a outra. Isador está aterrorizado, ele quer gritar, desvencilhar-se, mas tudo acontece rápido demais. Eles não dizem uma palavra e agora o erguem do chão. Um dos homens diz em alemão:

– Fique quieto. Nós vamos tirar você daqui.

Isador se agita e o outro homem o coloca de joelhos.

– Não se mexa ou vai apanhar até desmaiar.

No meio da sala ele vê um caixão. Dominado por um medo mortal, Isador para de se debater.

– Vamos tirar você daqui, mas se fizer um som, a gente te apaga.

Isador relaxou o corpo sinalizando que os obedeceria. O homem retira a mão do seu rosto – a mão que quase partiu ao meio sua mandíbula. Eles o soltam e colocam no chão, mas os joelhos de Isador tremem e eles têm de segurá-lo. Os homens são grandalhões, estão de terno e chapéu-coco. Um deles tem um bigode bem aparado. Eles falam com tranquilidade e sem sinal de urgência.

– Entre aí – um deles diz, apontando para o caixão.

– O senhor primeiro – Isador diz em tom de lamúria. Os homens trocam um rápido olhar e o de bigode dá um soco em Isador, que vai a nocaute.

Quando volta a si, o seu maxilar está latejando de dor. Ele sabe que está dentro do caixão: sente o cheiro de pinho e cadáver. Há alguma coisa em cima dele, pesada e maciça. O caixão está sendo carregado; quando ele sacode, Isador se enrijece, assustado a ponto de pensar que aquilo tudo não passa de um sonho. Seu coração bate rápido, ele pode ouvi-lo, pode senti-lo pulsando dentro do peito. O peso em cima dele está vestido, ele sente o atrito em seu rosto. Há um morto em cima dele, ele percebe, um cadáver. Ele reconhece a rigidez cadavérica, o ranger das articulações duras. O que pressiona o seu rosto é o tornozelo de alguém. Eles vão enterrá-lo vivo. Vivo. Ele vai morrer sufocado no escuro. E sua pele começa a formigar de pânico, sua mente se esvazia. Ele está paralisado e não consegue respirar. Talvez já esteja morto, é isso. Mesmo assim sente dor nos quadris, uma tensão nas costelas por causa do peso – isso ainda é vida.

O caixão para de sacolejar, depois inclina-se abruptamente uma vez mais antes de ele sentir que está deslizando sobre uma superfície – sons de algo raspando, de um motor de carro sendo ligado, de palavras indistintas. Eles o estão levando a um cemitério para enterrá-lo vivo. Ele tenta se mexer mas não há espaço, tenta gritar mas não há som. O carro roda e segue em frente. A morte simplesmente aparece e o leva e não há nada que se possa fazer.

É PRECISO UMA FORÇA muito grande para não ter um ataque de nervos, de fúria e explodir no choro, para não arrancar os olhos de cobra de Schuettler, não empurrar o rabi sepultura adentro, o rabi Klopstock, que sabia perfeitamente bem o que havia no caixão. É preciso uma força muito grande e ela está lá, por um fio, Olga Averbuch, a irmã enlutada, porque sem ela toda a estrutura da solução e da unidade ruiria e despencaria no túmulo de Lazarus, assim como o monturo de terra em que o rabi Klopstock escorrega e quase cai de cara no buraco. A dor continua pressionando a sua cabeça, talvez tanto sofrimento cause inflamação cerebral.

Um dia antes do seu *bar-mitzvá*, Lazarus saiu para um passeio com Olga. Queria conversar sobre a vida, disse ele. As coisas sempre tinham um peso enorme para Lazarus. Ele queria discutir os mistérios da Torá, os seus estudos, o tema do seu discurso à congregação: "Por que o dia judaico começa no pôr do sol?" Mas eles ficaram só caminhando lado a lado, sem falar nada. Era o último dia da infância dele. Eles pararam na loja do sr. Mandelbaum para ela comprar-lhe umas balas, mas o sr. Mandelbaum deu a ele uma bengalinha doce sem cobrar nada. Eles sentaram no banco do lado de fora e ele ficou lambendo solene e incansavelmente a bengalinha, como se acabar com ela fosse a primeira tarefa de sua idade adulta.

As lágrimas enchem seus olhos e rolam pelas faces, um soluço lhe sobe pelo corpo. O seu joelho esquerdo bambeia por um segundo e ela tenta firmar o pé, deixando uma marca na terra. Taube ampara-a, ela sente as mãos dele em seu ombro, nas suas costas, e nada mais era real. Tudo que ela podia ver era Lazarus lambendo a bengalinha doce, a penugem incipiente no seu lábio superior, e ela começa a gemer sem parar: Lazarus... como se a palavra pudesse trazê-lo de volta à vida. Mas ele não se levanta.

Com a cabeça abaixada, a judia enlutada chora no túmulo do irmão. Finalmente ele descansará em paz. Finalmente ele entrará em um reino longe do alcance maléfico do anarquismo e das ideias inflamadas que se propõem a remediar a pretensa injustiça social. E para prestar-lhe um último adeus juntamente com a irmã, estiveram presentes figuras distintas da comunidade judaica de Chicago: o bom rabi Klopstock, o rico comerciante Mendel e também Eichgreen e Liss, personalidades de liderança entre seus pares. Presente também ao funeral uma multidão de correligionários anônimos que, apesar de tudo, escolheram o caminho do patriotismo e da lealdade em lugar das vias sangrentas do anarquismo e da ilegalidade. Eles compareceram não só para se despedir do iludido Lazarus como também certamente para se despedir dos problemas que ameaçaram separá-los dos seus concidadãos americanos. No entanto, atrás deles, como para lembrá-los da insidiosa permanência do perigo, lá estavam os enlutados soturnos da revolução, aqueles que não desistiram da esperança de transformar o jovem Lazarus em mártir em nome de suas causas assassinas. Lá estava Ben Reitman, decano da Universidade dos Vagabundos e notório consorte da Rainha Vermelha,

Emma Goldman. Lá estavam os jovens anarquistas de Edelstadt, seus olhos semitas turvos de ódio. E ao lado destes infames, muitas outras figuras repulsivas urdindo seus planos sorrateiros.

Depois de rezado o *Kadish*, depois que a terra cobriu o caixão, depois que mais condolências foram oferecidas, depois que os joelhos de Olga bambearam outra vez de raiva e cansaço, Taube conduziu-a protetoramente até o carro. Schuettler, que os acompanhou só para parecer mais gentil e prestativo, postou-se do outro lado dela. William P. Miller seguiu os três, o rosto vermelho, bloco de anotações na mão, as novas abotoaduras reluzindo.

A mera presença do subdelegado Schuettler ao recôndito e solene ritual judaico garantiu o domínio da lei e da ordem. Por ele estar lá, dando ordens necessárias com um simples olhar, o enterro do infeliz Lazarus foi uma cerimônia digna, desprovida dos excessos ultrajantes dos anarquistas. Que fique registrado com louvor que a luta sem tréguas do subdelegado contra o mal do anarquismo alienígena não o privou dos sentimentos mais nobres de compaixão, nem o endureceu diante do sofrimento alheio. Sempre um cavalheiro, ele ofereceu o braço à judia enlutada e ela, sem dúvida carente de um apoio paternal, caminhou ao lado dele de volta a sua vida, deixando para trás o repouso eterno de seu jovem irmão. "Obrigada, sr. Schuettler, por sua gentileza e dedicação", ela disse a ele, seus olhos tristes cheios de lágrimas. "Que tudo volte a ficar em paz agora", ele disse a ela, embora tais palavras pudessem também ser dirigidas a todos os cidadãos de Chicago.

O CAIXÃO É ABERTO e o cadáver tirado de cima de Isador. A luz o cega novamente, mas quando seus olhos se acostumam a ela, ele pode ver os dois homens e outros mais em volta dele, olhando para o caixão em silêncio, como se contemplassem a própria existência mortal. Ele se senta e olha em volta. "Eu morri?", ele pergunta em alemão. Os homens riem e depois ajudam-no a sair do caixão. Ele não consegue sentir as pernas, então eles precisam carregá-lo até uma mesa e colocá-lo sentado em uma cadeira. Ali é uma espécie de porão, cheira a terra e mofo. É difícil ver nos cantos escuros. O cadáver está no chão ao lado do caixão, seu rosto é branco como farinha, cheio de manchas escuras, inchado feito bexiga. Os olhos são dois pontos negros – Isador leva um tempo para reconhecer Isaac Lubel. Os dois homens erguem Isaac – ele é reto e sólido como uma tábua – e colocam-no de volta no caixão.

– Isaac – ele diz aos homens. – Este é Isaac Lubel.

– Ele era Isaac Lubel – diz o homem de bigode. – Agora está morto.

Taube abre a porta do carro e ela entra, o motorista acorda e se senta ereto, fixando as mãos no volante. Ela ignora Schuettler e Miller, que ficam ali, fingindo conversar com ela para que a multidão veja. Schuettler tira o chapéu para ela, o *shvants*. Miller ostenta um sorriso idiota e otimista. Taube dá a ordem de partida ao motorista e Miller chega até a dar um adeusinho. Os pelos no pescoço do motorista se eriçam na direção do chapéu-coco. A aceleração exerce uma pressão no estômago vazio de Olga, que se agarra no banco apavorada. A velocidade a assusta, o mundo gruda na janela como um horrível borrão e tudo desaparece.

Querida mãe
A senhora precisa me perdoar pelo que fiz, mas escolhi
a vida em vez da morte. Deus cuidará dos mortos.
Nós precisamos cuidar dos vivos.

– Obrigado, *Fräulein* Averbuch – Taube diz com um suspiro. – Foi um ato heroico da sua parte. Nós lhe seremos eternamente gratos por seu sacrifício.

Pois o subdelegado Schuettler sabe que esta cidade já sofreu o bastante. Já suportou a presença contaminadora de elementos estranhos que aportaram nesta terra acolhedora sem intenção nenhuma de contribuir para o bem comum, e sim para disseminar o ódio e a violência. Será que eles não conseguem enxergar a grandeza de nosso país? Não conseguem alimentar suas famílias com o pão, por mais duro que seja, ganho com o suor nas fábricas e fundições de Chicago? Não vieram para cá para fugir dos assassinatos insanos, da perseguição interminável que sofriam em seus antigos países? Não encontraram aqui uma liberdade antes inimaginável, ou pelo menos uma liberdade para voltarem a suas terras se assim o desejarem? Não podem compartilhar conosco nossas nobres intenções? Não conseguem ver que têm uma oportunidade singular de fazer parte de um povo que aspira naturalmente à liberdade e grandeza, uma grandeza que ofuscará todas as realizações sanguinárias de impérios passados?

Esta cidade acolhedora já sofreu demais, mas todas as vidas perdidas terão sido perdidas em vão se não as redimirmos e encontrarmos um valor na sua perda. Dos seus restos mortais, a magnificência se erguerá. Descansa agora, amada Chicago, pois teus inimigos estão acuados e teus filhos podem agora vicejar nos campos da lei e da ordem.

O estômago de Olga está dando voltas e ela vomitaria se houvesse ali qualquer coisa onde vomitar. O carro derrapa em poças de lama não muito longe do muro do cemitério. No banco, o chapéu de Taube fica pulando entre os dois, como se houvesse um coelho lá dentro. Ela ergue o chapéu, mas não há nada.

– Segundo o nosso acordo, o seu amigo Maron está bem protegido em um local seguro. Esperamos fazer com que ele desapareça sem deixar vestígios e siga para o Canadá daqui a um ou dois dias, depois que as coisas se acalmarem. A essa hora provavelmente ele está comendo e tomando um banho. Meus homens cuidarão bem dele. A senhorita nunca mais o verá. Para falar a verdade, eu preferia vê-lo na cadeia, ou pelo menos levando uma lição das boas. Ele é um desses jovens que nunca conseguem ver o grande futuro que este país nos oferece. Tudo que vê é o agora, só o agora. Em sua cegueira, esses jovens são incapazes de imaginar um futuro comunitário.

– *Herr* Taube – Olga reclama baixinho. – Pare de falar, por favor. O senhor me dá vontade de vomitar. Fique quieto, por favor.

Taube fica em silêncio. Suas faces estão em brasa, a perna balança de felicidade – missão cumprida. Ele olha para os pequenos canteiros na pradaria, o mato sem vida contido por cercas inúteis. Um bando de pássaros cruza o céu em voos desconexos rumo ao horizonte vazio.

O carro a levará até o gueto, mas ela pedirá que Taube a deixe a uma quadra de casa, para que possa achar discretamente o caminho de volta. O sol irá se pôr e Olga perceberá pela primeira vez que o anoitecer torna todas as formas indistintas para ela. O *politsyant* já não estará mais lá. O apartamento dos Lubel estará deserto. O seu apartamento estará frio e vazio. A noite cairá, densa e infinita. Ela não acenderá a luz, encoberta pelas sombras. Ela se sentará à mesa, não dirá nada a ninguém, não deixará que nada se precipite sobre ela como a neve que cai.

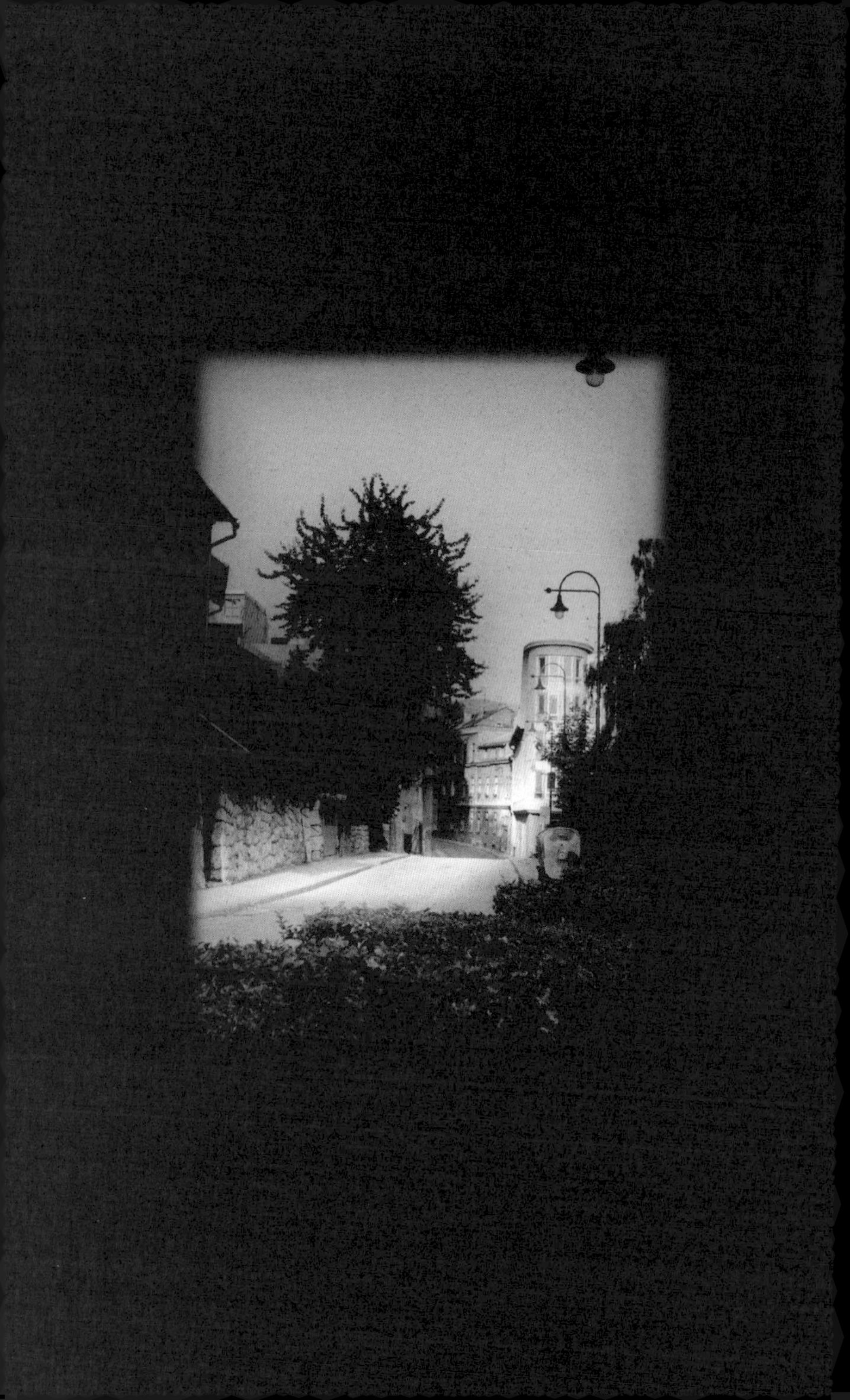

Antes de chegarmos em Sarajevo, precisei passar por um mundo de dor: minha mão ficou latejando a noite inteira e pude senti-la cada vez mais macilenta até parecer ser a mão de outra pessoa. Durante quase toda a viagem de trem Rora ficou fumando do lado de fora da cabine-leito que dividíamos. Depois ele dormiu no ônibus até Sarajevo. Era como se já me tivesse dito tudo que tinha para dizer, não havia mais falas em seu roteiro. Foi só quando o ônibus começou a descer rumo ao cinzento vale de Sarajevo, a cidade cercada pelo denso nevoeiro da manhã, que eu tive coragem de perguntar a ele:
Está preocupado?
Preocupado com o quê?
Com Rambo.
Não.
Com alguma outra coisa?
Tudo vai se arranjar.
Quando chegamos na estação, a minha mão estava roxa e inchada, como se fosse de um cadáver. Rora não deixou que eu tomasse um táxi até o hotel, em vez disso insistiu em me levar ao hospital municipal, onde sua irmã trabalhava e que ficava a uns dolorosos minutos de distância. Rora insistiu energicamente que Azra devia dar uma olhada em minha mão – talvez estivesse achando que todo o imbróglio com Serioja fosse em parte culpa dele – enquanto eu, alucinado de dor, ficava dizendo que não precisava. Eu não me esquecia do doce som dos ossos da cara de Serioja quebrando. A minha dor valia a pena.

Rora carregou a minha mala enquanto eu ninava a mão quebrada. Andar ao lado dele em uma rua de Sarajevo que tinha o nome de um poeta morto foi uma experiência muito estranha. Tudo era como eu me lembrava, mesmo assim totalmente diferente. Eu me sentia um fantasma. As pessoas passavam sem olhar para mim; eu era completamente comum e insignificante, para não dizer perfeitamente invisível. Lembrei da vida que passara ali, andando de bicicleta pela mesma rua e onde os garotos que seguiam para a escola me atiravam pedras; das obscenidades que escrevia no muro do colégio contra os políticos; das balas que costumava roubar facilmente de uma loja de um velho cego que se negava teimosamente a admitir a própria cegueira para si e para os outros. Ninguém parecia lembrar-se de mim. A nossa casa é onde alguém nota a nossa ausência.

Passamos pelo segurança do hospital que assistia a uma novela latino-americana, subimos a escada (o elevador estava enguiçado), abarrotada de pacientes fumando em seus pijamas desbotados, e encontramos a sala de Azra no final de um longo corredor que mais parecia um túnel. Rora entrou sem bater e eu o segui, fechando a porta atrás de mim com o pé, como um perfeito mafioso.

Eu sempre quis assistir a uma cirurgia realizada por Mary, ver suas mãos hábeis abrindo um crânio, cortando ossos e miolos. Eu me imaginava testemunhando a sua concentração absoluta, as mãos enfiadas na mente de alguém até os pulsos, o poder silencioso que emanava do seu avental cirúrgico sujo de sangue. Mas ela nunca permitiu que eu entrasse na sala de cirurgia. Era contra o regulamento, e ela passava um aperto se violasse qualquer regra. Ela deixava que eu perguntasse muitas coisas sobre suas cirurgias, porém suas respostas eram relutantes, vagas e amnésicas. Mary guardava em si mundos inteiros a que eu não tinha acesso e nunca me permitia sequer imaginá-los.

Eu na verdade ia de vez em quando ao hospital para vê-la, quase sempre sem avisar e atormentado com a possibilidade de encontrar um anestesiologista bonitão se divertindo com ela entre uma cirurgia e outra. Uma vez apareci lá para pegar as chaves de casa, pois perdera as minhas depois de tomar um porre. Levei uma linda rosa mas ela não gostou que eu aparecesse bêbado no seu trabalho. Colocou a rosa sobre a sua mesa e nem olhou para ela. Eu violara a sua soberania imaculada; perturbara a ordem que ela havia estabelecido. Ela evitou olhar nos meus olhos e ficou arrumando as suas coisas na mesa em volta da rosa. Quando ela atendeu uma ligação no telefone, fiquei impertinentemente remexendo as gavetas do seu armário. Em uma delas só havia uma caixa – uma simples caixa lacrada – de ampolas, posicionada bem no centro. A gaveta não estava vazia nem desarrumada: continha o que se espera que devia conter. Foi nessa hora que entendi que era ali que morava a sua alma. E ela não queria que eu ficasse olhando, por isso fechei a gaveta.

Havia pilhas de coisas e papéis na mesa de Azra e os seus óculos estavam sobre uma delas. Na parede, um cartaz desbotado do pré-guerra advertia sobre os perigos comparativamente bobos de não se lavarem frutas e vegetais. Perto dele havia um pequeno espelho que, surpreendentemente, não parecia deslocado. No peitoril da janela havia um cacto redondo do tamanho de uma laranja. Sob a mesa, um par de sapatos de salto baixo, um deles virado de lado, como um cachorro dormindo. Azra usava os sapatos brancos de hospital, seus pés eram grandes e finos, calcanhares pequenos e tornozelos delicados. Ela ergueu-se na ponta dos pés para beijar Rora. Ele encostou o queixo nas têmporas da irmã e abraçou-a. Eu ofereci a mão esquerda para cumprimentá-la e o constrangimento do contato estabeleceu uma momentânea intimidade. A sua alma morava em seus olhos verdes profundos da cor do mar. De alguma forma ela me lembrava Olga Averbuch.

Um dia antes do *bar-mitzvá*, Olga e Lazarus se sentaram na frente da loja do sr. Mandelbaum. Lazarus lambia solene e incansavelmente uma bengalinha doce, como se acabar com ela fosse a primeira tarefa de sua idade adulta. Ele não conseguia parar quieto, balançava os pés e se agitava, cheio de vida e energia. As pessoas passavam e os cumprimentavam: o sr. Abramowitz e o sr. Runic e a menina dos Golder. Ele sorriu para ela e a garota desviou os olhos. Olga percebeu que aquilo podia ser um começo de namoro. O dia estava claro e todos pareciam desfrutar o simples fato de estarem vivos. Até o horroroso Israel Shalistal deu-lhes bom-dia.

Azra examinou a minha mão quebrada; seus dedos eram agradavelmente frios. Ela virou-a lentamente para cima – eu estremeci de dor, olhando para ela – e deslizou a ponta dos dedos pela palma da mão. Ela pediu que eu fechasse os dedos mas não consegui. O sol da manhã aquecia a janela e a névoa subia pelas encostas da Trebević. Eu podia ver Marin-dvor se espalhando na direção do rio e em um flashback absurdo percebi que ali era o bairro onde nasci e fui criado. Eu estava em algum lugar, eu finalmente aterrissara em Sarajevo. Azra colocou a minha mão entre as suas. Suas palmas estavam quentes. Eu não queria que ela a soltasse.

Está fraturada, ela disse.

Eu sei. E já tem um tempinho.

Ela pediu que eu tirasse uma radiografia na unidade de raios X que ficava dois andares acima. Eu me perdi no caminho, entrei num quarto onde uma família acercava-se de um homem pálido que estava visivelmente em seu leito de morte, olhando do alto de sua palidez para o sorriso amargo nas faces despudoradamente coradas de seus familiares. Desci novamente os andares e fiz todo o caminho de volta, passando pelos mesmos pacientes fumando na escada. Finalmente consegui achar a unidade de raios X, operada por uma única enfermeira magrinha que ouvia no rádio alto tristes canções folclóricas. Ela apagou o cigarro e pegou uma pilha de chapas de raios X. Olhou para a minha mão e disse, com um certo prazer, Está quebrada. Ela parecia animada com as nossas perspectivas radiológicas em comum. Descabelada, ela não usava brincos, embora houvesse um grande buraco em cada um dos lóbulos de suas orelhas. Ficava lambendo os lábios e sua voz era rouca de tanto fumar, mas mesmo assim o tom era carinhoso. Coloquei minha mão sobre a chapa e, enquanto eu a ajustava em várias posições, ela disparou uma sequência de perguntas. Confessei tudo sob fogo cerrado: revelei como fui parar na América, como era a minha vida de escritor lá, contei da minha viagem com Rora, irmão da dra. Azra Halilbašić, do meu retorno a Sarajevo. Não mencionei Mary. Quando acabou de bater as chapas, ela se achou totalmente no direito de me dar uns conselhos. Fique aqui, ela disse. Aqui é a sua terra. Você devia se casar com uma moça daqui. Não há vida para você na América. O seu coração está aqui. Lá eles odeiam muçulmanos. Eles não gostam de ninguém, só deles mesmos. Eu não consegui dizer-lhe que não era muçulmano, mas de toda forma agradeci a gentileza e prometi levar em consideração seus conselhos. As radiografias estarão na sala da médica em meia hora, ela disse.

Quando as radiografias chegaram, Azra mostrou-me no negatoscópio onde minha mão estava quebrada: a fratura em ziguezague interrompia a continuidade branca do osso; tudo era muito abstrato e elegante. Sou eu, eu pensei, esses ossos frágeis e esbranquiçados. Rora examinava as chapas de perto, como se fosse outro médico, assentindo como se estivesse vendo o que esperava ver. Talvez ele tenha contado a Azra como eu quebrei a mão, pois ela não me perguntava nada. Ainda assim eu ansiava por uma chance de descrever como havia castigado heroicamente um cafetão moldávio; eu queria apregoar a minha força e superioridade moral, a minha vigilante hombridade. O perfume dela era Magie Noire; ao mesmo tempo, sua sala tinha um cheiro preocupante de desinfetante, sugerindo que muito sangue havia sido derramado ali. Enquanto ela colocava uma tala e enfaixava minha mão com uma atadura cheirando a sovaco, Rora fotografava minhas caretas de dor. Ele parecia ter uma predileção toda especial de me fotografar em situações embaraçosas. Eu não pedi que parasse, pois estar numa mesma foto com Azra de algum jeito me tornava mais próximo dela. Ela usava um colar de ouro, o pingente de lírio pousado na cavidade abaixo do pescoço. Eu a imaginei usando uma saia de veludo púrpura, o cabelo preso no alto por um grampo.

Da próxima vez em que quiser se atracar com alguém, ela disse ironicamente, use os cotovelos ou a testa. Talvez um pé de mesa ou uma barra de ferro. As mãos são frágeis, muito frágeis, e você só tem duas. Eu teria de voltar depois quando a mão desinchasse para ela poder colocar o gesso. Eles me levaram até a porta do hospital. Eu não tinha mais onde ficar em Sarajevo – meus pais venderam nosso apartamento para financiar o seu exílio na América. Por isso havia reservado um quarto no Hotel Sarajevo para quando chegasse. Eu planejara ficar alguns dias sozinho, eu disse, para andar por aí, encontrar pessoas por acaso, me recuperar da viagem e nossos percalços em uma tranquilidade induzida por calmante. Se aquilo era uma peregrinação, já era hora de eu pensar na minha vida e no meu lugar no grande esquema metafísico das coisas. Boa sorte, eles disseram. Rora e eu combinamos de nos encontrar para um café dali a dois dias. Azra insistiu para eu ficar com eles, não era certo eu voltar a Sarajevo e ficar num hotel vagabundo. Eu disse que pensaria no assunto e entrei no táxi. Telefona, se precisar de alguma coisa, ela disse. A gente se fala, eu disse.

O taxista – que não tinha dentes da frente, exceto dois incisivos fechando as laterais do gol – exigiu que eu colocasse o cinto, mas não me preocupei. Ele me detestava escancaradamente e ficou insistindo e me insultando (não queria sujar as mãos com o sangue de um babaca) até eu colocar o cinto desafiadoramente um pouco antes de o carro parar na frente do Hotel Sarajevo. Mostrei o meu passaporte americano ao recepcionista mas me dirigi a ele em bósnio. Bem-vindo ao lar, senhor, ele disse. O café da manhã é servido das sete às dez horas.

Na manhã seguinte, fiquei um tempo olhando para o teto; durante o café, concentrei-me nas notícias do jornal falando de crimes sem importância e celebridades idiotas; saí para dar uma volta. Eu gostava de sentir as calçadas de Sarajevo sob os pés, o asfalto era mais macio do que em qualquer outra rua do mundo. Em Jekovac, subi por uma rua para ver a cidade se espalhando pelo vale na direção do nebuloso e maciço monte Igman. Empanturrei-me de pão doce no Baš Čaršija. Bebi água fria da fonte em frente da mesquita de Gazihusrevbegova. Cumprimentei conhecidos, acenei ao acaso para alguns passantes. Ninguém me perguntou de onde eu era nem se admirou com o meu sotaque exótico e a minha cultura alienígena. Deitei em um banco às margens do Miljacka, vendo as bolas de futebol que caíam desesperadamente em seus redemoinhos. Topei com Aida e ela disse, Há quanto tempo não te vejo, por onde andou?, e eu me desmanchei e a abracei. Nós fomos namorados no colégio; eu não a via há uns vinte anos ou mais.

Mais tarde, liguei para Mary sem muita vontade e fiquei aliviado por não encontrá-la. Quando por fim nos falamos, ela disse que George havia sido internado no hospital; aparentemente o câncer se alastrara pelo estômago e cérebro. Isso não era nada bom. Eu dei uma força e garanti a ela que sempre poderia contar comigo. Mas ao dizer isso, me ocorreu que na verdade ela não poderia nunca contar comigo porque eu estaria sempre aqui, onde o meu coração morava.

Mary era capaz de pegar uma barata com as mãos, mas tinha medo de pardais. Adorava brócolis, filés sangrentos e cenouras, mas não gostava de sorvete e de chocolate. Seus livros preferidos eram *Razão e sensibilidade* e *O sol é para todos*. Quando escutava música, às vezes acompanhava o ritmo batendo os dedos na perna, mas se eu chamasse a atenção dela para isso, negava veementemente. Usava qualquer tipo de roupa avacalhada desde que fosse confortável, mas tinha uma fixação fetichista e impecável por sapatos. Espirrava com orquídeas e cebolas verdes.

Sobrancelhas grossas a excitavam. Colocava duas colheres de açúcar no chá e uma no café. Preferia uísque a vinho. Nunca conseguia se lembrar do nome do seu filme favorito de todos os tempos. (Era *Tudo o que o céu permite*.) Não se interessava por esportes, exceto patinação artística e boxe – George costumava levá-la para ver umas lutas. Sua escolha frequente no karaokê era "Hungry Like the Wolf". A lembrança de que mais gostava eram as férias que passou na Flórida, quando aprendeu a nadar aos nove anos: com a palma da mão de George apoiando sua barriga, ela espadanou aleatoriamente na água até perceber que ele a levara para o fundo e a soltara. Quando criança, ela quis ser bailarina, exploradora, veterinária, designer de calçados e congressista, exatamente nesta ordem. Depois que sua avó morreu, ela chorou meses e arrancou os olhos de todas as suas bonecas. Perdeu a virgindade aos vinte anos, na faculdade de medicina, com um sujeito que se tornaria o anestesiologista-chefe do centro médico da Universidade de Colúmbia. Enfiada em algum lugar da minha mala de viagem eu trouxe uma foto dela descascando cebolas na cozinha com seu avental de ninfeias, as lágrimas rolando pelas faces: ela as secava com o antebraço, sorrindo alegremente, uma faca do tamanho de uma machete na mão. Quando tinha onze anos, o seu cachorrinho de estimação morreu e ela quis empalhá-lo, mas George teve uma sábia conversa com ela, explicando que a alma do cachorrinho agora estava em outro lugar, que o corpo sem alma ficava vazio, que era natural que a carne apodrecesse e virasse pó. Mary era como todo mundo porque ninguém era como Mary.

Dois dias depois, Rora estava sentado no jardim ensolarado de uma cafeteria perto da catedral, tomando o seu café matinal, se esforçando para filtrar algo de interessante na lama do noticiário local, flertando com umas jovens sumariamente vestidas na intenção de fotografá-las, feliz por estar de volta a sua terra e esperando por mim, quando um rapaz sarado – com uma tatuagem de arame farpado em volta do bíceps direito e brincos nas orelhas (segundo descrição de poucas testemunhas antes de negarem tudo que viram) – espremeu a sua bunda sarada entre frágeis cadeiras de plástico e frágeis mesas para aproximar-se de Rora e descarregar a arma, sete balas em sucessão gratuita, descarregar a arma em Rora, que tentou inutilmente se levantar. Depois que Rora desmoronou, o rapaz pegou a câmera e afastou-se calmamente na direção da rua, enquanto a cafeteria se desintegrava em partículas de pânico. Quando eu cheguei com atraso, todo mundo já tinha ido embora e Rora estava sozinho, sangrando um mar de sangue venoso entre as cadeiras e mesas de palhinha, entre bolsas, sandálias e cigarros acesos deixados para trás durante a fuga. O celular de alguém ironicamente não parava de tocar "Staying Alive".

Rora se foi antes de eu chegar até ele. Os garçons curiosos estavam enfileirados na parede fumando todos ao mesmo tempo; os pedestres diminuíam o passo para olhar. Eu queria tê-lo em meus braços quando ele expirou; queria ter ouvido suas últimas palavras, ter-lhe dito alguma coisa inconsolável e sem sentido. Mas só fiquei ali agachado, olhando para ele: o seu nariz fora destruído, havia miolos nos seus cachinhos, não se via mais os olhos, o mar de sangue crescia em torno dos meus sapatos. A sua máquina fotográfica não estava ali, ele não estava ali, eu estava.

E então a polícia chegou. Antes mesmo que me perguntassem, já fui informando o jovem subinspetor, que usava um moletom Kappa e exibia um elaborado contorno de pelos faciais em lugar da barba, que a irmã de Rora, Azra Halilbašić, trabalhava no hospital municipal e que eles deviam notificá-la imediatamente. E quem é você?, ele me perguntou. Um amigo. Onde mora? No Hotel Sarajevo. Qual o seu nome? Vladimir Brik. Vladimir o quê? Brik. Esse sobrenome é o quê? É complicado, eu disse. Quando finalmente ele me perguntou se eu tinha visto alguma coisa, eu respondi que não vira nada.

Acabou que os garçons também não viram nada; as jovens que voltaram para pegar suas falsas bolsas de grife não viram nada; os rapazes sarados que voltaram para pegar seus cigarros e celulares não viram nada; os poucos que a princípio disseram ter visto agora já diziam não ter visto nada. Eu repeti tudo para uma repórter do *Dnevni Avaz*, uma mulher tão jovem e atordoada que parecia uma adolescente fazendo um trabalho para a escola. Ela anotou o meu nome e ao lado escreveu *ništa* (nada). O subinspetor voltou para me dizer, como em um romance policial barato, que não deixasse a cidade. Aonde eu iria?, eu disse. Ninguém parecia particularmente preocupado com o crime, como se Rora tivesse sido vítima de um acidente de automóvel. Quem o senhor acha que foi?, eu perguntei ao subinspetor. Ele até riu. Foi você?, ele perguntou. Não, claro que não, respondi. Então pra que se importar?, ele perguntou.

LEAL E RESPEITOSAMENTE, compareci ao funeral no dia seguinte. Azra era a única mulher na pequena e silenciosa multidão de homens. Procurei pelo assassino entre eles, talvez pelo próprio Rambo. Havia alguns homens de cabeça raspada e rosto suficientemente marcado para sugerir criminalidade, mas seus olhos demonstravam genuína tristeza. Distante da multidão, reconheci o subinspetor, ainda de moletom. Ninguém discursou e não houve pompa. Agachados perto do túmulo, os homens rezavam baixinho com as mãos viradas para cima, depois tocavam o rosto com a palma das mãos. A terra retirada havia secado no sol e ficava despencando na cova. Eu não sabia bem o que fazer, por isso ficava olhando para Azra e repetia os seus gestos. Fiquei com as mãos unidas na frente da virilha e permaneci de pé, enquanto os homens rezavam; joguei um pouco de terra sobre o caixão depois dela. Felizmente ela não chorou nem desmaiou; sua expressão manteve-se firme, embora o queixo tremesse. Tudo acabou rápido; ninguém perdeu tempo com ruminações hipócritas sobre a mortalidade, as cinzas e a eternidade. Aproximei-me de Azra para expressar minhas condolências e ela me olhou como se não me reconhecesse. Talvez não tenha reconhecido; ela só me vira uma vez antes de a sua realidade se transformar para sempre.

Voltei ao meu quarto de hotel, enchi-me de comprimidos para dormir e liguei para Mary. Sem dizer coisa com coisa, contei a ela do crime, do funeral e chorei ao telefone, enquanto ela se mantinha em silêncio do outro lado da linha. Por fim ela disse que tinha uma cirurgia para fazer e desligou calmamente, mas eu continuei chorando até secar minhas lágrimas e tentar escrever uma carta com a mão esquerda intacta. Eu queria dizer a ela tantas coisas, mas não conseguia escrever nada.

Não há uma boa forma de lhe dizer isso, Mary, eu quis escrever. Rora foi morto a sangue-frio, eu quebrei a minha mão. Apesar disso, estou bem e penso muito em você. Não consigo me lembrar de como era a minha vida e de como cheguei a esse ponto. Não sei em que momento tudo começou a desaparecer. Acho que devo ficar em Sarajevo por um tempo, usar o dinheiro de Susie, até a minha mão ficar boa, até organizar a minha cabeça. Lamento pelo que aconteceu com George. Espero que ele melhore logo. Eu ficarei bem e pensando muito em você. Por que você me deixou nesta selva?

E quando acordei, continuei imaginando a futura carta, com a mente tão pesada que parecia ser outra pessoa enumerando todas as perdas, mágoas e queixas, descrevendo todas as noites que passei ouvindo a sua respiração entrecortada, tentando me convencer a parar de sofrer, imaginando uma vida diferente para mim, a vida de um bom homem, de um escritor melhor. Sofregamente, contei a ela da lata de tristeza que achei em nossa cozinha, de como eu tinha medo de ter filhos e que nesta viagem percebi que eu não queria nunca mais voltar à América. Disse que eu jamais poderia achar a minha paz em Chicago e que não poderia ver George morrer. Eu poderia ter escrito uma página insana após a outra do que teria sido o testamento do nosso casamento. *Eu jamais vou te conhecer, saber de você, do que morreu dentro de você, do que sobreviveu imperceptível,* eu poderia ter escrito. *Eu agora estou em outro lugar.*

EU NÃO SABIA até mesmo do local exato em que Azra morava naquele labirinto de Baš Čaršija. O costume local – *nosso* costume – exigia que eu fosse visitá-la durante o luto e sua casa certamente estaria cheia de amigos, parentes e conhecidos. E eu era quem? Eu queria ir lá para vê-la, Rora havia nos unido. Mas não consegui encontrar a casa. Perguntei a umas pessoas no bairro onde ficava a casa de Azra Halilbašić; a maioria disse que não sabia; alguns disseram que sabiam mas não iam me dizer, querendo protegê-la de estranhos. Por fim, liguei para a sua casa e tive de enfrentar uma série de tias protetoras e homens anônimos antes de poder oferecer-lhe meus mais sinceros pêsames e lembrar-lhe que eu era o companheiro de viagem de Rora e que ela havia gentilmente tratado da minha mão quebrada. Ela perguntou como estava a mão. A mão estava mais inchada ainda do que na semana passada e agora estava ficando roxa também. Ela disse que eu devia ir sem falta à emergência do hospital no dia seguinte; ela estaria trabalhando. Obrigado. Sei que deve ser difícil para você, eu disse. Vejo você amanhã, ela disse.

Na sala de espera da emergência, fiquei aguardando ser chamado ao lado de um ciclista de perna quebrada, uma esposa espancada, um bêbado de cabeça quebrada e um menino que cortou o rosto ao tentar engolir uma lâmina de barbear. Ficamos sentados com nossa dor em comum ocasionalmente manifesta em gemidos isolados. De algum lugar atrás das inúmeras portas vinham gritos pavorosos. Um corpo em estado lastimável passou voando pelas portas de vaivém, um saco de sangue balançando sobre ele como uma bandeira molhada.

Entre uma lambida e outra da bengalinha doce, Lazarus pergunta a Olga se ela ama alguém. Sim, ela diz. Ele pergunta se ela vai se casar com ele. Provavelmente não, ela diz.

Por que não?

Porque às vezes a gente não tem controle sobre a vida e ela nos mantém distantes daqueles que amamos.

Você imagina uma vida diferente desta?

Sim, o tempo todo.

Uma vida melhor?

Sim, uma vida melhor.

Eu imagino ter uma vida grande, tão grande que nem posso ver onde ela vai parar. Grande o bastante para caber todo mundo. Você está nela, a mãe e o pai também, gente que eu nunca conheci. Eu posso ver essa vida. Tenho uma imagem na minha cabeça. É um campo florido tão fundo que podemos nadar nele. Eu estou vendo agora, só não consigo ver onde acaba.

UMA ÁGIL ENFERMEIRA chamou "Brik!" e eu me apressei atrás dela, entrando em uma sala confusa cheia de pacientes em macas uma atrás da outra. Encontrei Azra em um espaço cercado por uma cortina bem no meio da sala. Ela estava com uma seringa na mão; achei que fosse para mim. Uma idosa, com a mão na barriga, se contorcia de dores na maca; ela arfava, resmungava e gemia, os olhos virando em todas as direções, como se ela acompanhasse a trajetória da dor. A enfermeira virou-a de bruços sem piedade e levantou sua camisola. Eu vi a sua bunda magra, as rugas em sua pele cadavérica, as manchas vermelhas e marrons em suas coxas; os músculos atrofiados das pernas; as feridas em seus pés inchados e roxos. Azra enfiou a agulha na nádega esquerda e em questão de segundos a mulher se acalmou e a enfermeira virou-a de costas. A mulher revirou os olhos; o lábio superior expôs a boca desdentada; as paredes das narinas eram finas como papel. Para mim ela parecia morta, mas Azra não parecia preocupada. Ela sabia a diferença entre vida e morte. Pronto, ela disse à velha senhora que não podia ouvi-la. Vai se sentir melhor agora.

Fomos até a sala do cirurgião que dava plantão à noite. Não havia nada que revelasse que Azra estivesse de serviço, a não ser os mesmos sapatos de salto baixo sob a mesa. Ela examinou a minha mão, virando e revirando, alheia aos meus gritos e recuos; acendeu o negatoscópio para dar uma outra olhada nas minhas radiografias e balançou a cabeça. Fiquei feliz da vida por ela se preocupar comigo. De um jeito perverso, estava louco para ser operado por ela; ficava excitado só de pensar nela cortando a minha carne fraca, direto até o osso.

O que está vendo aí?, perguntei.

Eu vejo o que não queria ver. Você precisa dormir com essa mão sobre o peito. E provavelmente está andando com ela para baixo. Você precisa ficar parado e descansar.

Foi Rambo, não foi?, eu disse.

Foi Rambo o quê?, ela perguntou, passando em minha mão uma bola de algodão embebida em álcool. Eu não sentia nada, mas pude ver que ela fora gentil. A minha mão estava morrendo. A mão morreria primeiro, depois o resto, pedaço por pedaço.

Foi Rambo que matou Rora, eu disse.

Ela pressionou o pedal da lixeira e jogou fora o algodão. A lixeira estava vazia.

Foi ele porque Rora sabia que Rambo havia matado Miller, eu disse.

Quem é Miller?

Você sabe quem é Miller. O repórter americano com quem Rora trabalhou durante a guerra.

Os cachinhos dela cintilavam sob a luz de néon. Só pelo cabelo podia-se ver que ela era irmã de Rora.

Miller, você disse, ela disse e balançou a cabeça. O que Ahmed lhe contou?

Rora me contou a história toda. Contou que Rambo matou Miller porque ele estava se aliando com Beno. Contou que Rambo fugiu de Sarajevo depois da cirurgia disfarçado de cadáver.

Foi essa a história que ele te contou?

Rora tinha fotos que podiam servir de prova contra Rambo, fotos de Miller morto no bordel de Duran. Rora sabia demais. Só não entendo como ele pôde se arriscar voltando a Sarajevo, mas acho que ele guardava as fotos escondidas em algum lugar.

Você é muito inteligente, um verdadeiro escritor. Tem uma imaginação e tanto.

E acho que foi você que operou Rambo. Você salvou a vida dele e ele deve isso a você. Mas Rambo deve ter decidido que seria mais seguro livrar-se de Rora.

Azra bufou, tirou os óculos e esfregou os olhos – que hoje estavam mais verde-escuros ainda – como se me achasse irritantemente irreal.

Você está certo, ela disse. Fui eu que operei Rambo. Mas só fiz uns remendos para que eles pudessem levá-lo para um hospital em Viena. Ele foi levado em um avião das Nações Unidas, com um acompanhante do governo e uma enfermeira que, francamente, não podíamos nos dar ao luxo de perder naquela época.

Ela recolocou os óculos.

Quanto a Miller, a última coisa que soube é que estava trabalhando no Iraque. Ele passou em Sarajevo pouco tempo atrás e me telefonou. Estava seguindo em viagem de férias para Paris. Ele perguntou de Ahmed. Eu disse que ele estava na América e dei a Miller o número do telefone dele. Pelo que sei, ele ainda está de férias.

Difícil de acreditar, eu disse.

Pois é a verdade.

Quem matou Rora então?

Um sujeito com uma arma, ela disse. A polícia prendeu-o hoje. Ele queria a câmera, queria se exibir com o seu revólver, mas a arma disparou e ele continuou atirando. Foi o que ele contou à polícia. Estava doidão. Vendeu a câmera para comprar drogas. Eles o encontraram dormindo na beira do Miljacka. A princípio nem se lembrava do que tinha feito.

Acho difícil de acreditar. Rora sabia demais. As coisas acontecem por algum motivo.

Ela estava sorrindo, os olhos rasgados olhando para mim: minha aparente ingenuidade e credulidade deviam lembrar-lhe o irmão, o tempo que passaram juntos, as histórias que ele lhe contava. Ela podia ver que eu me deixara fascinar por ele.

O que mais ele contou?

Ele contou que o seu marido a abandonou para juntar-se aos chetniks.

É verdade, ela disse. Meu marido me abandonou para poder atirar em mim e na minha família até que a morte nos separe. Isto é totalmente verdade.

Bem, pelo menos alguma coisa é verdade, eu disse.

Alguma coisa sempre é, ela disse.

Vou ficar em Sarajevo por um tempo.

Fique o tempo que quiser.

Não posso ir embora ainda.

Eu sei, ela disse. Eu sei.

O sujeito roubou os filmes também?

Não, ela disse. Ahmed tinha deixado em casa.

Que bom.

Não faz diferença.

Desculpe.

Não precisa se desculpar, disse Azra. Vamos cuidar da sua mão agora. Vai precisar dela para escrever.

AGRADECIMENTOS

Gostaria de agradecer a Boro Kontić, George Jurynec, Alissa Shipp, Angela Sirbu, Chaim Pisarenko, Valeria Iesheanu, Iulian Robu, Vildana Selimbegović, Jovan Divjak, Peter Sztyk, Maggie Doyle, Tatiana, Franjo i Svetlana Termačić, Tanja Rakušić, Semezdin Mehmedinović, Predrag Kojović, Boris Božović, Reginald Gibbons e, especialmente, Nicole Aragi por sua gentileza e amizade. Como meu melhor amigo, Velibor Božović está além de qualquer agradecimento, mas sua percepção e fotografia foram indispensáveis e devo reconhecê-lo.

Em minha pesquisa, o pessoal da Chicago Historical Society foi de grande ajuda e generosidade. *O projeto Lazarus* deve mais do que os fatos básicos do caso Lazarus, no limite de haver qualquer fato em uma obra de ficção, a *An Accidental Anarchist: How the Killing of a Humble Jewish Immigrant by Chicago's Chief of Police Exposed the Conflict between Law & Order and Civil Rights in Early 20th-Century America*, de Walter Roth e Joe Kraus (Rudi Publishing). *Easter in Kishinev: Anatomy of a Pogrom* (NYU Press), de Edward H. Judge, e *Anarchy!: An Anthology of Emma Goldman's MOTHER EARTH* (Counterpoint), organizado por Peter Glassgold, foram também essenciais. Por último, a realização deste projeto teria sido impossível sem o apoio da John Simon Guggenheim Foundation e da John D. e Catherine T. MacArthur Foundation.

É isso. Fim.

Este livro foi impresso na Editora JPA Ltda.,
Av. Brasil, 10.600 – Rio de Janeiro – RJ,
para a Editora Rocco Ltda.